vmn

DIE AUTORIN

Christiane Gref wurde 1975 geboren. Sie lebt und arbeitet in Hanau.
2005 schlug sie den klassischen Weg des Schreibens über die Kurzgeschichte ein, zahlreiche Texte wurden bisher in Anthologien und Magazinen veröffentlicht. Sie gehört der Autorengruppe ›Drachenkinder‹ an, ferner ist sie ehrenamtliche Redakteurin für das ›Trekzone-Network‹ und für das ›Phantastik-Journal‹. Seit einigen Jahren ist sie Mitglied der Hanauer Schreibwerkstatt. ›Das Meisterstück‹ ist ihr Debütroman.
Mehr zur Autorin unter: www.autorenkrise.de

CHRISTIANE GREF

Das Meisterstück

vmn
Verlag M. Naumann

Für meinen Mann Peter in Liebe

Druck: Aalexx Buchproduktion GmbH, Großburgwedel

ISBN 978-3-940168-70-2

1. Auflage 2010

Lektorat: Peter Lange

Titelbild: Historisches Museum Hanau, Schloss Philippsruhe

Bibliografische Information der Deutschen Nationalbibliothek
Die Deutsche Nationalbibliothek verzeichnet diese Publikation in der Deutschen Nationalbibliografie; detaillierte bibliografische Daten sind im Internet über http://dnb.ddb.de abrufbar.

I.

Mein Name wird immer noch da sein, wenn die Würmer längst an meinen Knochen nagen, dachte Johann Sperling, während seine Fingerkuppen über die eingeritzten Buchstaben in der Tischplatte vor ihm glitten. Die Kanten des Holzes waren im Laufe der Zeit rund geworden und Patina hatte sich an den Rändern gebildet.

›So lange ist es her.‹

Er rutschte auf der Sitzbank entlang, um sich die neuen Signaturen anzusehen. 1620 a. D. stand zu lesen, gefolgt von den Namen der Buben, die vor einem halben Jahr ihre Lehrzeit angetreten hatten. Es waren viele. Johanns böses Knie knackte hörbar, als er das Bein ausstreckte. Er wartete jetzt schon seit mehr als einer Stunde im Zunfthaus. Ein Lehrbub hatte ihn heute Morgen zu Hause aufgesucht und herbestellt. Johann befürchtete das Schlimmste.

Ein Räuspern unterbrach seine Erinnerungen an die goldenen und auch an die nicht sehr ruhmreichen Tage der Lehrzeit. Johann sah auf. Der Zunftmeister Arnold Rufus Bergen sowie ein ernst dreinblickender Mann, der sich sehr gerade hielt, standen vor dem Tisch. Der Unbekannte hielt ihm die Rechte zur Begrüßung hin. Johann erhob sich, so rasch es sein Knie zuließ, verbeugte sich und ergriff die dargebotene Hand. Der Händedruck des Mannes war so fest wie sein Blick.

Er musste gerade erst angekommen sein. Seine Kleidung war bedeckt vom Staub der Straßen und die Riemenabdrücke seines Bündels waren noch im Wams zu sehen.

»Mein lieber Johann, ich möchte dir meinen Nachfolger vorstellen, den ehrenwerten Goldschmiedemeister Hanns Rappolt den Jüngeren«, sagte der Zunftmeister. Dann waren all die Gerüchte auf den Straßen und in den Wirtschaften wahr? Bergen musste tatsächlich gehen? Warum? Und wo kam der Fremde so schnell her? Johann murmelte: »Mein Name ist Johann Sperling, Gold- und Silberschmiedegeselle.«

Er schrumpfte auf die Größe einer Maus, zumindest kam es ihm so vor. Der Raubvogel stand vor ihm. Nicht das kleinste Fältchen zerknitterte die Haut in Rappolts Augenwinkeln. Bei ihm selbst lagen die Dinge anders. Anna sagte, ganze Spinnenfamilien könnten ins Hautnetz neben seinen Augen einziehen.

»Ich bin alt. Es ist an der Zeit, jemandem meine Schmiede zu überlassen, der die Werkzeuge halten kann, ohne vor Müdigkeit zu zittern«, ergriff Bergen das Wort.

»Ihr wollt auf Euer Altenteil, Meister?«

Bergen nickte mit unglücklicher Miene. »Ja, das werd' ich wohl.«

Als Rappolt sich die Bilder an den Wänden betrachtete, nahm Bergen Johanns Hände in seine und sagte leise: »Du bist ein fleißiger und ehrlicher Junge. Unlängst bist du zum Manne gereift und musst eine eigene Familie versorgen. Ich möchte, dass du auch weiterhin dein Auskommen hast, und daher habe ich mit Meister Rappolt ausgehandelt, dass du künftig für ihn arbeitest. Ich hoffe, das ist in deinem Sinne.«

Ehe Johann den Kopf schütteln konnte, hatte sich Rappolt umgedreht und starrte ihm ins Gesicht.

Sie wichen den Fuhrwerken aus, die durch die Salzgasse rumpelten. Johann, der seinem neuen Meister voraus lief, beachtete das Treiben in der Stadt nicht.

Nicht so Rappolt, der immer wieder stehen blieb und die geschäftig Dahineilenden behinderte.

»Selten sah ich eine Stadt größerer Gegensätze«, brachte er nach einer Weile hervor. »Hier ist alles so weitläufig gebaut, viel frische Luft kann der Besucher atmen, im nördlichen Teil hingegen hocken die Häuser aufeinander wie die Hühner im Stall.«

»Genau genommen sind es ja auch zwei Städte«, merkte Johann an. »Der Bau der Neustadt, das ist der Teil, in dem wir uns befinden, begann erst vor etwa zwanzig Jahren. Wie Ihr seht, ist sie noch nicht fertig.« Johann deutete auf ein Dach, das von Handwerkern mit Schieferziegeln gedeckt wurde.

Rappolt folgte Johanns ausgestrecktem Zeigefinger. Dann schweifte sein Blick über die anderen Häuser. »Diese Gebäude waren gewiss sehr teuer.«

»Die Leute, die darin wohnen, sind reich«, sagte Johann leichthin, während sie in die Spitalgasse einbogen. Wenig später blieb er vor einem Eingangsportal stehen. »Wir sind da.«

Das Erdgeschoss dieses Gebäudes unterschied sich von den anderen im Geviert dadurch, dass es wesentlich mehr Fenster aufwies. Rappolt musterte jedes Fenster und jeden Zierbogen so intensiv, als wolle er sie sich auf Lebzeiten ins Gedächtnis einprägen. Johann ließ ihm Zeit. Als er merkte, dass der neue Meister mit seiner Inspektion fertig war, sagte er: »Hier, zur Linken, haben wir einen Tuchmacher und rechts einen Zimmermann. Im Obergeschoss wohnen sie.«

Johann zeigte die Fachwerkfassade empor auf die Gaubenfenster. »Die Werkstatt umfasst das ebenerdig gelegene Geschoss. Ich selbst wohne in der Altstadt.«

Johann schloss die schwere mit Schnitzereien verzierte Tür auf.

»Und dies ist die Werkstatt«, sagte er und deutete in den Raum. Dann trat er zur Seite, um dem neuen Meister Platz zu machen. Rappolt schritt unter dem Türsturz hindurch, ging an den Wänden entlang, berührte verschiedene Werkzeuge, die säuberlich auf den Regalen standen oder an Haken hingen. All die Zangen und Hämmer, Feilen und Meißel waren von ausgesuchter Qualität. Darauf hatte der ehemalige Zunftmeister bestanden. Jedes einzelne Stück hatte Bergen selbst angefertigt. »Lieber wenige gute Werkzeuge, dafür mehr handwerkliches Können, als umgekehrt«, pflegte er stets zu sagen. Ein Wahlspruch, der Johann in Fleisch und Blut übergegangen war. Sorgfältig reinigte er die Gebrauchsgegenstände jedes Mal nach der Verwendung und legte sie wieder an ihren Platz zurück.

»Ein Wunder ...«, sagte Rappolt.

»Ja, nicht wahr?«, sprudelte Johann erleichtert hervor.

»Ein Wunder, dass ihr die richtige Hitze zum Schmieden in diesem Ofen zustande gebracht habt.« Langsam drehte sich der Meister zu Johann um. »Wir brauchen einen besseren. Geh zum Ofenmacher, er weiß Bescheid. Und räume mir bitte einen Platz in der Ecke dort frei. Ich werde meine eigenen Werkzeuge benutzen, die ich mitgebracht habe.«

»Ja, Meister.«

»Und die Werkbank muss näher ans Fenster gerückt werden, sonst sind die Augen bald hin. Und wenn du damit fertig bist, sieh bitte die Lampen durch. Mir scheint, die Dochte sind recht kurz, um anständig Licht zu machen. Das wäre für heute alles. Du findest mich im ›Goldenen Ochsen‹, falls noch etwas anliegt. Dort habe ich mich eingemietet, bis ich ein eigenes Domizil gefunden habe.«

»Ja, Meister«, flüsterte Johann dem davoneilenden Mann hinterher. Er krempelte die Ärmel hoch und machte sich ans Werk. Um den ›Goldenen Ochsen‹ würde er auf dem Heimweg einen großen Bogen schlagen, obwohl er seine Stammwirtschaft war.

Zu oft für Annas Geschmack schlug Johann nach seinem Tagewerk nicht den Weg zur Metzgergasse ein, wo sich das Haus der Sperlings befand, sondern umrundete das Rathaus und ging ein Stück die Marktgasse entlang, die schließlich in die Schlossgasse mündete. Dann drückte er die Klinke der grün gestrichenen Tür des Hauses herunter, über dessen Eingang das Schild mit dem Ochsen prangte und Gäste zum gemütlichen Verweilen einlud.

Ganz entschieden zu oft musste Anna ihren schwankenden Johann in stockfinsterer Nacht durch die Schloss- und Marktgasse geleiten, mit dem schweren taumelnden Mann rechts abbiegen, um dann endlich den sicheren heimatlichen Hafen anzusteuern. Sie freute sich, dass ihr dieser Gang heute Abend erspart blieb.

»Hannes, iss deine Suppe, sonst wird sie kalt«, mahnte sie. »Und, wie ist er so?«

»Wer?«

»Der neue Zunftmeister. Ich hab heute von der Nachbarin erfahren, dass er aus Nürnberg ist.«

»Schnell.«

Anna zog die Augenbrauen hoch.

»Er ist höflich, aber nicht freundlich. Außerdem ist er streng.«

Anna lachte. »Das hast du von Bergen auch gesagt. Und dann habt ihr beide euch prächtig zusammengerauft. So wird's auch bei dem Neuen, wirst sehen.«

Besorgt sah sie zu Rosalind, die laut hustete. Johann folgte ihrem Blick. »Wird's nicht besser mit dem Schnaufen?«

»Nein, sie hustet schon den ganzen Tag und kriegt kaum Luft. Und die Hitze hat sie auch. Fühl mal.«

Johann legte eine Hand auf die Stirn seiner Tochter. Sogar durch die Schwielen fühlte er das Glühen.

»Ja, es ist heiß, das Kind. Mach ihr am besten kalte Wickel um die Waden.«

Anna nickte sorgenvoll. Johann packte sie um die Hüften und setzte sie sich auf den Schoß. Sein Knie knackte. Es hatte lange Zeit Ruhe gegeben und plötzlich meldete es sich mit einer Vehemenz, die Johann ängstigte. Anna hatte er zu Beginn ihrer Liebelei erzählt, dass sein Knie seit einem Kutschunfall steif sei. Die Wahrheit war eine andere.

»Lass das«, lachte Anna. »Du bist kein junger Bub mehr. Deine Knochen halten das nicht mehr aus, und ganz grau wirst du. So wie ich!«

Sie fuhr ihm durch die kurzen Locken, an den Seiten, dort, wo sich immer mehr graue Haare einschlichen. Er ging so nah mit seinem Gesicht vor das ihre, dass er die braunen Sprenkel in ihren Augen sehen konnte. Sie kicherte. Seine Anna war keine Schönheit. Ihre Beine waren etwas krumm geraten und sie war schon immer zu dünn gewesen. Aber das war Johann gleich, vor allem in diesem Augenblick, in dem ihm das Herz überquellen wollte vor Liebe. »Auf Erden gibt's keine bessere Ehefrau und Mutter als dich.«

»Das letzte Mal hast du mir das vor sieben Jahren gesagt. Als ich mit Elfriede in den Wehen gelegen hab. Weißt du noch?«

Er nickte. »Ich will, dass du das immer im Kopf behältst, egal, was geschieht. Wir haben oft sparen müssen und müssen es noch, aber wenn ich Meister bin, kaufe ich dir ein neues Kleid aus glänzendem Stoff und einen Halsreif werde ich dir schmieden. Einen prächtigen aus purem Gold. Du wirst wie eine Königin aussehen.«

Am nächsten Morgen trafen Johann und der neue Meister gleichzeitig in der Werkstatt ein.

»Ordentliche Arbeit«, sagte Rappolt, als er sah, dass Johann alles erledigt hatte, was er ihm am vorherigen Tag aufgetragen hatte.

»Der Schmied kommt heute vorbei wegen des Ofens«, beeilte sich Johann zu sagen.

»Dann können wir ja bald anfangen zu arbeiten. Wo ist das Auftragsbuch?«

Johann holte es aus einer verschließbaren Holzkiste und händigte dem Meister das Buch und den Schlüssel für die Kiste aus.

»Das sind wenig Aufträge. Da hatte ich mehr erwartet«, sagte Rappolt und schlug den Folianten zu.

»Die Leute sparen. Sie haben Angst vor dem Krieg.«

»Wer hat die nicht.«

»Wie ist die Lage in Nürnberg?«

»Das weiß ich nicht.« Brüsk wandte sich Rappolt ab. »Ich war schon lange nicht mehr dort.«

Schon vor dem Mittag geriet Johann ins Schwitzen. Dabei hatte er nicht einmal den Schmelztiegel in der Hand gehabt. Rappolt schickte ihn umher, verschiedene Sachen zu besorgen, die unabdingbar für die tägliche Arbeit seien. Rappolts strenger Blick folgte ihm, mitleidslos ließ er Johann die gesamte Werkstatt umgestalten. Tische wurden gerückt, Werkzeuge ausgemustert, Regale angebracht. Und immer wieder hieß er ihn den Boden zu fegen. »Schmutz verunreinigt das Metall. Wir sparen uns viel Arbeit, wenn der Boden sauber ist«, sagte Rappolt, als Johann bereits zum vierten Mal den Besen schwang. Der Meister zeichnete derweil Schmuckentwürfe und Johann staunte über die Kunstfertigkeit der Abbildungen. Wie sicher der Federstrich des Meisters war, wie ruhig die Hand blieb. Johann verglich die Bilder im Geiste mit denen, die er selbst im Laufe der Jahre angefertigt hatte. Keines war auch nur im Ansatz so genau wie jene, die Rappolt nebenbei aufs Papier warf.

Es klopfte. Kurz darauf betrat Rufus Bergen die Werkstatt, beladen mit Schriftrollen. Seine Augen wurden groß, dann inspizierten sie die neue Ordnung. Er gewann seine Fassung zurück und trat auf das Pult zu.

»Verzeiht die Störung, Meister Rappolt. Ich möchte Euch noch einige Dokumente übergeben, die Ihr lesen solltet.«

Er lud seine Fracht ab. Auch sein Blick fiel auf die Zeichnungen.

»Ihr habt ja schon mit der Arbeit begonnen. Sehr hübsch.«

»Das ist nichts Besonderes. Nur einige Ideen, die mir im Kopf herumspuken.« Rappolt steckte die Feder in das Tintenfass zurück und wischte einen winzigen Fleck von der Tischplatte. Eilends begann er, die Rollen und losen Blätter zu einem sauberen Stapel aufzutürmen.

»Nun, dann will ich nicht länger stören.«

Als keine Antwort kam, weder von Johann, der das Zusammentreffen der Zunftmeister neugierig verfolgt hatte, noch von Rappolt, drehte sich Bergen um und verließ sein ehemaliges Refugium. Zum ersten Mal fiel

Johann der schleppende Schritt des alten Zunftmeisters auf, der stets der gütige Vater der Zunft gewesen war. Seit der Gründung vor elf Jahren hatte er seine Schützlinge angeleitet, hatte sich mit Gesetzen und dem Herbeischaffen aller notwendigen Utensilien herumgeschlagen. Nicht zuletzt hatte er für ein eigenes Zunfthaus gekämpft. Und nun war der Neue da und setzte sich ins gemachte Nest. Bergen tat Johann leid.

Johann konnte sich nicht beschweren. In Hanau waren die Gewerbetreibenden frei gewesen. Die Gesellenwanderschaft und die Ehelosigkeit waren ihm erspart geblieben. Er hatte seine Anna und ein eigenes Häuschen und seit elf Jahren genoss er zudem die sichere Obhut der Zunft.

*

Der Ofenmacher hatte lange für den Einbau gebraucht und Rappolt hatte darauf bestanden, den neuen Ofen gleich einzubrennen. Kannte der Mann denn keine Müdigkeit? Kaum wurde Johann vom Meister für diesen Tag entlassen, eilte er aus der Werkstatt. Draußen war es dunkel, nur noch wenige Menschen waren auf dem basaltenen Pflaster unterwegs. Gleich Irrlichtern geisterte hier und dort der Schein einer Laterne durch die Nacht. Johann verzichtete auf ein Licht. Er hätte zurück in die Werkstatt gehen müssen und das wollte er nicht. Rappolt hätte gewiss noch eine Kleinigkeit gefunden, die zu tun gewesen wäre. Johann beeilte sich, aus der Sichtweite der Werkstattfenster zu gelangen. Kurz darauf prallte er gegen einen harten Widerstand, scharfer Schmerz schoss durch sein steifes Knie. Vor dem halb fertig gebauten Haus, schräg gegenüber der Werkstatt, hatten die Tagelöhner das Holz für das Fachwerk aufgestapelt. Mitten auf der Straße! Um den Widrigkeiten eines Regengusses zu trotzen, waren die massiven Holzbalken mit einem dunklen gewachsten Tuch abgedeckt. Johann fühlte die talgige Glätte, als er versuchte sein Gleichgewicht wieder zu erlangen. Fluchend lief er weiter.

In der Küche wartete Anna. Auf dem Tisch standen kalt gewordene Speisen. Johann küsste seine Frau und ließ sich schwer auf einen Stuhl fallen. Er barg seinen Kopf in den Händen und seufzte laut. Eine ganze Weile saß er so da. Er hob den Kopf erst, als er Anna schniefen hörte. Es war kein lautes Geräusch gewesen, aber ein seltenes.

»Was hast du, mein Herz?«, fragte er und strich ihr die Tränen von den Wangen.

»Rosalind geht es schlecht. Sie wäre heute fast erstickt. Der Husten wird immer schlimmer und sie ist so still. Spricht nichts und leidet wie ein Hund.«

Johann stand auf und ging zur Schlafstube hinüber, die sich Rosalind mit der zwei Jahre jüngeren Schwester teilte. Anna hatte einen Schemel neben das Bett der Älteren gestellt, auf dem eine Schale mit Wasser stand. Daneben lagen mehrere Tücher, zum Teil benutzt. Es roch durchdringend nach Kräutern, aber Johann nahm auch den scharfen Geruch der Gifte wahr, die Rosalind ausschwitzte. Die Stirn des Kindes war klamm, die Lippen rissig. Unter den geschlossenen Lidern rollten die Augäpfel hin und her.

Anna war hinter Johann getreten und legte ihm die Hände auf die Schultern. »Was sollen wir tun?«

Johann ahnte die Worte mehr, als dass er sie verstand, so leise hatte sie gesprochen. Er presste die Lippen zusammen und bedeutete ihr, hinaus zu gehen. In der Wohnstube setzten sie sich hin, um zu reden.

»Wir werden heute Nacht an ihrem Bett wachen. Wenn es ihr schlechter geht, holen wir sofort den Mediziner. Leg dich hin, ich werde die nächsten Stunden aufpassen. Du kannst dich auf mich verlassen, mein Herz. Ich weck dich dann.« Anna nickte ihm dankbar zu. Kurz darauf hörte Johann die Stiege knarren, als Anna hoch ins Schlafzimmer ging. Er holte sich sein kaltes Abendessen aus der Küche und setzte sich mit dem Teller auf dem Schoß neben Rosalinds Bett. Als der Nachtwächter die dritte Stunde verkündete, strich Johann Anna leicht über die Wange, wartete, bis sie die Augen aufschlug, und legte sich mitsamt seiner Kleidung ins Bett.

Es war bereits hell, als er aufwachte. Er sprang auf, rieb sich die Augen, rannte die Stiege herunter und fand die Küche leer vor. Für gewöhnlich war Anna vor ihm wach, richtete ihm das Frühstück und blieb in der Küche, bis er schlaftrunken am Tisch Platz nahm. Er ging ins Zimmer der Kinder. Anna lag neben Rosalind im Bett. Der Kopf des Kindes ruhte auf ihrer Schulter, beide schliefen fest. Leise schloss er die Tür wieder und eilte aus dem Haus. So wie er war. Es kümmerte ihn nicht, dass er nichts gegessen hatte und die Kleidung des Vortages trug. Seine Sorge galt einzig den möglichen Folgen seines Verschlafens. Was würde Meister Rappolt von ihm denken? Wohl, dass er ein fauler Hund sei. Johanns Magen krampfte sich zusammen.

Der Weg zur Werkstatt schien auf die doppelte Länge anzuwachsen. Als er die Schmiede betrat, kreuzte der Meister die Arme vor der Brust und sah ihm streng entgegen.

»Bitte entschuldigt, ich habe verschlafen. Meine Tochter ist sehr krank.«

»Deine Frau auch?«

»Nein, Anna geht es gut.«

»Dann frage ich mich, warum sie nicht in der Lage ist, sich um das kranke Kind zu kümmern.« Die Kälte in Rappolts Stimme verletzte Johann. Bergen hätte sich nach Rosalind erkundigt, hätte Mitleid gehabt. Johann schwieg.

»Ich sagte dem Koch vom ›Weißen Schwan‹, wir würden das Einkaufen selbst übernehmen. Hier hast du die Liste, bitte sieh zu, dass du alles bekommst. Für dieses Mal ist es mir gleich, wie viel es kosten wird. Wir bekommen hohen Besuch, es geht um einen großen Auftrag.«

Rappolt reichte Johann ein zusammengefaltetes Stück Papier und einen Münzbeutel. »Ich gebe dir einen guten Rat. Wenn du wirklich daran interessiert bist, eines Tages die Meisterprüfung abzulegen, musst du lernen, deine Arbeit ernster zu nehmen.«

Erst als er schon zur Tür hinaus war, überlegte Johann, welch hoher Besuch einen Beutel mit so vielen Gulden wert war. Wichtig musste es sein, sonst hätte Meister Rappolt nicht darauf bestanden, dass er auf den Markt ging, um einzukaufen. Wie ein Weib kam er sich dabei vor. Weil heute alles anders war als an anderen Tagen, schwirrten Johann allerlei Dinge im Kopf herum. Eines hatte er zumindest schon gelernt: nie diesem Rappolt zu widersprechen. Rücksichtslos sprang der Nürnberger von diesem zu jenem und verlangte, dass man in der Lage war, seine Gedanken zu lesen. Jeden Disput würde er, Johann, gegen ihn verlieren. Also nickte er, sagte »Ja, Meister« und dachte sich seinen Teil.

Er überquerte die Brücke, die den künstlich angelegten Seitenarm der Kinzig überspannte, fühlte kurz darauf die beruhigende Dicke der gemauerten Rundbastion unter seinen Füßen und stieg die Treppe zur Altstadt hinauf.

Es ist immer wieder merkwürdig, wie schnell man eine andere Welt betritt, dachte Johann, als er in die Judengasse einbog. In Grüppchen standen die Männer mit den Hüten und den merkwürdigen Ringellöckchen zusammen und flüsterten verschwörerisch hinter vorgehaltenen Händen. Diese Juden scheinen nichts anderes zu tun, als sich den lieben langen Tag zu unterhalten. Welch wichtige Dinge sie wohl zu bereden haben?

Johann lief weiter, direkt auf die Hochdeutsch Reformierte Kirche zu, deren Spitze sich in den Himmel hob.

Mit dem Korb über dem Arm ging Johann neben einigen Frauen her, die wie eine Schar Gänse schnatterten. Das Gespräch drehte sich selbstverständlich um das Mannsvolk. Eine Haube - als Zeichen für den Ehestand - trug nur eine von ihnen. Sollten sie es ruhig noch ein wenig lustig haben, die Ernsthaftigkeit der Ehe bräche schnell genug über sie herein. Johann überholte die Frauen, die immer wieder stehen blieben und mit den Fingern auf die Gehilfen deuteten, die sich ihre Kreuzer hart erarbeiten mussten. Er wich einem Fuhrwerk aus, das gerade entladen wurde, und kletterte über ein zerbrochenes Fass hinweg, in welchem Fäden verdorbenen Sauerkrauts hingen. Das Haus links neben ihm konnte einen neuen Anstrich vertragen. Stroh lugte unter bröckelndem Putz hervor, die Tür hing schief in den Angeln. Ein altes Weib humpelte an Johann vorbei. Ein junges Mädchen rannte kichernd vor einem Stallburschen davon, an dessen abgetragenen Stiefeln Pferdekot hing. Ihre Röcke bauschten sich und gaben den Blick auf dralle Waden frei. Johann folgte den beiden gemächlich durch die Kleine Fahrgasse.

»Vorsicht«, hörte er einen Ruf. Dann polterte ein Balken neben ihm auf das Pflaster, der gut und gerne den Umfang eines erwachsenen Mannes hatte. Da haben sich die beiden in der Neustadt besser angestellt, dachte Johann wütend und drohte den Zimmerern mit der Faust. Ein magerer Hund ergriff jaulend die Flucht.

Er bahnte sich einen Weg durch die dichter werdende Menge und erreichte schließlich den Marktplatz. Ein Verkäufer pries lauthals seine Mixtur gegen allerlei Gebrechen an. Dicht an dicht standen die Händler. Mal mit, mal ohne Karren. Wer kein Gefährt besaß, ließ seine Waren in Stroh gepolsterten Kiepen liegen, deren Öffnungen zu den Kunden zeigten. Eine magere Frau hielt Johann irdene Krüge entgegen und warb mit brüchiger Stimme um seine Aufmerksamkeit. Ein schmutziger Junge stahl einen Bund Rüben und war kurz darauf in der Menge verschwunden. Frauen prüften mit strengen Blicken die dargebotenen Waren und feilschten laut um den Preis.

Für einen Moment blieb Johann stehen, um den Duft des Geräucherten in seine Nase strömen zu lassen. Ach, hätte er doch mehr Geld. Jeden Tag gäbe es einen stattlichen Schinken auf dem Frühstücksbrett.

»Gott zum Gruße, Herr Sperling. Wie geht's der Anna?«, sprach ihn die kugelrunde Metzgerin Erler an. Johann hatte eilig an dem Stand vorbeiziehen wollen, der eben jenes Geräucherte feilbot, nach dem es ihn gelüstete, aber dann fiel ihm ein, dass er ja Rappolts Geldbeutel mit sich trug und er ja auch gar nicht für das eigene Haus kaufen oder vielmehr nicht kaufen wollte, sondern für den »hohen Besuch«.

»Wie' s eben so geht. Meine Große ist krank und die Anna macht sich Sorgen.«

»Das ist aber nicht schön. Was hat sie denn?«

»Die Hitze - und das Schnaufen fällt ihr schwer. Aber sie wird schon wieder gesund werden. Ich hätte dann gern ein halbes Pfund Leberwurst, ein halbes Pfund Blutwurst und den Schinken da«, sagte Johann.

Die Metzgerin verscheuchte einige Fliegen, die sich auf den Waren tummelten, und packte Johann das Gewünschte ein. Anschließend zog er weiter. Es dauerte lange, bis er alles beisammen hatte, was der Meister wollte. Mehr als ein Mal hatte er sich Anna herbei gesehnt, die wahrscheinlich nur halb so lange gebraucht und gewiss auch nur die Hälfte des Geldes ausgegeben hätte. Als der letzte Stand abgebaut wurde, verstaute Johann die letzten Einkäufe in dem Karren, den er sich für zwei Kreuzer geliehen hatte. Er wäre lieber bei Anna und Rosalind gewesen. Stattdessen zog er wie ein Esel den Karren, dessen linkes Rad zu allem Überfluss eierte, über das bucklige Pflaster. Zum Glück musste er nur den Marktplatz überqueren, um zur Wirtschaft zu gelangen. Erleichtert ließ er die Nahrungsmittel mitsamt Karren beim Koch im ›Weißen Schwan‹, der bereits von Rappolt Bescheid bekommen hatte, dass Johann die Zutaten besorgte.

»Ich hätte auch nichts anderes gekauft«, brummte der Koch beleidigt, als er sah, was Johann auf dem Wagen hatte.

Johann ärgerte sich, den halben Tag auf dem Markt verschwendet zu haben. Er befürchtete, dass noch allerlei Arbeit in der Werkstatt für ihn bereitlag.

Die Tür zur Werkstatt war abgesperrt. Johann lugte

durch ein Fenster. Innen waren alle Gerätschaften ordentlich wegsortiert worden. Er wandte sich schon erleichtert ab, in der Hoffnung, sein Arbeitstag sei beendet, als ihn jemand am Ärmel zupfte. Ein kleiner Bengel mit wachen Augen sah zu ihm hoch. Johann wühlte in seiner Tasche nach einer Münze für den Betteljungen.

»Seid Ihr Johann Sperber?«

»Sperling.«

Sichtlich erfreut sprudelte der Kleine seine Botschaft hinaus: »Ihr sollt ins Rathaus gehen hat der Rappelt mir aufgetragen Euch zu sagen.«

Johann brach in Gelächter aus. Rappelt.

»Mit Namen hast du's nicht so, oder?«, sagte Johann, als er sich wieder beruhigt hatte. »Hat Meister Rappolt denn auch gesagt, was ich dort soll?«

»Nein, der hatte es ganz eilig.«

»Danke, Kleiner.«

Johann fuhr dem Jungen durchs Haar und wischte sich anschließend die Hand an der Hose ab.

Und wieder legte er den Weg in die Altstadt zurück. »Hätte ich das gewusst, wäre ich gleich auf dem Markt geblieben«, schimpfte er vor sich hin.

Vor dem Rathaus angekommen, legte Johann eine Verschnaufpause ein. Sein Blick wanderte an der Fassade des Gebäudes entlang und verweilte auf den reich geschnitzten Knaggen, die die Erker des ersten Stockwerks trugen. Ein Gurtsims spannte sich unter den Fenstern rund um das Haus. Der Erker mit den vier Fenstern gehörte zum großen Ratssaal, in dem die Feierlichkeiten für die Reichen abgehalten wurden. Johann war noch nie zu einer solchen Feier geladen gewesen. Der schmalere Erker links daneben ließ Johann erschauern. Dort wurden die Geschicke der Stadt beschlossen. Nein, verbesserte er sich im Geiste, beschlossen werden sie in der Ratsstube. In der Amtsstube der beiden Bürgermeister werden sie nur gesiegelt. Johann seufzte, gab sich einen Ruck und betrat die doppelläufige Freitreppe, die zum Eingangsportal führte. Ein Soldat hielt davor Wache. Nachdem Johann seinen Namen genannt hatte, ließ ihn der Soldat hinein.

Die Eingangshalle besaß linker Hand eine Stiege, die zu den oberen Geschossen führte. Die Schreiber, die ihm auf dem Weg nach oben entgegen kamen, sahen Johann kritisch an. Er hatte sich noch nie derart fehl am Platze gefühlt. Er stand eine Weile schüchtern in der Diele, bis er sich ein Herz fasste und einen jungen Mann ansprach, der einen halbwegs freundlichen Eindruck vermittelte.

»Ich suche den Zunftmeister Rappolt.«

Die Miene des Mannes hellte sich auf. »Dann seid Ihr der Geselle. Dort hinein, bitte.« Er deutete auf eine der Türen. Johann wagte nicht zu fragen, woher der Mann über ihn Bescheid wusste, und steuerte die besagte Tür an. Der Mann folgte ihm nicht, sondern eilte in entgegengesetzter Richtung davon.

Johann klopfte, wartete auf die Aufforderung einzutreten und als diese kam, betrat er den Raum. Die Pracht überwältigte ihn. Das Tageslicht brach sich schimmernd auf polierten Holzdielen und verlieh ihnen einen geradezu überirdischen Glanz. Ein großer Teppich mit dem Wappen Hanaus lag auf dem Boden. Die Wände waren fein verputzt und ein Feuer prasselte im Kamin. Das Herzstück des Zimmers bildete zweifellos der Versammlungstisch aus dunklem Holz, gegen den sich der Tisch in der Zunft wie eine Lehrlingsarbeit ausnahm. Reich verzierte Stühle mit samtgepolsterten Sitzflächen standen ordentlich an den Tisch gerückt. Johann erkannte den Stadtkämmerer der Neustadt sowie einen der Syndici, die gemeinsam in einem Dokument lasen. Der Rechtsgelehrte schob die Papiere hastig zusammen, als Johann eintrat. Rappolt stand auf und kam Johann einen Schritt entgegen, die vier anderen Männer blieben sitzen.

»Darf ich Euch meinen Gesellen Johann Sperling vorstellen? Ein begabter Mann, der direkt dem ehemaligen Zunftmeister Bergen unterstellt war. Er wird an dem guten Stück mitarbeiten.«

Johann trat an den Tisch. Die Männer nickten ihm zu. Johann verbeugte sich tief.

Der Stadtkämmerer und der Syndikus standen auf, nickten Johann zu und verließen ohne ein Wort des Abschieds die Ratsstube. Verwirrt schaute Johann den beiden hinterher, dann wandte er sich wieder zum Tisch um.

»Nimm Platz«, sagte Rappolt steif und deutete auf den freien Stuhl neben sich. Johann durchflutete eine Woge des Stolzes. Ich sitze auf dem Stuhl eines Ratsherrn, dachte er.

Er musterte die beiden Männer gegenüber. Sie trugen kostbare Jacken aus Samt, ihre Hosen plusterten sich wie Gockelgefieder und die Hände steckten in sauberen Handschuhen aus hellem Leder. Zweifelsfrei handelte es sich um reiche Edelleute.

»Augustus von Winterstein«, stellte sich der schmalere der beiden Fremden vor. Er hatte eine leise Stimme und ein weibischer Zierdegen lehnte neben ihm.

»Fredegar Baumer«, sagte der andere. Seine Waffe, die ebenfalls am Tisch lehnte, schien echt zu sein. Der Knauf war abgegriffen. So wie seine Waffe wirkte auch der Mann etwas ungeschlacht. Johann hätte sich mit so einem nach einem Zechgelage nicht hauen wollen.

»Morgen Abend gebe ich Euch zu Ehren ein bescheidenes Bankett. Sofern Ihr noch daran interessiert seid, heißt das«, ergriff Rappolt das Wort.

›Bescheiden?‹, dachte Johann. ›Ein ganzes Regiment kann man mit den Sachen durchfüttern, die ich vom Markt geholt habe.‹

»Das sind wir«, säuselte Winterstein. Er und Baumer tauschten einen langen Blick. Baumer versuchte ein Lächeln und fragte: »Habt Ihr noch in der Werkstatt zu tun? Wenn nicht, würden wir uns freuen, mit Euch einen Schoppen in der Wirtschaft zu trinken.«

Rappolt nickte. »Johann wird Euch begleiten. Ich muss noch etwas in der Werkstatt erledigen und bin in der nächsten Stunde bei Euch.«

Johann wollte widersprechen, aber Rappolts finstere Miene nahm ihm allen Wind aus den Segeln. Er zwang sich zu einem Lächeln. »Habt Ihr einen bestimmten Wunsch?«

»Wir sind fremd in Hanau. Ihr werdet uns eine Empfehlung aussprechen müssen.«

Johann überlegte. Der ›Ochse‹ war zu einfach, obgleich die Krüge schön hoch gefüllt wurden. Der ›Schwan‹ kam am ehesten in Frage. Dort verkehrten die Bürgermeister und ihre Gattinnen und viele reiche Leute, auch aus der Neustadt.

»Ja, lasst uns in den ›Weißen Schwan‹ gehen. Dort findet auch das morgige Essen statt und Ihr könnt Euch in aller Ruhe die Wirtschaft anschauen.«

Johann ging zur Tür und hielt sie den Herrschaften auf. »Seht Ihr, da drüben ist er schon, der ›Weiße Schwan‹«, sagte er, als sie auf der Freitreppe vor dem

Rathaus standen. Johann deutete rechter Hand über den Marktplatz hinweg auf ein dreigeschossiges Haus, das einen neuen Außenputz erhalten hatte. Seit die Neustadt binnen kürzester Zeit großen Zuwachs bekommen hatte, verirrten sich auch mehr Leute in die Altstadt. Johann seufzte, weil er daran dachte, dass sich ruhig auch etwas mehr Geld in seine Haushaltskasse verirren könnte. Einen neuen Putz konnte das Sperling'sche Haus gewiss auch vertragen. Wie gern würde er jetzt einfach nach Hause gehen, seine Schuhe ausziehen, seine Kinder in den Arm nehmen und Anna küssen. Wäre dies ein normaler Tag gewesen, hätte er gleich Feierabend. So musste er diese Burschen hofieren, die nicht den Anschein erweckten, als würden sie sich darüber freuen. Sie überquerten den Platz, und fester als gewollt, stieß Johann die Tür zur Wirtschaft auf. Es war ruhig im Innern.

»Von uns Stammgästen, die wir immer im ›Ochsen‹ einkehren, wird das hier der ›leise Schwan‹ statt der ›Weiße Schwan‹ genannt. Es ist immer still, die Leute reden kaum und wenn, dann tun sie flüstern.«

Winterstein und Baumer schenkten Johanns Ausführung keine Beachtung, zogen an ihm vorbei und steuerten zielstrebig einen Tisch am Fenster an. Sie entledigten sich ihrer Mäntel und gaben sie an Johann weiter.

Johann kannte sich im ›Weißen Schwan‹ nicht gut aus, drehte sich um die eigene Achse, um die Haken zu finden, an welchen man die Kleidung aufhängen konnte. Der Wirt nahm sich schließlich seiner an und erledigte dies für ihn.

Die Edelleute nippten an ihren Getränken, während Johann bereits beim dritten Krug Bier angelangt war. Schon allein deshalb, weil er nicht sprechen musste, solange er trank. Endlich betrat Rappolt den Schankraum, sah sich kurz um, machte an einem der Tische Halt, an dem ein älteres Paar saß. In Johann begann es zu brodeln.

›Jetzt ist er schon hier und ist es doch nicht. Verdammich, ich will nach Hause. Mein Kind ist krank und keinen interessiert's!‹, dachte er finster. Schnell ertränkte er den Zorn mit einem kräftigen Schluck aus seinem Krug. Die Edelleute, die sich bislang als sehr ungesellig erwiesen hatten, wurden mit einem Mal gesprächig. Sie lächelten Rappolt an, der mittlerweile auf der Sitzbank neben Johann Platz genommen hatte, und hoben ihre Becher auf sein Wohl. Rappolt warf den leeren Krügen vor Johann einen langen Blick zu, dann bestellte er mit Wasser verdünnten Wein.

»Habt Ihr Euch schon ein wenig eingelebt?«, richtete er das Wort an die beiden Gäste.

Winterstein drehte seinen Weinkelch auf der Tischplatte. »Diese Stadt mit ihren Wirren macht es einem schwer, sich einzuleben. Wir werden uns damit abfinden müssen.« Er senkte die Stimme, so dass Johann und Rappolt sich vorbeugen mussten, um die nächsten Worte zu verstehen. »Die Juden. Sie sind eine Plage. Hanau ist nach meinem Geschmack ein wenig zu offen zu diesem Völkchen.«

Johann hatte nichts gegen die Juden. Sie wohnten abgetrennt von allen anderen und kümmerten sich um ihre eigenen Belange.

»Wie kommt es, dass ein Katholik sich hier wohl fühlt?«, fragte nun Baumer. Johann warf Rappolt einen erschrockenen Blick zu, der Winterstein nicht entging.

Rappolt zuckte mit den Schultern. »In erster Linie bin ich Zunftmeister.«

»Aber Ihr werdet hier verdrängt. Alle Kirchen predigen das reformierte Glaubensbekenntnis. Die Predigten selbst werden nicht in der Sprache der Gelehrten gehalten, sondern auf Deutsch. Wo gehen all die Werte hin?«

»Lasst uns von fröhlicheren Dingen sprechen«, schlug Rappolt vor.

»Gar von dem Krieg, der hier nicht stattfindet?«, fragte Winterstein mit listigem Unterton.

»Der Krieg geht mich nichts an. Ich bin Goldschmied und kein Soldat«, entgegnete Rappolt.

»Der findet schon statt. Würdet Ihr hier leben, hättet Ihr's schon längst bemerkt«, sagte Johann und merkte, dass ihm seine Zunge nicht mehr gehorchte. »Meister, braucht Ihr mich noch?«

Rappolt kniff die Lippen zusammen, musterte noch einmal die leeren Krüge und schüttelte dann den Kopf. »Nein, geh nur heim zu deinem Kind.«

Während Johann davonwankte, hörte er nur noch, wie Rappolt leise sagte: »Er hat seine Frau nicht im Griff. Aber das Kind kann ja nichts dafür.«

Johann taumelte zu seinem Haus und ließ die Tür offen stehen. Der Windzug fegte getrocknete Kräuter vom Küchentisch. Anna schrie auf, bückte sich eilends und rief: »So mach doch die Tür zu. Du bist ja betrunken.«

Johann versuchte gerade zu stehen und antwortete: »Ein wenig. Rappelt wollt', dass ich mit den Gockeln noch einen trinken gehe.« Bei dem Wort »Rappelt« fing er an zu kichern und konnte sich nicht mehr beruhigen. Anna beobachtete ihn eine Weile, zog die Stirn in Falten. Sie stemmte ihre kleinen Fäuste in die Hüften. Erst als sie zischte: »Johann Sperling, es reicht!«, gewann er seine Fassung zurück.

»Wie geht es Rosalind?«

»Besser. Die Hitze ist fast weg. Nur der Husten plagt sie noch.«

»Weißt du, was der Meister gesagt hat? Er meinte, ich hätte dich nicht im Griff. Er denkt wohl, du würdest dich wegen Rosalind zu arg anstellen.«

»Der spinnt wohl!«

»Ich muss morgen Abend zu einem Essen in den ›leisen Schwan‹.«

Anna kniff die Augen zusammen, ihr Fuß schlug einen schnellen Takt auf den Boden.

»Jetzt schau nicht so garstig, es geht eben nicht anders. Soll ich den Meister allein den Bestien zum Fraß vorwerfen?«

»Recht geschehen tät' s ihm, deinem Meister. Langt doch, wenn einer sein Weib allein lässt!«

»Du bist es doch, die mich ständig antreibt, endlich die Meisterprüfung abzulegen. Von nichts kommt nichts.«

»Du bist betrunken, Johann.«

»Stimmt«, sagte er und rülpste. »Sprechen wir morgen darüber. Nein, das geht ja nicht. Übermorgen.«

»Oder überhaupt nicht«, fauchte Anna und verließ die Küche.

*

Übel gelaunt erhob sich Johann früh von seinem verschwitzten Lager. Ständig hatten ihn Annas Schritte im Halbschlaf begleitet. Sein Knie war steif und er schaffte es kaum die Stiege hinunter. Auf dem Küchentisch fand er eine Schale Brei. Kalt. Zorn wallte in ihm auf. Was bildete sich diese Person ein? Er allein trug die Verantwortung, die vier Mäuler zu stopfen, und zum Dank bekam er kalten und - dem Geruch nach zu urteilen - angebrannten Brei. Ohne Anna einen guten Morgen zu wünschen, verließ er das Haus. Hart zog er die Tür hinter sich ins Schloss. Das Wetter passte zu seiner Stimmung. Ein kalter Regenguss ging auf die Stadt nieder und die Menschen drängten sich in der Mitte der Metzgergasse, um nicht in die schäumenden Kotrinnen treten zu müssen. Triefend nass erreichte er die Werkstatt.

»Gut, dass du da bist. Es gibt viel zu tun. Wir werden alle Aufträge so schnell wie möglich abarbeiten, damit wir Raum für unsere neueste Bestellung haben, die uns lange Zeit beschäftigen wird«, begrüßte ihn Rappolt. Als Johann nichts erwiderte, hob der Meister den Blick, den er, wie so oft, auf seine Papiere gerichtet hielt. Eine tiefe Falte grub sich in die hohe Stirn und er machte eine ungeduldige Geste zur Werkbank.

Johann legte seinen wollenen Mantel ab und hängte ihn vor den Ofen. Alsbald dampfte die Feuchtigkeit aus dem Stoff und verströmte den Geruch von Schaf.

»Meister?«, fragte Johann.

»Hm?«

»Mich treibt die Neugier um, was das für ein Auftrag ist, von dem Ihr sprecht. Und diese Leute gestern ... Hanauer sind's nicht.«

»Ich werde darüber nicht reden, weil ich den Herrschaften nicht vorgreifen will. Zumal sie mir selbst nur wenige Anhaltspunkte gegeben haben. Nur so viel: Wir werden mindestens ein Jahr mit der Fertigung des Werkstücks zu tun haben.«

»So lang?«

»Sorgst du dich um deine Prüfung? Wann wolltest du sie denn machen?«

»Mir fehlt nicht mehr viel Geld. Also bald.«

»Ob du die Meisterwürde verdienst, hat immer noch der Zunftmeister zu entscheiden und nicht nur die Anzahl der Gulden. Arbeitest du willig und bist so fleißig, wie dich mein Vorgänger beschrieben hat, sehe ich keinerlei Schwierigkeiten.«

›Das ist es ja gerade‹, dachte Johann. ›Er macht meine Prüfung davon abhängig, wie viele Bücklinge ich zu machen im Stande bin.‹

»Lass uns einen Handel schließen. Der Auftrag – so wir ihn denn bekommen – soll dein Meisterstück werden.«

Johann schnappte nach Luft. Rappolt traute ihm mehr zu als er sich selbst. Oder gab es noch einen Grund, warum der Meister nicht selbst Hand anlegen wollte?

»Danke, Meister«, fügte er hinzu und rang sich ein Lächeln ab. Rappolt sah es nicht, sein Haupt war wieder gesenkt. Johann hatte noch nie zuvor einen so gerade gezogenen Scheitel erblickt, der das dunkle Haar des Meisters in der Mitte teilte.

»Hast du anständige Kleidung für heute Abend?«, fragte Rappolt.

»Ein Wams aus edlem Samt, das noch nicht einmal vier Jahre alt ist, und ein Hemd, das nur wenig geflickt ist. Mehr habe ich nicht anzubieten.«

»Es wird reichen, schätze ich. Wir treffen uns zur achten Stunde im ›Weißen Schwan‹.«

Johann nickte und wandte sich dem Anhänger zu, den er mit einer neuen Fassung versah. Für gewöhnlich standen solche Aufträge nicht auf der Liste, denn seine Ausprägung war das Silber- und Goldschmieden und nicht das Edelsteinfassen.

Im Nu ging der Tag vorbei und als sich die Dunkelheit in den Raum schlich, hatte Johann fast alle einfachen Aufträge vollendet. Sein Meister polierte konzentriert einen Ring und klemmte sich eine Vergrößerungslinse ins Auge, um seine Arbeit zu überprüfen. Johann wartete, bis er fertig war. Dann räusperte er sich und sagte:

»Ich tät' dann heimgehen und mich umziehen, wenn das für Euch in Ordnung ist.«

»Zeig mir erst die beiden letzten Stücke, die du gemacht hast. Die anderen habe ich bereits gesehen.«

Johann schlug das Samttuch auseinander, in das eine Brosche und ein paar Ohrgehänge eingebettet waren.

Kritisch nahm Rappolt jedes Stück in die Hand und wieder kam die Linse zum Einsatz. Der Meister trug sogar die Brosche zum Fenster und hielt sie gegen das schwindende Tageslicht. Der Topas darin funkelte in einem satten Orange. Nachdem er sie mehrmals gedreht und gewendet hatte, reichte er sie Johann, der sie wieder ins Tuch einschlug.

»Die Nadel wird nicht sehr lange halten. Du musst das Gold mehr erhitzen, damit die Nahtstelle nicht zerbricht.«

Johann biss sich auf die Zunge. Seine Finger krallten sich wie von selbst in das samtene Tuch.

»Morgen kannst du den Schaden beheben. Und nun beeile dich, wir beide treffen uns kurz vorher, an der Ecke des lachsfarbenen Hauses. Es bietet ein überzeugenderes Bild, wenn wir gemeinsam beim ›Weißen Schwan‹ ankommen.«

»Ja, Meister.«

Schon war Johann zur Tür hinaus. Er konnte es kaum erwarten, nach Hause zu Anna zu kommen. Er sehnte sich danach, mit ihr über die augenblickliche Lage zu reden, die Verpflichtungen, die ihm so schwer auf der

Seele lagen. Immer wieder war ihm der Gedanke durch den Kopf geschossen, dass er ihr Unrecht tat. Sie kümmerte sich rührend um die Kinder und auch um sein Wohl. Da war es wohl nicht zuviel verlangt, ein Mal zurückzustecken, wenn seine Tochter an der Hitze litt.

Überrascht lief er durch das ganze Haus. Anna war fort, ebenso Rosalind und Elfriede. In der Wohnstube glommen die Kohlen im Kamin nur noch leicht. Johann ging in die Schlafkammer und horchte bei jedem Knacken auf. Jedes Mal wurde er enttäuscht, es war nur das Holz der Stützbalken, das sich in der Kälte zusammenzog, und nicht die Haustür. Er wühlte in der Kleidertruhe bis auf den Grund und zerrte schließlich sein Wams unter dem säuberlich gefalteten Stapel Kleidung hervor. Er hatte seinen Meister angelogen. Das Wams hatte ihm Anna damals als Geschenk zur bestandenen Gesellenprüfung von einer Bekannten nähen lassen. Das war vor acht Jahren gewesen. Auch das Hemd war fadenscheiniger, als er es dem Meister geschildert hatte.

»Ja, verdammt, wo soll's Geld denn her kommen?«, fluchte er laut. »Jeden Kreuzer leg' ich zurück für die Prüfung.«

Mit Erschrecken stellte er fest, dass das Hemd sehr wohl noch passte, das Wams aber spannte über dem Bauch. Er musterte sich im Spiegel, drehte sich so, dass die mittlere Region seines Körpers sichtbar wurde.

›Ich hab' einen Bauch, nicht, weil ich mich der Völlerei hingegeben habe, sondern weil sich mein Rücken durchbiegt‹, dachte er. ›Ich kann's nicht ändern. Wo soll ich auf die Schnelle ein Wams herkriegen?‹

Er zog den Bauch ein und stakste die Stiege hinunter. Die restliche Kleidung aus der Truhe lag kreuz und quer verteilt auf dem Boden der Schlafkammer. Bücken ging nicht mit dem engen Wams. Anna würde es schon verstehen.

Der Stock des Meisters schlug mit einem hellen Ton auf das Pflaster. Johann hörte ihn, ehe er seinen Meister sah. In einer unbekannten Geste der Verzweiflung riss Rappolt die Arme in die Höhe, als er Johann gewahr wurde. »Na endlich. Gleich ist es acht. Wir kommen zu spät.«

Im Schankraum des ›Weißen Schwans‹ war die Luft zum Schneiden dick. Die Speisen verströmten so starke Düfte, dass Johann schlecht wurde. Er zog sich einen freien Stuhl heran und beobachtete seinen Meister, der das Buffet inspizierte. Erbost winkte Rappolt einen Küchenjungen heran und deutete auf eine Schale. Der Knirps wandte sich an den Koch. Der wiederum deutete auf Johann. »Natürlich«, grummelte der. »Ich bin wieder schuld.«

Rappolt ließ dieses Mal das Genörgel auf sich beruhen. Winterstein ging auf den Meister zu. Das Lächeln der beiden Männer wirkte unecht. Winterstein war in Brokat und Samt gekleidet. Echte Perlen besetzten die Säume seines Wamses, die Stulpenstiefel waren auf Hochglanz poliert worden. Rappolt war in seinem Leinenhemd und Wildlederwams hingegen wesentlich schlichter gekleidet, aber er vermittelte den Eindruck von Ordnung und Sauberkeit. Johann kam sich schon im Schankraum wie ein Bettler vor. Wie würde es erst, wenn er mit diesen gestelzten Böcken an einem Tisch sitzen musste?

»Johann. Hörst du mich nicht?«

Er schreckte hoch und sah sich suchend im Raum um. Sein Meister winkte ihm vom anderen Ende aus zu. Johann musste sich erst einen Weg durch wuselnde Küchenjungen, kleine Grüppchen von Leuten, die ins Gespräch vertieft waren, und zwei Frauen, die ernst dreinblickten, hindurch bahnen. Die Tische waren von den Wirtsleuten zu einem U aufgestellt worden. Kurzerhand krabbelte Johann unter einem der Tische hindurch. Missbilligend flog der Blick des Meisters zu Johanns Knien, an denen sich ein Staubpelz in den Stoff der Hose gefressen hatte. Johann klopfte, aber der Schmutz verließ ihn nicht.

»... vorstellen.«

»Wie bitte?«

»Mir scheint der Geselle etwas einfältig«, hörte Johann jemanden tuscheln. Sein Kopf ruckte herum, aber er sah nicht, wer diese Worte geäußert hatte, denn viele Augenpaare waren auf ihn gerichtet.

»Gehen wir uns vorstellen«, sagte Rappolt so akzentuiert, dass sich Johann schrecklich gedemütigt vorkam. »Wo hast du nur deinen Kopf gelassen?«, zischte er ihm leise zu und fasste ihn hart am Ellenbogen. Rappolt zerrte ihn vor ein Dreiergrüppchen, das im Gespräch inne hielt und die beiden erwartungsvoll ansah. »Das sind Freunde unseres Auftraggebers. Sie kommen aus dem fernen Spanien.«

Johann verschlug es die Sprache angesichts der drei Männer. Sie waren herausgeputzter als Winterstein, große bunte Federn wippten auf hohen Mützen. Ihre Kleidung bestand aus indigo- und safranfarbenen Gewändern, die in mehreren Schichten übereinander lagen. Die meiste Aufmerksamkeit erregten jedoch die prächtigen Kreuze aus Gold, in welche unzählige Edelsteine eingefasst waren. Ein jedes der Schmuckstücke war so lang wie Johanns Zeigefinger. Würde er eines der Kreuze versetzen, könnte er von dem Geld zweimal seine Meisterprüfung ablegen. Die Schnürung des Wamses knirschte, als er sich tief vor den Herrschaften verbeugte. Sie erwiderten die Begrüßung mit einer Eleganz, die Johann beschämte. Dabei hatten die Herren allesamt wohl mehr Sommer gesehen als er. Sie stellten sich ihm vor. Gleich darauf hatte er ihre Namen bereits vergessen, so berauscht war er von dem Reichtum der Gäste. Außerdem sprachen sie einen kehligen Akzent. Johann flüsterte seinen Namen und war froh, als ihn der Meister weiter schob. Zur nächsten Gruppe. So ging es in einem fort, bis sie schließlich alle begrüßt hatten. Die Namen, Titel und Herkunftsorte der Gäste konnte er sich beim besten Willen nicht merken. Rappolt hingegen begrüßte jeden namentlich, wechselte mühelos die Gesprächsthemen und schalt nebenbei die Küchenjungen, wenn sie zwischen ihm und den edlen Herrschaften hindurch liefen.

Der Meister und Johann erhielten Ehrenplätze an der Stirnseite des Tisches. Rechts neben Johann saß Winterstein, links neben Rappolt Baumer. Alles in allem zählte die Gesellschaft zwanzig Teilnehmer. Auch die Bürgermeister bekamen ihren Platz an der Tafel. Vom Rest des Rates sah Johann keine Spur.

Das Essen wurde aufgetragen. Der erste Gang bestand aus einer Zwiebelsuppe, auf der geschmorter Käse schwamm. Ein Rezept von den Flüchtlingen, jedenfalls keine Hanauer Kost, dachte Johann und kämpfte mit den zähen Käsefäden, die sich beim Zerteilen bildeten. Prompt verbrannte er sich den Mund, weil er in seiner Gier den Löffel voll gehäuft hatte. Trotz pelziger Zunge schmeckte es köstlich. Winterstein erhob sich und klopfte mit dem Löffel gegen seinen Krug. Die Gespräche verebbten.

»Werte Anwesende, liebe Gäste. Ich freue mich, unsere Entscheidung bekanntgeben zu dürfen.«

Er hielt kurz inne und schmunzelte.

»Lange habe ich überlegt, in wessen Hände ich einen Auftrag geben kann, der tausende von Gulden kosten wird und der darüber hinaus einen weitaus höheren, ja unbezahlbaren, symbolischen Wert besitzt. Nun ist es mir gelungen, die besten Hände der gesamten Region zu finden, nämlich die des geschätzten Zunftmeisters der Hanauer Goldschmiede: Hanns Rappolt.«

Hier machte Winterstein eine kurze Pause. Den Applaus schnitt er mit einer knappen Handbewegung ab. »Er trat in die Fußstapfen seines Vaters, der ebenfalls Hanns Rappolt genannt wurde. Allerdings brachte er es zum Silberschmied, während sein Sohn nach weitaus Höherem strebte. Wie groß das Können dieses Mannes wirklich ist, wird sich weisen. Mein Vertrauen jedenfalls gehört schon heute ihm.«

Wieder brandete Applaus auf. Dieses Mal jedoch so laut, dass Winterstein gar nicht mehr versuchte, für Ruhe zu sorgen. Er hob seinen Weinkelch, prostete Rappolt zu und nahm wieder Platz. Mit verlegener Miene erwiderte der Meister die Geste und nickte den wohlwollenden Gesichtern ringsum zu.

Johann fühlte sich miserabel. Weder wusste er, wovon dieser aufgeputzte Geck gesprochen hatte, noch schenkte ihm jemand auch nur ein Gran Beachtung. Es war, als sei er überhaupt nicht anwesend. Während er aß, dachte er an Anna. Wo war sie nur? Und die Kinder? Was war geschehen?

Feierlich hieß Winterstein die Bediensteten, auf dem Tisch Platz zu schaffen. Nachdem dies geschehen war, entrollte er ein Pergament, auf welchem eine Skizze zum Vorschein kam. Johann erkannte einen Pokal. Als er die Zahlen am Rande las, keuchte er. Auch Rappolts Augen wurden groß, wie er nach einem Seitenblick auf den Meister feststellte. Die Skizze zeigte ein prächtig geschmücktes Gefäß. Eine zierliche Figur thronte auf der Spitze. Johann wagte es nicht, sich so nah herüberzubeugen, dass er Einzelheiten erkennen konnte. Dieser Moment gebührte dem Meister. Was er jedoch sah, war die Legende, die sich unter der Zeichnung befand. Aus Silber sollte der Prunkbecher sein, Überzug aus feinstem Gold erwünscht, stand in einer anderen Handschrift darunter.

›Also haben mindestens zwei Personen an dem Bild gezeichnet‹, mutmaßte Johann. Winterstein traute er die Zeichnung eher zu als Baumer mit seinen schwieligen Händen. Aber sollten sie tatsächlich an dem Stück arbeiten dürfen, wäre es eines der prächtigsten, die jemals in einer Hanauer Goldschmiedewerkstatt gefertigt worden wären. Rappolt schien keineswegs überrascht, den Auftrag erhalten zu haben, nachdem die Herrschaften so viel Aufhebens darum gemacht hatten. Johann dachte sich schon, dass vieles hinter seinem Rücken abgesprochen worden war. Und das, obgleich Rappolt ihn dieses Prunkstück schmieden lassen wollte. Die Geheimniskrämerei versetzte ihm einen Stich, Bergen hätte ihn niemals hintergangen. Ein großer Schwall Wehmut flutete sein Herz. Sein Blick schweifte über die schmausenden Edelleute. Auch Johann aß, allerdings zwang er die Köstlichkeiten in seinen Bauch, denn die Aufregung der vergangenen Tage schnürte ihm den Magen zu.

Er fing Wintersteins spöttischen Blick auf, als er für Anna und die Kinder Fleisch in ein Tuch wickelte, das er eigens dafür mitgenommen hatte.

›Soll er nur spotten, der Geck. Gewiss hat er von

Kindesbeinen an von goldenen Tellern gespeist‹, dachte Johann und ließ sich nicht anmerken, wie sehr ihn Wintersteins Hohn verletzte.

Einige aus der Runde verabschiedeten sich unmittelbar nach dem Essen. Nur ein halbes Dutzend der geladenen Gäste war noch übrig und gerade auf dem besten Wege, sich zu betrinken. Johann hingegen ließ die Finger von Wein und Bier. Er fürchtete um das Eigenleben seiner Zunge. Das ständige Lächeln und die Protzerei der Anwesenden, in welcher Manier sie von ihren Besitztümern sprachen, widerten ihn an. Er fragte sich, ob derlei Menschen überhaupt in der Lage waren, glücklich zu sein. Sie stammten allesamt nicht aus Hanau, woher sie kamen, wusste Johann nicht zu sagen. Ein jeder versuchte den anderen mit seinen Reiseerlebnissen zu übertrumpfen. Von fernen Dschungeln war die Rede, von der Neuen Welt, Kolonien, Kontakte zu Diplomaten exotischer Länder. Sie warfen sich Namen wie Bälle zu und triumphierten, wenn es einem der ihren die Sprache verschlug. Johann schielte zu Rappolt hinüber, der den ganzen Abend von Winterstein in Beschlag genommen wurde. Die Küchenjungen standen an die Wand gelehnt und kämpften gegen die Schwere ihrer Augenlider an. Sie sehnten das Ende dieses Abends ebenso herbei wie er selbst.

›Die Spanier sind leider schon gegangen, ihre illustre Kleidung war wenigstens Kurzweil fürs Auge‹, dachte er und sah gelangweilt im Raum umher.

Als der Ausrufer die erste Stunde verkündete, brachen auch die letzten Gäste auf. Einer der Küchenjungen döste im Stehen, den Rücken an die Wand gelehnt, und wurde unsanft von seinem Kameraden geweckt, als die Feier offiziell für beendet erklärt wurde. Johann verabschiedete sich höflich, aber ohne Lächeln von den Gästen, wartete, bis auch Rappolt jedem die Hand geschüttelt hatte, und verließ mit ihm die Wirtschaft.

»Morgen fangen wir erst zur neunten Stunde an«, sagte Rappolt und klopfte Johann zum Abschied auf die Schulter, als sie die Schlossgasse erreichten. Beschwingt ging der Meister davon. Jetzt hielt Johann nichts mehr. Er rannte nach Hause. Der Geruch des eingepackten Fleisches drang in seine Nase.

Anna schnaubte unwillig, als er sich neben sie ins Bett legte und von hinten seine Arme um ihren warmen Leib schloss. »Hattest du einen schönen Abend?«, fragte sie schlaftrunken.

»Nein. Aber ich habe Fleisch mitgebracht. Es liegt in der Speisekammer. Kannst den Kindern morgen einen schönen Braten vorsetzen. Wie geht es Rosalind und wo warst du heute?«

»Rosalind geht's scheinbar besser und ich war bei Irene.«

»Sie ist wieder in Hanau?«

»Ich hoffe, sie bleibt eine Weile.«

»Was macht sie hier?«

»Ihre Eltern besuchen. Die Mutter ist krank, sie wird wohl bald an der Schwindsucht sterben.« Anna hatte die letzten Worte geflüstert. Ihr Körper in Johanns Armen wurde schwerer. »Weckst du mich morgen zur siebten Stunde?«

Er wusste nicht, ob sie seine Bitte noch mitbekommen hatte. Dementsprechend schlecht schlief er, weil er fürchtete, erneut zu verschlafen.

Johann merkte erst jetzt, wie sehr er sich in der kurzen Zeit an Rappolts Zuverlässigkeit gewöhnt hatte. Er traf pünktlich ein, sein Meister indes fehlte. Als Rappolt zur zehnten Stunde noch nicht da war, beschloss Johann, im Zunfthaus nachzusehen. Vielleicht hatte ihn dort jemand aufgehalten. Der erste böse Blick traf Johann, als er die schwere Tür aufstieß und fast mit einem schlaksigen Mann zusammenstieß. Martin hieß er, und er entstammte einer der wallonischen Familien. Sein Akzent war stark ausgeprägt, aber er fand stets die richtigen Wörter der deutschen Sprache.

»Guten Morgen«, grüßte Johann. Martin ging wortlos an ihm vorbei. Johann schüttelte den Kopf und strebte dem Aufenthaltsraum zu. Dort saßen zwei weitere Gesellen. Auch sie starrten ihn an und schwiegen, obgleich Johann sie freundlich grüßte.

Hinter sich spürte er eine Bewegung.

»Ach, Gotthilf, du bist's«, sprudelte er erleichtert heraus.

»Johann.« Gotthilfs sonst so heitere Miene war getrübt. Zumindest schaute er nicht giftig.

»Kannst du mir sagen, warum jeder mich so feindselig anstiert?«

»Ich bin wohl kaum der Richtige, um mit dir darüber zu sprechen.«

»Sonst tut's doch niemand.«

»Also schön. Gehen wir raus.« Gotthilf wandte sich um und steuerte den Hinterausgang des Zunfthauses an. Johanns Neugier siegte über sein eigentliches Anliegen, seinen Meister zu suchen. Kaum hatten die beiden Männer den gepflasterten Hinterhof erreicht, sagte Johann: »Ich muss ja ein schweres Verbrechen begangen haben.«

Gotthilf rieb sein rundliches Kinn und sah in den

Himmel hinauf. »Du bist an der Stimmung in der Zunft unschuldig. Zumindest glaube ich das. Andere aber frönen dem Laster des Neides.« Johann musste trotz seiner Anspannung schmunzeln. Er dachte daran, dass Gotthilf hatte Prediger werden wollen, allerdings war sein Latein so miserabel gewesen, dass er der Schule verwiesen worden war. Seine Vorliebe, sich gewählt auszudrücken, hatte er beibehalten.

»Bring es auf den Punkt«, dämmte er Gotthilfs Predigt ein.

»Nun gut. Indem Rappolt dich beschäftigt, hast du dir Feinde geschaffen, ohne etwas dazu beigetragen zu haben. Jetzt aber, da ihr den Prunkbecher fertigen sollt, kochen sie vor Wut. Jeder leckt sich die Finger nach einem solchen Auftrag. Er bringt für Monate sicheren Lohn. Es heißt, die Leute, die ihn bei euch bestellt haben, besitzen viel Geld. Nun fürchten einige gar, dass du ihnen bei der Meisterprüfung vorgezogen wirst, weil du als Rappolts Liebling gehandelt wirst.«

»Wenn der Meister mit allem, was er liebt, so umspringt wie mit mir, will ich nicht wissen, wie er seine Feinde behandelt«, sagte Johann. »Die Begeisterung über den Pokal teile ich nicht. Gestern musste ich mit den Gecken zu Abend speisen. Dabei hätte ich viel lieber mit meiner Anna gemütlich beisammen gesessen.«

»So magst du das sehen. Nach außen hin zeigt sich ein anderes Bild.«

»Hasst mich denn jeder?«

»Die meisten.«

»Du auch?«

»Ich habe gelernt, dass einem Vergebung und Demut die Pforte zum Himmelsreich öffnen.«

»Gotthilf, bitte behandle dieses Gespräch wie eine Beichte.«

»Schon gut«, knurrte er.

»Hast du Rappolt drinnen gesehen?«

»Nein. Genau genommen hab ich ihn noch nie gesehen, obgleich es die Tradition verlangt, dass sich der neue Zunftmeister allen Mitgliedern vorzustellen hat. Das schürt den Groll, das kann ich dir sagen.«

»Noch nie ist mir ein Mann wie dieser untergekommen. Er ist so peinlich genau bei allem, was er macht. Fehler scheinen ihm völlig fremd zu sein.«

»Findest du es nicht merkwürdig, dass er nach Hanau kommt und sofort zum Zunftmeister aufsteigt?«

Johann zuckte mit den Schultern und sagte: »Es wird ihn jemand herbestellt haben.«

Verschwörerisch legte Gotthilf seine Hand auf Johanns Arm. Leise sagte er: »Es geht das Gerücht, dass er in Augsburg schmählich versagt hat.«

»Ich dachte, er stammt aus Nürnberg.«

»Das ist es ja gerade. Er war wohl Zunftmeister dort, in Nürnberg. Mit nur 27 Jahren. Er heiratete eine Augsburgerin, Helene Reisser. Von einem Tag auf den anderen zog er fort. Angeblich, weil es seiner Frau nicht in Nürnberg gefiel ...«

»Wenn ich mir alles vorstellen kann, aber das nicht. Mir hat er auf den Kopf zugesagt, ich hätte meine Anna nicht im Griff.«

Gotthilfs Griff verstärkte sich. »Leise. Das war noch nicht alles«, zischte er. »In Augsburg wurde ihm die Meisterwürde versagt. Er verdiente seine Gulden mit Treibarbeiten, arbeitete unter einem dort ansässigen Goldschmiede. Dann zog er hierher und wurde umgehend zum Zunftmeister ernannt. Außerdem hat er schon das Bürgerrecht.«

»Woher weißt du das alles?«

»Ich halte stets die Ohren offen. Allerdings bitte ich dich, dieses Gespräch wie eine Beichte zu behandeln«, sagte Gotthilf und grinste.

»Meinst du, er hat Dreck am Stecken?«

»Aber nicht zu knapp.«

Nachdenklich kehrte Johann zur Werkstatt zurück. Rappolt war mittlerweile eingetroffen und wirkte bedrückt, wie er am Schreibpult saß, den Kopf in die linke Handfläche gestützt. Sein rechter Zeigefinger fuhr indes über die Linien der Zeichnung, die er am gestrigen Abend von Winterstein erhalten hatte. Johann machte sich auf einen Tadel gefasst, weil er jetzt erst zur Arbeit erschien, doch der blieb aus. Ihm wurde bewusst, dass er sich das Werkstück noch gar nicht richtig angesehen hatte.

Er stellte sich neben Rappolt und schaute auf die Skizze. Deshalb waren die Kameraden aus der Zunft neidisch. Es waren nicht einzig die immensen Abmessungen des Pokals, sondern vielmehr der Detailreichtum, der die Herausforderung barg. Etliche filigrane Figürchen mussten gefertigt und Reliefs in das Werkstück getrieben werden. Die Zeichnung stellte selbstverständlich nicht alle Details dar, regte vielmehr die Phantasie an.

Um ordentlich arbeiten zu können, waren künftig etliche Absprachen mit den Adligen nötig, und der Stapel Papier mit facettenreicheren Skizzen würde gewiss eine Elle betragen, wenn Rappolt und er damit fertig waren.

Die Mutlosigkeit beutelte Johann wie einen jungen Hund.

»Meister, wie sollen wir das nur schaffen?«

Rappolt erwiderte scharf: »Indem wir sorgfältig planen. Niemand kann von uns verlangen, dass wir morgen mit dem Prunkbecher fertig sein müssen.«

›Ich bin sicher, dass er es trotzdem versuchen wird‹, dachte Johann. Als hätte der Meister seine Gedanken erraten, fuhr er fort: »Allerdings dulde ich keine Bummelei. Dieser Auftrag ist ein Vertrauensbeweis, wie er größer nicht sein kann. Wir werden alles daran setzen, den Pokal wie gewünscht zu fertigen. Selbstredend darf die tägliche Arbeit nicht darunter leiden.« Sein Zeigefinger wies nun auf das Auftragsbuch. Johann schwante Böses, als er sich dem Buch näherte. Seine Befürchtungen wurden bestätigt, als er die lange Liste durchging.

›Ich bin kein Faulpelz, aber unter Bergen hatte ich ein geruhsameres Auskommen. Wenn ein Schmuckstück in der Fertigung länger gedauert hat, war es so.‹ Johann sah, dass Rappolt hinter jeden Posten eine Frist eingetragen hatte, bis zu der das jeweilige Stück fertiggestellt sein musste. »Eine Gliederkette binnen einer Woche?«, stieß Johann hervor. »Das ist unmöglich.«

»Musst dir mehr Mühe geben als früher, was? Fleiß hat seinen Preis. Das Ansehen der Zunft hat arg gelitten. Ich werde ihr zu neuer Blüte verhelfen. Und du, Johann, wirst mich dabei unterstützen.«

Johann kehrte erst am späten Abend nach Hause zurück. Anna lag nicht, wie erwartet, im Bett, sondern saß in der Wohnstube und schaute ihm ernst entgegen. »Ein Wunder, dass dich der Meister nicht in der Werkstatt schlafen lässt.«

»Ein schlechter Zeitpunkt, jetzt mit der Nörgelei anzufangen, nach all den Jahren«, gab Johann zurück.

»Soll ich den Kindern ein Bild von dir malen lassen,

damit sie überhaupt noch wissen, wie ihr Vater aussieht?«

»In zwei Tagen ist Sonntag, da ist Ruh'. Und morgen werde ich schneller schaffen, damit ich bei Zeit daheim bin.«

»Glauben tu ich's erst, wenn du mit uns am Abendtisch sitzt.« Widerstrebend ließ Anna sich küssen.

»Das kannst du, mein Herz. Mir gefällt's so doch auch nicht.«

Laute Hustengeräusche, gefolgt von Gepolter schreckte die beiden auf. Ehe Anna die Tür zur Schlafkammer der Kinder aufmachen konnte, hatte Elfriede sie schon aufgerissen. Heulend warf sich das Kind in Annas Arme und versperrte die Sicht nach drinnen.

»Zur Seite!«, befahl Johann schärfer als beabsichtigt und stieß Anna und Elfriede aus dem Weg. Auf dem Boden lag Rosalind in verkrümmter Haltung. Beide Hände klammerte sie um ihre Kehle und rang nach Luft. Ihr Gesicht war krebsrot. Johann hob sie auf. Wie leicht das Kind war. Er trug sie nach draußen, stand hilflos auf der Straße. Der Wind zerrte an seiner Kleidung. Erst Annas Ruf holte Johann aus der Benommenheit. »Sie hat diese Anfälle öfter. Komm ins Haus. Ihr holt euch bei der Kälte den Tod.« Johann ging in die Wohnstube. Anna brachte Elfriede ins Bett und kam anschließend dazu. Johann saß am Kamin. Rosalind hielt er so, dass der Oberkörper des Mädchens aufgerichtet und der Bauch nicht eingeklemmt war. Ihm war, als bekäme sie nun tatsächlich mehr Luft. Sie machte allerdings einen abwesenden Eindruck, schien ihren Vater nicht wahrzunehmen. Die Adern in Rosalinds Augäpfeln waren geplatzt und in ihrer Brust gurgelte es mit jedem Atemzug. Johann hatte plötzlich das Bedürfnis, sich sein Kind einzuprägen, damit er niemals auch nur eine Einzelheit vergäße: die widerspenstigen, lockigen und recht dunklen Haare, die sie von ihm geerbt hatte und die sich nur schwer in zwei geflochtene Zöpfe bändigen ließen. Ihre weiche Haut und die Sommersprossen. Wann hatte er das letzte Mal mit ihr herumgetollt? Es versetzte ihm einen Stich, denn er wusste es nicht. Er ahnte, wie weh jeder Atemzug seinem Mädchen tat. Ihr Gesicht verzog sich zu einer gequälten Grimasse.

»Morgen gehst du mit ihr zum Mediziner. Geld nimmst du dir aus dem Kästchen«, sagte er zu Anna.

»Aber ...«

»Nichts aber. Dann brauch' ich eben länger bis zur Meisterprüfung. Die Heilung vom Kind geht vor.«

Anna biss sich auf die Lippen, nickte langsam und schwieg. Johann stellte fest, dass Rosalind in seinen Armen eingeschlafen war. Behutsam legte er sie ins Bett und breitete eine zusätzliche Decke über sie. Seine Gedanken wirbelten im Kopf umher. So vieles war geschehen, so vieles, was er Anna am liebsten erzählt hätte, es jedoch bleiben ließ, weil er sie nicht beunruhigen wollte. Was war dran an den Gerüchten um Rappolt? Wer waren diese seltsamen Auftraggeber? Unruhig strich er durchs Haus, unfähig, auch nur einen Moment ruhig zu sitzen. Anna sah ihm eine Weile zu, dann stand sie auf und sagte: »Ich geh jetzt ins Bett, sieh zu, dass du die Kinder nicht weckst. Schwindlig wird einem, wenn man dir zuschaut.«

Johann hörte zwar, was sie sagte, war jedoch mit seinen Gedanken ganz und gar in der Werkstatt. Es überlief ihn heiß und kalt, wenn er daran dachte, wie viel er am nächsten Tag zu tun haben würde. Ob er es tatsächlich bis zum Abendbrot nach Hause schaffte, war fraglich.

Zur Mittagsstunde war Johann überreizt. Er packte den Schmelztiegel mit der Zange und zog ihn aus dem Ofen. Das flüssige Gold schwappte über den Rand des Tiegels und fiel in die Glut. Kaum war das Zischen verklungen, als das Metall auf die Kohlen traf, schon stand Rappolt neben ihm, nahm ihm die Zange ab und stellte behutsam den Tiegel mit dem verbliebenen Rest des kostbaren Metalls auf die Abkühlplatte.

»Von einem Gesellen hätte ich mehr erwartet«, sagte er und ging zu seiner eigenen Arbeit zurück.

Johann konnte nicht mehr an sich halten. »Ich auch, das könnt Ihr mir glauben. Aber so wie Ihr mich hier rumscheucht, könnten vielleicht die Hühner Eier legen, aber ein Goldschmied kann keinesfalls eine ruhige Hand bewahren. Ständig springe ich umher wie toll, anstatt, wie es sich gehört, in Ruhe an einem Werkstück zu sein.«

Stille senkte sich über die Werkstatt. Johann bereute seine harten Worte.

»Ich gehe ins Zunfthaus, sieh du inzwischen zu, wie du das Gold von den Kohlen trennst.«

Johann versuchte in Rappolts Miene zu lesen, aber es gelang ihm nicht. Was würde der Meister tun? Ersatz für ihn aus dem Zunfthaus holen, sich über ihn beschweren, ihn gar von der Liste der Meisteranwärter streichen? Johann machte sich daran, den Schaden zu beheben. Er holte die Kohlen aus dem Feuer, in die das flüssige Gold eingesickert war, und schüttete sie neben den Tiegel, damit sie abkühlten. Dann versuchte er zu ergründen, wie viel des kostbaren Materials er verschüttet hatte. Ein Drittel fehlte. Tatenlos stand er neben den Kohlen und sah ihnen beim Kaltwerden zu. Die Stunden, die zuvor an ihm vorbeigehuscht waren, dehnten sich zu Ewigkeiten. Wie lange war Rappolt schon fort? Was hatte er so lange in der Zunft zu tun? Immer wieder sah Johann zu den Fenstern. Und als er Rappolt schließlich sah, blieb ihm fast das Herz stehen. Sein Meister war nicht allein. Neben ihm ging Martin, der schlaksige Wallone, dem er am Vortag in der Zunft begegnet war. Rappolt und er plauderten angeregt und Johann war sicher, dass Rappolt sich mit ihm noch nie so lebhaft unterhalten hatte. Schnell drehte sich Johann um und stocherte in den Kohlen, die noch immer leicht glommen. Er wollte nicht, dass die beiden in die Werkstatt kamen, und gleichzeitig wünschte er sich nichts sehnlicher, als dass er endlich Gewissheit hatte, wie es nun weiterging. Die Tür wurde schwungvoll geöffnet. Johann drehte sich um und lächelte zaghaft. »Johann, das ist Martin Gehlen. Ihr werdet euch vielleicht aus der Zunft kennen«, sagte Rappolt. Und dann schwieg er, führte nicht aus, warum er den anderen mitgebracht hatte. Allerdings traute sich Johann auch nicht zu fragen. Martin trat selbstbewusst auf ihn zu und ergriff seine Hand. »Guten Tag, Johann, so schnell sieht man sich wieder.«

»Das letzte Mal hast du mich nicht so freundlich begrüßt«, erwiderte Johann kalt und zog seine Hand zurück.

»Da waren die Umstände auch andere.«

Martin sah sich neugierig in der Werkstatt um. Rappolt, dem das Interesse nicht entging, sagte: »Mach dich vertraut mit allem. Ich weiß, dass jede Werkstatt nach eigenen Prinzipien aufgebaut ist. Hier siehst du, wie ich zu arbeiten pflege. Was hältst du davon?«

»Es ist zweckmäßig, möchte man meinen. Kein unnötiger Zierrat, der im Weg steht.« Martin deutete auf den Boden, der leergefegt war. Rappolt nickte mit zufriedener Miene. »Du kannst dich gleich nützlich machen und Johann beim Trennen von Gold helfen.«

»Ist etwas daneben gegangen?«, fragte Martin und sah Johann spöttisch an. Dieser widmete sich den Kohlen, ohne ein Wort an seinen neuen Kollegen oder Ersatz zu verschwenden. Ständig griff ihm Martin dazwischen und gab zu jedem Arbeitsschritt einen Kommentar ab. Johann legte schließlich alle Gerätschaften zur Seite und sagte erbost: »Machst es halt selber, wenn du alles besser weißt.«

Das Kratzen von Rappolts Feder auf dem Papier hörte auf. Johann sah nicht hin, ahnte jedoch, dass der Meister ein kritisches Auge auf Martins Handgriffe warf. So gut kannte er Rappolt inzwischen. Johann war nicht so vermessen, Martin zu verbessern, obgleich er schlampig arbeitete. Das Trennen von Gold und Verunreinigungen musste unter peinlich genau eingehaltenen Abläufen vor sich gehen, sonst war alles hin. Das musste Martin doch gelernt haben. Johann glaubte sich zu erinnern, dass er unter einem Meister gearbeitet hatte, der in der Hauptsache Silbergegenstände angefertigt hatte.

Plötzlich wurde Johann kalt. Silber. Der Ratspokal sollte aus Silber gefertigt werden. War die Verabredung, die er und Rappolt getroffen hatten, nichtig? Der Becher war sein Meisterstück!

»Wir müssen mit der Gussform beginnen«, sagte Rappolt.

Johann sah, wie Martin zustimmend nickte. Rappolt indes ignorierte ihn. Er winkte Johann heran und erläuterte ihm die Skizze.

»Wir werden zwei Gussformen fertigen, eine aus Ton und eine aus Blei. Sind die Gussformen bereit, werden wir ein Probestück aus Bronze fertigen. Dieses Metall braucht zwar nicht so lange zum Schmelzen und es hat andere Eigenschaften als Silber, aber wir haben dann eine Vorstellung von der Gestalt des Fußes, ohne einen Haufen Geld zu verschwenden, sollte es nicht klappen. Die Schale treiben wir. Worauf müssen wir also am meisten achten?«

»Auf makellose und stabile Lötstellen«, erwiderte Johann ohne Zögern.

Rappolt nickte. »Genau das.«

Johanns Blick ging zu Martin, in dessen Ecke es eigenartig ruhig geworden war. Die kugelrunden Augen weit aufgerissen, sog er jedes gesprochene Wort in sich auf. Ihre Blicke kreuzten sich und Johann wunderte sich, wie solch große Augen plötzlich so schmal und gemein werden konnten. Rappolt rollte schwungvoll die Skizze zusammen und steckte sie in eine lederne Röhre, auf die eine römische Eins gezeichnet war. Johann fiel auf, dass sein Meister noch weitere Röhren mit Zahlen versehen hatte. Er zählte zwanzig. Wenn die Eins die Gussform ist, liegen noch mindestens neunzehn Arbeitsschritte vor uns, sofern Rappolt sie alle schon nummeriert hat, dachte er. Erst jetzt wurde ihm klar, wie komplex sein Meisterstück war.

Für den Rest des Tages hatte er glücklicherweise nicht viel mit Martin zu tun. Ein jeder werkelte vor sich hin. Johann ging auf Geheiß des Meisters zum Töpfer und zum Schmied, um sich über die bestmögliche Art und Weise, die Gussform zu fertigen, belehren zu lassen.

Als er am Abend nach Hause kam, war Rosalinds Husten schon auf der Straße zu hören. Er stürmte ins Haus. Anna war im Zimmer der Kinder und hielt Rosalind aufrecht, damit sie Luft schöpfen konnte. Johann erschrak. Dass Rosalind krank aussah, damit hatte er gerechnet. Als er aber nun in Annas Gesicht blickte, fiel ihm die leichenhafte Blässe seiner Frau auf. Die eingefallenen Wangen und, was ihm am meisten zusetzte, die resignierte Miene. Als sie aufblickte und Johann sah, schossen ihr sofort die Tränen in die Augen.

»Nicht weinen, mein Herz. Beruhige dich!«, solche und ähnliche Dinge sprach er in der nächsten Stunde mehrmals aus. Dabei strich er Anna übers Haar und half ihr, Rosalinds Hustenkrämpfe ein wenig zu lindern, indem sie das Mädchen immer wieder aufrichteten, ihr kleine Schlucke Wasser oder Tee einflößten und die Kräuterwickel um die Brust erneuerten. Als Anna sich etwas beruhigt hatte, wagte Johann, das Thema anzuschneiden. »Sag, warst du mit ihr beim Mediziner?«

Anna nickte.

»Und was sagt er?«

»Ein Halsabschneider ist das. Wollte allein vier Gulden dafür haben, dass er sich Rosalind kurz angeschaut hat und mit seinem Hörrohr an ihre Brust gegangen ist. Er sagt, sie hat Husten und der verklebt innerlich alles. Als hätten wir das vorher nicht gewusst!«

»Aber er muss dir doch Medizin gegeben haben.«

»Weißt du, nach den vier Gulden wurd' s mir bang ums Herz. Ich hab' mich nicht getraut, auch noch Saft bei ihm zu bestellen. Und den Aderlass, den er vorgeschlagen hat, hab ich auch abgelehnt. Rosalind braucht keinen Aderlass.«

»Also hat der Besuch bei ihm gar nichts genutzt?«

Anna schüttelte den Kopf und sah mit schamroten Wangen starr auf das hustende Kind. »Er sagte, nur der Herrgott könnt' ihr noch helfen.«

*

In der Nacht zum Montag wurde Rosalinds Husten so schlimm, dass Anna sich aufmachte, den Priester zu holen. Johann wachte am Bett des Kindes, hielt dessen winzige Hand in seiner und weinte. Die Hautfärbung von Rosalind ging ins Bläuliche. Johann brauchte keinen Mediziner, um zu verstehen, dass seine Tochter langsam erstickte. Der Husten kam nur noch als Röcheln aus ihrer Brust, die Hitze war mit aller Gewalt zurückgekehrt und beutelte zusätzlich den geschwächten Leib.

Als die Dunkelheit dem Zwielicht wich, das die Stunde vor Sonnenaufgang ankündigte, kamen Anna und der Priester ins Zimmer. Der Kirchenmann war eine stattliche Erscheinung mit breiten Schultern, auf die manch ein Soldat neidisch gewesen wäre. Er überragte Johann um Haupteslänge. Sein Gewand war zerknittert und Bartstoppeln verliehen seinem Gesicht einen unordentlichen Zug. Er setzte sich mit überkreuzten Beinen neben das Bett, nickte Johann aufmunternd zu und strich Rosalind über die Stirn. Die Augenlider des Mädchens flatterten, öffneten sich jedoch nicht. Johann rückte ein Stück ab, um dem Mann Platz zu machen.

»Bleibt nur«, flüsterte Priester Michael. »Sie braucht jetzt jede Nähe, die sie kriegen kann.«

»Ich muss bald zur Arbeit.« Michael sah ihn mit einem traurigen Blick an. Anna reagierte zornig: »Du willst arbeiten, wo unser Kind todkrank ist?«

»Ich will nicht.«

»Dann bleib hier.«

»Gut, aber ich geh Rappolt Bescheid sagen, dass ich nicht komm'.«

»Du weißt, was dann geschieht. Er behält dich da.«

Johann gab Anna insgeheim recht.

»Ach, Ihr seid der Gehilfe von Meister Rappolt? Das wusste ich gar nicht.«

»Das wundert mich, ich dachte, es wüsste jeder.«

Als der Mittag nahte, wurde heftig an die Tür geklopft. »Ja, ja, ich komm ja schon«, schimpfte Johann. Es war Martin. Ohne zu fragen, trat er ein und ließ sich am Küchentisch nieder. »Ich brauche dich ja wohl nicht mehr herein zu bitten. Was willst du?«

»Meister Rappolt schickt mich.«

Johann schloss die Tür und setzte sich ebenfalls. »Du kannst dem Meister bestellen, dass meine Tochter im Sterben liegt und dass weder er noch die Heerscharen der Hölle mich dazu bewegen könnten, in die Werkstatt zu gehen.«

Martin zuckte angesichts der blasphemischen Worte zusammen und sah Johann missbilligend an. Lauernd fragte er: »Soll ich ihm das genau so ausrichten?«

»Natürlich nicht. Aber das wirst du sicherlich, wie ich dich kenne.«

Wortlos stand Martin auf und verließ das Haus.

»Ein schrecklicher Mensch«, sagte Anna, die zum Fenster trat und Martin hinterher sah.

»In der Tat. Er wird mich schön bei Meister Rappolt anschwärzen, aber das ist mir gleich.«

Die Schatten im Raum wurden länger und bald tastete die Dunkelheit über den Boden. Anna konnte nicht mehr still sitzen. Der Zustand ihrer Tochter griff ihre Nerven so stark an, dass sie wie besessen begann, im Haus aufzuräumen. Erst als sie sich in einer Truhe böse den Finger klemmte, schlug ihre Rastlosigkeit ins Gegenteil um. Schluchzend saß sie auf dem Fußboden, die Knie eng an den Körper gezogen, den Kopf zwischen die Hände gebettet. Johann fehlte die Kraft, sich um sie zu kümmern. Der Priester nahm sich ihrer an. Johann hörte die beiden nebenan leise sprechen. Er legte die Hand auf Rosalinds Stirn. Ein Hoffnungsschimmer stahl sich in sein Herz, denn ihre Haut war merklich kühler. Es schien, als wäre die Hitze verschwunden. Und wie friedlich sie dalag. Johann sprang auf und wollte ins Nebenzimmer eilen, um Anna die gute Nachricht zu überbringen, hielt dann aber inne. Ein ungutes Gefühl breitete sich in ihm aus und schärfte seine Sinne. Und da erst merkte Johann, dass die keuchenden Geräusche fort waren. Langsam ging er zum Bett zurück und warf einen Blick auf Rosalind. Ihre Brust bewegte sich nicht mehr. Johann presste die Augen zusammen, um den Schwindel zu unterdrücken, und hielt sein Ohr vor ihren Mund. Kein Zweifel, das Kind atmete nicht mehr. Rosalind war tot!

Johann bedeckte das Gesicht seiner Tochter mit einem Laken. Schwankend ging er in die Wohnstube hinüber. Anna und Priester Michael sahen auf. Annas Augen wurden erst groß und starr, dann sagte sie: »Rosalind? Sie ...?«

Johann schossen die Tränen in die Augen. So lange hatte er nicht mehr geweint und es tat weh, an jeder einzelnen Träne glaubte er ersticken zu müssen. Annas Begreifen äußerte sich in einem Schrei, der klang wie der eines Tieres. Sie stieß den Priester von sich, der sie in eine tröstliche Umarmung schließen wollte, und eilte zu ihrer toten Tochter.

Am nächsten Tag war Johann seltsam ruhig. Alles schien ihm unwirklich. Die Besuche der Zunftmitglieder, die Beileidsbekundungen. Sogar Rappolt war der Werkstatt ferngeblieben, um seines Amtes als Zunftmeister zu walten und für die Trauernden da zu sein. Allerdings vermochte er es nicht, Trost zu spenden. Er saß wie ein Fremdkörper in der Wohnstube und sah die meiste Zeit zu Boden. Erst als es zu klären galt, wie das Begräbnis ablaufen sollte, kam Regung in den Meister. Er belehrte die Familie, dass die Zunft zwar für das Begräbnis aufkäme, allerdings damit keine Besonderheiten verbunden wären. Sollten die Sperlings einen Sarg aus edlerem Holz als Buche haben wollen, so müssten sie die Mehrkosten selbst aufwenden.

Die Nachbarin mischte sich ein: »Ich find' s ziemlich taktlos, den Sperlings jetzt mit so was zu kommen. Das hat ja wohl Zeit bis nach der Totenwache.«

»Ich weiß nicht, wie man das in Hanau zu halten pflegt.«

Das erste Mal seit er ihn kannte, sah Johann seinen Meister verunsichert.

»Es geht hier zu wie im Taubenschlag«, empörte sich Anna. »In jedem Zimmer sind Leute. Ich möchte meine Ruh' haben.«

Anna verließ die Küche. Das Knarren der Stiege war zu hören.

Zwei Tage später fand das Begräbnis statt. Glücklicherweise hatten sie einen milden Winter und der Boden war nicht gefroren. Alles war zur rechten Zeit vorbereitet. Rosalind bekam ein Grab auf dem Friedhof, das direkt unter einem Kastanienbaum lag.

»Weißt du noch, wie die Rosalind immer diese Tierchen aus Kastanien gebastelt hat?«

Anna weinte nicht, als sie das sagte. Und das machte

Johann Angst. Er hielt Annas Hand fest und drückte sie hin und wieder. Rappolt hatte eine Rede ausgearbeitet, die er vor der Predigt des Pfarrers hielt. Johann stellte einmal mehr fest, dass sein Meister wohl sein Handwerk perfekt beherrschte, sich Menschen gegenüber jedoch unbeholfen, ja fast schüchtern verhielt. Priester Michaels Worte hingegen waren voller Respekt und Hingabe. Die Leute hingen an seinen Lippen, und als er geendet hatte und der Sarg in die Grube hinab gelassen wurde, weinten die meisten. Nicht so Anna. Ihr Gesicht war erschlafft und bleich. Ohne Gemütsregung nahm sie die Beileidsbekundungen entgegen, und als sie an der Reihe war, Erde ins Grab zu schaufeln, tat sie dies, ohne zu zittern. Die Nachbarin hatte sich derweil um den Leichenschmaus gekümmert. Als die Trauergemeinde ins Haus kam, standen Platten voller Fleisch und Körbe mit knusprigem Brot bereit.

»Die Zunft ist großzügig, wenn's ums Sterben geht«, sagte die Nachbarin. »Nicht einen Kreuzer müsst ihr dazu bezahlen.«

Anna setzte sich und starrte vor sich hin. Johann legte ihr die Hand auf die Schulter. »Willst du dich ein wenig ausruhen? Ich kümmer' mich um die Leute. Anna?«

»Ich will nicht alleine sein.«

»Das bist du doch nicht.« Johann warf Priester Michael einen Hilfe suchenden Blick zu. Er verstand und ging vor Annas Sessel in die Hocke.

»Ich kann Euren Schmerz verstehen. Aber Ihr habt noch eine andere Tochter und die bedarf nun Eurer Hilfe. Ihr müsst stark sein.« Anna nickte und stand so schwerfällig auf, als sei sie eine alte Frau. Gehorsam ging sie zu Elfriede, die auf ihrem Bett lag und an die

Decke starrte. Johann ließ die beiden allein und kümmerte sich um die Gäste, die einfach nicht nach Hause wollten.

Obgleich Rappolt ihm für den darauf folgenden Tag frei gegeben hatte, ging Johann zur Arbeit. Der Meister blickte erstaunt auf und Johann fühlte sich genötigt zu sagen: »Ich kann nicht daheim sein. Da fällt mir alles wieder ein.« Rappolt nickte und sagte: »Frag doch den Töpfer, ob er schon heute das Muster fertigen kann.« Johann machte sich sofort auf den Weg.

Die folgenden beiden Tage stürzte sich Johann auf die Arbeiten, die nicht viel Denkvermögen erforderten. Sorgfältig reparierte er eine silberne Obstschale, die auf der einen Seite eine starke Delle aufwies. Sie war bei einem Umzug unter einen schweren Tisch geraten und zerdrückt worden. Der gleichmäßige Takt, mit dem Johann das Metall ausdengelte, beruhigte sein aufgewühltes Inneres. Mit Engelsgeduld stellte er anschließend Kettenglieder her, die Martin ineinander fädelte. Freiwillig fegte er die Werkstatt sicherlich ein halbes Dutzend Mal, ohne dies als Last zu empfinden. Rappolt zeigte sich zufrieden, zumindest hatte er nichts auszusetzen, und auch Martin war eigenartig versöhnlich.

Am Samstag holte Johann den fertigen Tonrohling ab. Heute war genau der richtige Tag, um mit den Feinarbeiten an der Gussform zu beginnen. Sie erforderten viel Konzentration. Johann wollte seine Sorge um Anna vergessen. Sie war wortkarg seit Rosalinds Beerdigung und er hatte sie kaum zuhause angetroffen. Auf seine Frage, wo sie denn gewesen sei, hatte sie nur ein Wort gesagt: Beten. Elfriede zeigte sich wenig begeistert. Die Kirche war ihr zu fad. Man musste immer leise sein und so viel sitzen. Dabei würde sie lieber mit den anderen Kindern spielen. Aber Anna zeigte kein Erbarmen. Stunde um Stunde betete sie und ermahnte Elfriede, die Händchen immer schön gefaltet zu lassen. Johann hoffte inständig, dass bald Besserung einträte. Diese Anna war ihm fremd. Mit Feuereifer machte er sich an die Gussform.

Johann kam erschöpft nach Hause. Kurz hatte er daran gedacht, in der Wirtschaft noch ein paar Krüge Bier zu leeren, aber ihm war der Gedanke unangenehm, dass die Leute ihn auf Rosalinds Tod ansprechen würden. Er fand Anna im Schlafzimmer. Sie kniete vor etwas, das aussah wie ein kleiner Altar. Johann ging näher und stellte fest, dass es sich um einen Tisch handelte, der nur kniehoch war. Er war mit rußenden Talglichtern übersäht, die unruhiges flackerndes Leuchten verströmten. Zwischendrin konnte er ein Jesusbild erkennen, das so groß wie eine Handfläche war. Ob Anna ihn gehört hatte, wusste er nicht. Ihre Augen waren geschlossen, die Hände gefaltet und die Lippen bewegten sich im stummen Gebet.

Johann stand noch eine Weile da und versuchte, etwas von Anna in dieser fremden Frau zu finden. Schließlich ging er verstört in die Küche hinunter. Zuvor warf er einen Blick ins Kinderzimmer. Elfriede lag im Bett und schlief. Johann ging in die Wohnstube, setzte sich in den Sessel und sah dem verlöschenden Feuer im Kamin zu. Er döste ein, wurde erst wach, als er eine Berührung an der Schulter spürte. Es war Anna, die ihn mit einem seltsamen Ausdruck in den Augen ansah. »Was hast du, mein Herz?«, fragte er.

»Ich hab' das Gefühl, dass uns alles entgleitet.«

»Komm her.« Johann stand auf und schloss sie fest in die Arme.

»Jeder trauert eben anders«, sagte er.

»Das meine ich nicht. In der Stadt breitet sich Unruhe aus.«

»Davon hab' ich noch nichts mitbekommen.«

»Heute in der Kirche geriet Priester Michael in einen heftigen Disput mit einem Edelmann.«

»Soll vorkommen. Gerade beim Kirchengeld sind das doch die Geizigsten.« Johann kannte derlei Tiraden zur Genüge. Wer viel hatte, gab meist nicht gern. So war das eben.

»Dieser Edelmann«, fuhr Anna unbeirrt fort, »beschwerte sich, dass der Katholizismus von uns in die Ecke getrieben wird.«

Johann zuckte mit den Schultern. Auch das kam vor und es ging ihn nichts an. »Dann muss er eben in eine andere Stadt ziehen.«

»Du hörst mir überhaupt nicht zu.«

»Doch, mein Herz, das tue ich.«

»Priester Michael fragte ihn, warum er sich beklage. Mit dem Ratspokal wäre doch sicher gestellt, dass die Katholiken in naher Zukunft einen sicheren Stand in der Stadt besäßen. Der Edelmann war übrigens der, der am Tag von Rosalinds Begräbnis in unserer Küche stand.«

»Winterstein? Bist du sicher, dass er es war?«

»Hannes, in was bist du da hineingeraten?«

»Das frage ich mich auch gerade.«

*

Winterstein war also aus religiösen Gründen in der Stadt. Johann nahm sich fest vor, sich künftig in Acht zu nehmen, was er im Beisein dieses Mannes erzählte. Zwischen den Ränkespielen der Kirche konnte man zermalmt werden, ehe man sich's versah. Der Krieg bewies es. Morgen war Sonntag. Vielleicht konnte er Priester Michael nach dem Kirchgang um ein Gespräch bitten.

Der Gottesdienst schien kein Ende nehmen zu wollen. Die Hochdeutsch Reformierte Kirche zeichnete sich für gewöhnlich durch einen angenehmen Aufenthalt aus. Priester Michael predigte mitreißend. Heute jedoch konnte Johann keinen Moment still sitzen. Anna verpasste ihm mehrere Stöße in die Seite, weil er unruhig auf der Bank herumrutschte. Als die Besucher aufstanden und dem Ausgang zustrebten, spürte Johann, dass seine Handflächen unangenehm klamm waren. Der Priester drückte lange Annas Hand und schenkte ihr ein freundliches Lächeln. Als er Johann kräftig die Rechte schüttelte, sagte dieser leise: »Ich habe ein Anliegen und bedarf Eures Rates. Ist es Euch möglich, mir ein wenig Eurer Zeit zu schenken?«

»Heute wird das schwer möglich sein. Zwei Kindstaufen stehen noch an und um einen Sterbefall muss ich mich auch kümmern. Morgen passt es besser.«

»Ich komme nach meinem Tagewerk zu Euch ins Pfarrhaus.«

Martin lümmelte, einen Arm auf das Schreibpult gestützt, in der Werkstatt. Der Meister war nicht da.

»Gestern Abend hat man Rappolt im ›Weißen Schwan‹ gesehen«, plauderte Martin los, kaum dass Johann zur Tür hereingekommen war.

»Ja und? Darf der Meister keine Wirtschaft besuchen?«

Martin sah nach allen Seiten, als vermute er, Rappolt könnte als geisterhafte Erscheinung aus einer der Ecken geschwebt kommen. Dann sprach er weiter: »Winterstein und Baumer haben ihn eingeladen. Es heißt, sie hätten für über einen Gulden gesoffen.«

»Still«, zischte Johann. Unmittelbar darauf betrat Rappolt die Werkstatt. Winterstein folgte ihm. Johann zuckte zusammen. Martin löste sich vom Schreibpult und verbeugte sich vor Winterstein. Rappolt sah seine beiden Gesellen fragend an. »Warum ist der Ofen noch nicht angeheizt? Wer von euch beiden war heute Morgen zuerst hier?«

Johann und Martin schwiegen.

»Ja, so ist das. Nichts als Ärger hat man«, sagte Winterstein und schickte ein meckerndes Lachen hinterher.

Rappolt sagte dazu nichts, was Johann ihm hoch anrechnete, und dirigierte den Edelmann zu der Abgussform. In knappen Worten erklärte er Winterstein, wie aus dem Rohling in absehbarer Zeit der Fuß des Ratspokals entstehen würde. Johann sah dem Mann an, dass er von Rappolts Erläuterungen überfordert war, jedoch höflich nickte und nach den Detailarbeiten fragte.

»Die kommen erst zum Schluss an die Reihe«, sagte Rappolt, deutlich irritiert.

»Die Verzierungen müssen den Zeichnungen auf dem Plan gleichen. Das ist wichtig«, beharrte Winterstein.

»Natürlich werden sie das.« Rappolt machte eine beleidigte Miene.

»Vergesst nicht den Umtrunk heute Abend.«

»Gewiss nicht. Ich habe den anderen bereits Bescheid gesagt. Ihr könnt mit unserem Erscheinen rechnen.«

»Nun dann, viel Erfolg weiterhin.«

Winterstein verließ die Werkstatt. Zurück blieben zwei Gesellen, die sich verstohlen ansahen, und ein Meister, der wiederum die beiden zornig ansah.

»Habe ich euer Stelldichein gestört? Soll ich wieder gehen?«

Johann ging zum Ofen und schaufelte so schnell Kohlen hinein, als hinge sein Leben davon ab.

Rappolt saß am Pult und schrieb eine Weile vor sich hin, dann erhob er sich. »Ich muss in die Zunft.« Ohne zuvor Instruktionen erteilt zu haben, ging er.

»Weißt du etwas von dieser Einladung Wintersteins?«, fragte Johann.

Martin machte eine vage Geste. »Ich weiß nur, dass es die Meister betrifft.«

»Mir entzieht sich der Grund, warum Rappolt derart hofiert wird«, sagte Johann düster.

»War das bei Bergen anders?«

»Ganz anders.«

»Besser?«

Johann missfiel das listige Funkeln in Martins Augen. Daher zuckte er nur betont gleichgültig mit den Schultern und sagte: »Ich werd' jetzt die Anstecknadel weitermachen.« Er kehrte Martin den Rücken zu. Nach einer Weile hörte er seinen Kollegen poltern und dann das Ratschen der Polierbürste.

»Ich muss heute früher gehen. Ihr sorgt bitte dafür, dass alles hübsch aufgeräumt ist, und der Letzte, der geht, schließt bitte die Tür ab« war das erste, das Rappolt sagte, als er wieder da war. Tatsächlich verließ er bereits drei Stunden nach Mittag die Werkstatt.

Johann und Martin machten früher Feierabend. Darin waren sich die beiden ausnahmsweise einig. Es war gerade erst im Begriff, dunkel zu werden. Als er schon fast zuhause angekommen war, fiel ihm ein, dass er die Wollknäuel in der Werkstatt vergessen hatte, die ihm der Schäfer auf seine Bestellung hin vorbei gebracht hatte. Anna wollte stricken, und da Johann vorhatte, zum Pfarrer zu gehen, traf es sich gut, wenn sie derweil ein wenig handarbeiten konnte. Als er durch das Fenster der Werkstatt sah, fiel ihm eine gebückte Gestalt auf, die über dem Schreibpult kauerte. Johann nahm ihr wohl das Licht, denn die Gestalt richtete sich auf und sah direkt zu ihm. Es war Martin. Er machte einen Satz vom Schreibpult weg. Johann ging zur Tür, die er verschlossen fand. Er zückte seinen Schlüsselbund und öffnete. Es klapperte und eine lederne Röhre rollte Johann vor die Füße. Er hob sie auf. Schwarz hob sich die Ziffer Sechzehn vom Leder ab. »Was bei allen Heiligen machst du hier?«, fragte er.

Martin murmelte vor sich hin.

»Was?«

»Ich hab' nur was nachgeschaut.«

»Ein für alle Mal, Martin. Der Pokal ist meine Aufgabe. Du hast andere. Ich zeige dir gerne, was du wissen willst. Aber frag mich und schleich hier nicht rum wie ein Dieb.«

»Was heißt denn hier Dieb? Die Skizzen liegen hier ganz offen herum.«

»Das tun sie, weil Rappolt uns vertraut. Nur drei Leute besitzen den Schlüssel zu dieser Werkstatt. Wir beide sollten den Glauben, den der Meister in uns setzt, nicht mit Füßen treten.«

»Ich wollt' halt wissen, was an diesem Pokal so Besonderes ist.«

»Er wird viele Hundert Gulden kosten und ist der größte Auftrag, den die Zunft je erhalten hat. Mehr nicht.« Unwirsch sammelte Johann die Röhren wieder ein und stellte sie an ihren ursprünglichen Platz zurück. Dann nahm er sich den Beutel mit der Wolle vom Haken und ging. »Schließ ab, wenn du fertig bist«, sagte er noch.

Anna freute sich sehr über die Wolle und zückte sofort ihre Stricknadeln. Johann küsste sie, sah nach Elfriede, die auf dem Bett saß und mit ihrer Puppe spielte, und machte sich dann auf zum Pfarrhaus.

Priester Michael bat ihn ins Haus. Die beiden Männer ließen sich nieder, betteten ihre Füße auf Schemel und seufzten gleichzeitig auf. Dann versuchte Johann, seine Bedenken in möglichst unverfängliche Worte zu kleiden: »Ich hab' Sorge, dass hinter dem neuen Auftrag, an dem Rappolt und ich arbeiten, mehr dran ist, als es den Anschein hat.«

»Ihr meint den Pokal?« Der Priester griff nach einem Becher, der auf dem Beistelltisch stand.

»Es wird viel Seltsames erzählt.«

Michael nahm einen großen Schluck und deutete dann fragend auf den Krug sowie den leeren Becher daneben. Johann schüttelte den Kopf. »Nun«, fuhr der Priester nach einer langen Pause fort, »dann solltet Ihr Euch tunlichst aus allem heraushalten. Macht Euer Handwerk, aber nicht mehr.«

Am nächsten Morgen bat er Rappolt, sich die Pläne für die folgenden Arbeitsschritte ansehen zu dürfen.

Martin wurde sichtlich nervös, sagte jedoch nichts. Der Meister zeigte sich von Johanns Interesse erfreut und entrollte Plan um Plan auf dem Schreibpult.

»Hast du jetzt endlich Feuer gefangen?«, fragte er und der Anflug eines Lächelns stahl sich in sein Gesicht.

Johann nickte lediglich und richtete sein Augenmerk wieder auf die Papiere, die der Meister übereinander legte. Als die Abbildungen für die Verzierungen an die Reihe kamen, die auf dem Sockel angebracht werden sollten, fiel Johann eine Disharmonie auf, ohne dass er jedoch sagen konnte, worin diese bestand. Es war etwas, das seine Augen kitzelte.

»Und diese Tierdarstellungen kommen dann als Relief in den Fuß des Pokals?«, fragte er den Meister.

Rappolt holte zu einer langen Erklärung über Reliefs im Allgemeinen aus und welche Verletzungen man dem Silber zufügen konnte, führte man sie ungewissenhaft aus. Er sagte tatsächlich Verletzungen. Johann blätterte ein paar Seiten vor. Dort waren die Figuren abgebildet, die ebenfalls den Pokal zieren sollten. Allerdings handelte es sich nicht um Reliefs, sondern um richtige Miniaturen, die anschließend mit dem Basisstück verbunden werden sollten. Auf der Spitze sollte die Justitia thronen. Das war üblich und regte Johann nicht auf. Die Gerechtigkeit und in diesem speziellen Zusammenhang die eigene Gerichtsbarkeit als unabhängige Stadt wurden mit ihr verdeutlicht. Die anderen Figuren stellten weitere Tugenden dar: Demut und Bescheidenheit, Klugheit, Tapferkeit, Fürsorge, Mäßigung, Glaube und Hoffnung.

Johann wusste, dass viele Meister in ihren Kunstwerken Fingerzeige versteckten und den Sinn der dargestellten Dinge damit umkehrten. Verhielt es sich bei diesem Pokal genauso? Des Rätsels Lösung entzog sich Johanns flüchtigem Blick auf die Unterlagen.

»Jetzt fahren wir aber erst einmal mit der Gussform fort«, sagte Rappolt und verstaute die Pläne akribisch in den Röhren.

»Sagt, Meister, habt Ihr jemals ein solches Stück gefertigt?«

»Mein Meisterstück war ein Trinkpokal, kleiner als dieser, aber von ähnlicher Machart.«

»Warum leisten die Stadtoberen sich einen Prunkbecher? Wo es doch immer heißt, es muss gespart werden.«

Rappolt zuckte mit den Schultern. »Das musst du nicht mich fragen, sondern den Stadtrat. Er hat mich auch nach Hanau geholt.«

»Ich glaube, dass ein tieferer Sinn dahinter steht. Und ich würde gerne wissen, welcher.«

»Und ich glaube, wir stehen schon viel zu lange hier herum und halten ein Schwätzchen. Zeit, an die Arbeit zu gehen.« Der Meister machte eine ungeduldige Handbewegung, er scheuchte Johann und auch Martin, der die Erläuterungen ebenfalls neugierig mitverfolgt hatte, ans Werk.

Rappolt sah eine Kiste mit älteren Werkzeugen durch und sortierte diejenigen aus, die einer Reparatur bedurften. Johann überprüfte die Schmelzhitze des Ofens. Es würde wohl noch eine Weile dauern, bis er sich an das Seifensteingerät gewöhnt hätte. Aus dem Augenwinkel sah er, wie Martin zum Fenster gestikulierte und sich schnell nach Rappolt und Johann umsah. Johann blieb ruhig und tat so, als sei er völlig mit dem Ofen beschäftigt. Kein Zweifel, Martin unterhielt sich wortlos mit jemandem, der vor dem Fenster stand. Zu gern hätte Johann gewusst, wer es war. Doch dafür hätte er sich umdrehen müssen und Martin gewarnt. Nach einer Weile ging Martin wieder seiner Tätigkeit nach. Er fädelte Silberdraht auf eine Spule. Johanns Blick wanderte zu Rappolt. Nein, dem Meister war das stumme Zwiegespräch entgangen. »Kannst du mir behilflich sein?«, wandte sich Martin an ihn.

»Aber natürlich«, flötete Johann.

Martin sah ihn misstrauisch an, reichte ihm das Ende des Drahtes und drehte die Spule in seinen Händen. Ordentlich wickelten die beiden den Draht auf. Den ganzen Tag machte Johann so weiter. Er lächelte Martin mit einem, wie er hoffte, wissenden Ausdruck an und trieb ihn damit immer weiter in die Unsicherheit. Am Abend war Martin sichtlich angeschlagen. Er zitterte, als er seine Flohkappe aus Filz aufsetzte und verabschiedete sich mit brüchiger Stimme. Johann verließ nur wenig später nach ihm die Werkstatt. Martin war nach rechts abgebogen und lief in Richtung Altstadt. Was wollte er dort, wo er doch in der Neustadt wohnte? Johann ging ihm hinterher, das Jagdfieber hatte ihn gepackt. Martin lief schnell, blickte dabei über die Schulter zurück. Johann nutzte die Hauseingänge oder ließ ein Fuhrwerk zwischen sich und Martin.

Als Martin über die Brücke ging, vergrößerte Johann den Abstand. Erst als Martin die Treppe hinter sich gelassen hatte, huschte er ihm hinterher. Unmittelbar hinter dem Torbogen blieb Johann stehen und sah sich um. Sein Blick schweifte über die Juden, die in der Gasse unterwegs waren, und über die kleinen Ladengeschäfte, die sich wie Perlen auf einer Schnur aneinander reihten. Martin wäre ihm um ein Haar entwischt. Johann schlich ihm nach und lugte um die Ecke. Martin wurde bereits von zwei Männern in dem schmutzigen Hinterhof erwartet. Johann kannte sie und sie würden zweifellos auch ihn erkennen, falls er sich zeigte. Es handelte sich um Winterstein und Baumer. Allerdings hatten die Edelleute ihre schmucken Gewänder gegen verschlissene Kleidungsstücke getauscht. Johann konnte unmöglich in den Hof hinein gehen, ohne von einem der drei gesehen zu werden. Ein klug gewählter Ort für ein geheimes Gespräch.

Johann überquerte die Judengasse und betrat eines der Ladengeschäfte. Dort wurden seltsame Schachteln aus Leder, die an Schnüren hingen, sowie Kerzenleuchter und Weihrauchbehälter feilgeboten. Zwei ältere Frauen standen an die Theke gelehnt und unterhielten sich mit der Verkäuferin, die mehr Bartwuchs als Johann aufwies. Er tat so, als würde er die Auslagen bewundern, sah jedoch darüber hinweg zur anderen Seite der Gasse. Seltsame Menschen waren das, die Juden. Größtenteils schwarzhaarig mit braunen lebhaften Augen. Ihre Sprache folgte einer Melodie, in der er sich verlieren könnte, wenn die kehligen Laute mancher Wörter nicht wären.

»Was wünscht Ihr?«, sprach ihn die Verkäuferin auf Deutsch an.

Johann winkte nur ab und sah weiterhin aus dem Fenster. Was erzählte Martin wohl den beiden und warum dauerte das geheime Treffen so lang? Johann überlegte gerade, ob er nicht besser gehen sollte. Dieses Geschäft mit den Gerätschaften, deren Sinn ihm entging, war ihm unheimlich. Da kam Martin aus dem Tor gelaufen. Sein Mund war ein schmaler Strich, als habe er etwas Bitteres gekostet. Johann wartete noch, bis Winterstein und Baumer aus dem Hof kamen, dann verließ er das Geschäft, ohne sich zu verabschieden, und schlug den Weg nach Hause ein. Sobald er die Brücke überquert hatte, die beide Stadtteile miteinander verband, fühlte er sich sicherer.

*

Martin verhielt sich in den nächsten Tagen auffällig friedlich. Er buhlte um die Gunst des Meisters, gab sich Mühe bei seiner Arbeit und ließ Johann unbehelligt. Dafür verfolgte er neugierig die Fortschritte am Pokal. Der Guss aus Bronze stand an. Der Meister nahm das Mischen des Zinns mit dem Kupfer selbst vor. Johann und Martin hievten wieder die Schmelzpfanne aus dem Feuer und gossen die flüssige Bronze in die Form. Der Meister hatte die Menge gut bemessen. Als die Pfanne leer war, stand die Bronze im Einfülltunnel der Form. So wie es sein musste. »Jetzt hoffen wir, dass keine Luftblasen mit hineingeraten sind«, sagte Rappolt und wischte sich die Hände an einem Tuch ab. »Morgen können wir einen Blick riskieren.«

»Ist es nicht möglich, heute vor Feierabend zu schauen?«, fragte Martin.

»Gut Ding will Weile haben«, sagte der Meister mit erhobenem Finger. »Es wäre ärgerlich, wenn wir den Guss durch unsere Ungeduld zerstören.«

Am Abend stattete Johann seinem ehemaligen Zunftmeister einen Besuch ab. Bergen war nicht auf Rosalinds Beerdigung gewesen und ließ sich auch nicht mehr im Zunfthaus sehen. Bergens Wohnung befand sich in der Steingasse. Das Haus war so gebaut, dass die rechte vordere Ecke fast in die Gasse hineinragte. Es kam des Öfteren vor, dass Fuhrwerke mit dem Putz der Außenwand Bekanntschaft schlossen. Der hölzerne Stützbalken war voller Kerben, daneben lugten Stroh und Lehm aus der Wand. Allesamt Schäden, die zu reparieren die Besitzerin, eine Bäckerswitwe, zu geizig war.

Zu ebener Erde war ihre Bäckerei untergebracht, rückwärtig gelegen, zum Hof hin, lag die Backstube. Im ersten Stock wohnten Bergen und seine Frau. Johann ging durch den separaten Eingang, nahm die Treppe und klopfte schließlich an die Tür. Lange Zeit geschah nichts und Johann hatte sich bereits zum Gehen abgewandt, als er das Geräusch eines Riegels hörte, der zur Seite geschoben wurde. Dann standen sich Johann und Bergen von Angesicht zu Angesicht gegenüber. War es ihm nie aufgefallen, oder war Bergen erst binnen der letzten sechs Wochen gealtert? Hinzu kam, dass seine langen grauen Haare nicht zu dem üblichen Zopf gebunden waren, sondern strähnig auf seine Schultern hingen.

»Gott zum Gruße, Meister«, sagte Johann.

»Was für eine Überraschung. Komm rein, Junge.« Bergens knotige Hand zog Johann ins Innere. In der Wohnung roch es modrig und es war sehr unordentlich. Bergen folgte Johanns Blick. »Meine Maria ist krank, deshalb muss ich nun alles besorgen. Bin auch nicht mehr der Jüngste.« Sein Lachen ging in einen Hustenanfall über. Vorsichtig klopfte Johann ihm auf den Rücken. Dünn war er geworden, der ehemalige Meister. Er spürte dessen Rippen deutlich.

»Nimm Platz«, sagte Bergen, deutete zum Esstisch und griff nach einer Karaffe mit Selbstgebranntem: »Die Gläser sind hin. Müssen wir halt aus der Flasche trinken. Was führt dich zu einem alten Mann?«

»Meister, es gehen eigenartige Dinge vor sich. Dieser Ratspokal macht mir Angst.«

Bergen setzte die Karaffe an. Die durchsichtige Flüssigkeit rann in seinen ungepflegten Bart. Wie vieles andere davor. Johann schnürte sich der Magen zu, angesichts des Verfalls seines ehemaligen Dienstherren.

»Es hat schon begonnen, als einer der Bürgermeister mich meines Amtes enthoben hat.«

»Der Bürgermeister?«, echote Johann ungläubig. »Darf der das denn?«

»Er hielt mir eine Anordnung unter die Nase, mit Siegel und allem Drum und Dran. Darin stand, dass ich meinen Posten zu räumen habe und ab sofort ein monatliches Altengeld bekomme.«

»Habt Ihr ihn mal geärgert?«

»Junge, du kennst mich. Ich bin der friedlichste Mensch auf Gottes Erden. Ich durfte gerade noch so lange bleiben, bis dieser Nürnberger Emporkömmling meine Zunft übernommen hat.«

»Ihr scheint nichts von Rappolt zu halten.«

»Von meinen Flöhen halte ich mehr. Die kann ich wenigstens zerdrücken. Rappolt ist so schlüpfrig wie ein frisch gefangener Aal.«

»Also wollte jemand, der Bürgermeister vielleicht, verhindern, dass Ihr den Pokal fertigt. Und hat Rappolt geholt, einer, der keine Fragen stellt, weil er sich mit der Politik in der Stadt nicht auskennt ...«

»Oder aber«, fiel ihm Bergen ins Wort, »der selber so viel Schmutzwäsche hat, dass sie ihn in der Hand haben. Wissen wir denn, was der in Nürnberg und Augsburg so getrieben hat?«

*

Am Samstag bekamen die Goldschmiede unangekündigten Besuch von Winterstein und Baumer.

Rappolt sagte zu Baumer: »Ihr kennt meinen neuen Gesellen noch nicht. Er hilft uns aus. Das ist Martin Gehlen. Martin, das ist Fredegar Baumer.«

»Freut mich«, sagte Baumer und tat so, als habe er Martin noch nie zuvor gesehen.

Johann stellte fest, dass sowohl Martin als auch Baumer die Scharade täuschend echt spielten. Fast war er versucht anzumerken, dass sich die Herren bereits kannten, schluckte den Kommentar jedoch herunter. Lautes Rufen unterbrach die Goldschmiede. Eine Schar Büttel jagte am Fenster vorbei. Neugierig folgten Johann und die anderen den Schaulustigen, die auf ein bestimmtes Ziel zustrebten. Etwa zweihundert Schritte die Straße hinunter drängte sich eine Menschentraube. Johann hielt sich hinter Winterstein und Baumer, denn ihnen wurde sofort eine Gasse freigemacht.

Ein Mann lag auf dem Pflaster. Er trug Kleidung aus feinstem Tuch, und er war so untersetzt, dass sein Bauch sogar im Liegen aus dem Wams quoll. Sein Doppelkinn war ordentlich geschabt und deutete darauf hin, dass er sich nicht selbst rasiert hatte. Prächtige Stickereien zierten Hemd und Strümpfe. Zumindest das, was davon noch übrig war. Der Stoff war an mehreren Stellen zerschnitten. Das musste eine üble Messerstecherei gewesen sein, in die er geraten war. Rund um den Mann benetzte Blut den Boden. Die Kette, die er um den Hals trug, war aus reinem Gold und fingerdick. Der Kettenanhänger lag neben seiner rechten Wange auf dem Boden. Johann bückte sich und sah, dass auch der Anhänger aus Gold bestand. Es war eine Scheibe. Sie maß zwei Fingerglieder im Durchmesser. Darauf waren drei Vögel eingraviert, die ihre Köpfe zueinander reckten und mit den Schnäbeln eine Krone hielten. Die Augen der Vögel bestanden aus winzigen schwarzen Perlen. Johann wusste, dass diese aus dem fernen China stammten und allein eine davon ein Vermögen wert war. Ihn wunderte, dass der Tote nicht seiner Habseligkeiten beraubt war. Möglicherweise hatte das schnelle Erscheinen der Büttel die Langfinger im Zaum gehalten. Warum aber machte sich jemand die Mühe, den Mann zu erstechen, wenn er ihn nicht ausrauben wollte? Plötzlich zitterten die Wangen des Mannes.

»Er lebt noch«, sagte jemand aus der Menge.

Jäh wurde Johann zur Seite gestoßen, ein dürrer Mann ließ sich neben dem Verletzten nieder und begann ihn fachkundig zu untersuchen. Winterstein gab ein Japsen von sich, als er durch eine Lücke der Schaulustigen das Gesicht des Verletzten sah.

»Kennt Ihr den Mann?«, fragte Johann.

»Nicht, dass ich wüsste.« Winterstein log, das war so sicher wie das Amen in der Kirche. Die Büttel begannen, die Umstehenden zu befragen. Zwei der Wachmänner halfen dem Dürren, den verletzten Mann auf eine Trage zu hieven.

Johann folgte dem Trüppchen. Er sah, wie ein kleiner Lederbeutel vom Besitz Wintersteins in den des Dürren wechselte. Der Tausch lief so diskret ab, dass wohl niemand sonst etwas davon bemerkt hatte. Dafür glänzte es kurz golden auf, ehe Winterstein seine Hand um die Halskette des Mannes schloss.

Aha, darum war es ihm also gegangen. Er wollte die Kette haben. Warum? Der Ring, den der Fettwanst trug, war gewiss noch wertvoller. Denn der Saphir war von einem Kranz aus chinesischen Perlen eingefasst. Johann schloss zur Trage auf und schaute auf die Hände des Verletzten. Der Ring war noch da. Nachdenklich ging Johann zu Rappolt und Martin, und gemeinsam kehrten sie in die Werkstatt zurück. Winterstein war mit dem Dürren mitgegangen.

Kaum, dass sie den Raum betreten hatten, krümmte sich Johann und sagte: »Entschuldigt, Meister. Aber wäre es mir wohl gestattet, die Latrine aufzusuchen?«

»Ist dir wohl aufs Gemüt geschlagen, das viele Blut. Geh nur.«

Ehe er in den Hinterhof trat, kramte er in seiner Tasche, versteckte unauffällig ein Stückchen Zeichenkohle, das er stets mit sich führte, im Ärmel seines Hemds und griff zum Stapel des mangelhaften Pergaments, das sie zum Anzünden verwendeten.

Schreiben konnte man darauf nicht. Der Buchbinder, der auch selbst Papier schöpfte, brachte stets einen Stapel vorbei und erhielt dafür Knöpfe aus Silber, die er sammelte.

»Was hast du denn auf dem Abort mit dem Pergament vor?«, fragte Rappolt.

»Abwischen«, sagte Johann nur und eilte hinaus.

Das Gelächter von Rappolt und Martin folgte ihm. Er setzte sich auf das Brett, ließ jedoch den Deckel des Loches zu und verriegelte die Tür mit dem Herzchen darin. Mit schnellen Strichen zeichnete er die Abbildung des Kettenanhängers aus dem Gedächtnis. Dann legte er einen Bogen Pergament über die Zeichnung, so dass sie nicht verwischte, und faltete beide Seiten behutsam, bis sie in seine geschlossene Hand passten.

Als er zur Hintertür hinein kam, standen drei Wachen in der Werkstatt und befragten Rappolt und Martin. Sie sahen Johann und einer der Büttel kam prompt auf ihn zu. Johann nahm die Faust mit dem Pergament hinter seinen Rücken und tat so, als kratze er sich.

»Ihr seid Johann Sperling?«

»Richtig.«

»Habt Ihr den Überfall gehört? Oder war der Mann vielleicht zuvor in der Werkstatt?«

»Nein. Erst als ihr Büttel mit euren schweren Stiefeln an unserem Fenster vorbei gerannt seid, hab' ich mitbekommen, dass etwas nicht stimmt.«

»Kennt Ihr den Toten?«

»Er ist tot? Aber er hat doch noch gelebt, als er gefunden wurde.«

»Ist Euch sonst etwas aufgefallen?«

Johann schüttelte den Kopf.

»Schade«, meinte der Mann und machte seinen Kollegen ein Zeichen.

Sie ergriffen Johanns Arme und drehten sie auf seinen Rücken. Einer der Wachen öffnete gewaltsam Johanns geschlossene Faust und das gefaltete Pergament fiel auf den Boden.

»Aha. Ihr könnt ihn loslassen«, befahl der Anführer der Büttel. Er hielt Johanns Zeichnung in die Höhe, so dass Rappolt und Martin sie sehen konnten.

»Das ist ein Bild des Schmuckstücks, das verschwunden ist«, kommentierte der Büttel. Johann rieb sich seine Arme und Schultern. »Ein schöner Anhänger«, meinte Rappolt. Martin schwieg.

»Erklärt Euch bitte«, sagte der Büttel und sah Johann scharf an.

»Ich sah diese Kette und da mir das Motiv so gut gefiel, hat es sich mir auch sogleich eingeprägt. Aber wieso verschwunden? Der Mann trug sie doch um den Hals.«

»Windet Euch nicht heraus. Wo ist die Kette?«

Johann dachte, es sei besser, die Wahrheit zu sagen. »Augustus von Winterstein hat sie dem Mann, der sich um den Verletzten gekümmert hat, abgekauft.«

»Das könnt Ihr Eurer Großmutter erzählen, aber nicht uns.«

»Aber so ist es gewesen.«

»Durchsucht ihn und seine Sachen. Und die Latrine schaut ihr euch auch genau an.«

Die beiden Büttel losten daraufhin aus, wer sich der Sachen annehmen durfte und wer die Latrine begutachten musste.

»Ich habe die Kette nicht«, versuchte Johann sich zu wehren. Der Büttel und sein Hauptmann zeigten sich gänzlich unbeeindruckt. Johann musste sich seines Wamses und Hemdes entledigen und auch die Hose ausziehen, dann wurde er abgetastet. Seinen ledernen Umhängebeutel packte der Hauptmann an den Zipfeln und schüttete den Inhalt kurzerhand auf die Erde. Ein Apfel kullerte über den Boden und blieb zu Rappolts Füßen liegen. Er hob ihn auf und reichte ihn peinlich berührt an Johann weiter.

»Wir behalten Euch im Auge«, drohte der Hauptmann, nachdem sie mit der Untersuchung fertig waren. Knurrend stopfte Johann sein Hemd in die Hose, als die Wachen gegangen waren.

»Jemand muss die Büttel auf meine Fährte gesetzt haben, würde nur gerne wissen, wer das war«, sagte Johann und sah zu Martin. Der glotzte unbeirrt zurück.

»Dieser Zwischenfall hat uns genug Zeit gekostet. Ans Werk, meine Herren«, sagte Rappolt.

Wenn Johann sich insgeheim gewünscht hatte, dass der Tote das Gesprächsthema auf den Straßen war, hatte er sich getäuscht. Selten sprach jemand über den Mord. Messerstechereien kamen öfter im Jahr vor, zumal, wenn eine Wirtschaft in der Nähe lag. In diesem Fall ›Zum großen Eber‹. Angestachelt durch seine Neugier, ging er zum Nürnberger Tor. Dort konnte Johann sicher sein, eine Wache anzutreffen. Der junge Mann, der murrend aus der beheizten Wachstube trat, schickte Johann zur Altstadt. Da solle er nochmals vorsprechen, im Garnisonshaus an der nordöstlichen Seite der Stadtmauer. Dort würde er den Hauptmann finden, der wisse Bescheid.

Johann machte sich auf den Weg. Das Garnisonshaus war eine kleine Festung für sich. Dicke Brandmauern und kleine Fenster würden so mancher Belagerung trotzen können. Eine Fahne mit dem Wappen Hanaus flatterte auf dem Dach. Die massive Pforte war verschlossen. Johann trat mit dem Fuß dagegen, da er nicht vorhatte, sich die Hände kaputt zu schlagen. Ein Soldat mit einem Brustpanzer aus Metall öffnete eine Klappe, die in die Tür eingelassen war, und fragte Johann nach seinem Begehr.

Johann verlangte den Hauptmann zu sprechen. Es dauerte eine Weile, bis dieser aus dem Haus kam. Er war ein zäher Kerl. Nicht besonders groß, aber seine Bewegungen strahlten Kraft aus und seine Augen blickten überaus wach umher. Er blieb vor Johann stehen.

»Was gibt es?«

»Mir ist wegen dem Toten neulich noch was eingefallen.«

»Welcher Tote?«

»Der Mann, der vor vier Tagen in der Spitalgasse erstochen worden ist. In der Neustadt, schräg gegenüber vom ›Großen Eber‹.«

»Ach der. Die Sache hat sich erledigt.«

»Erst durchsucht Ihr mich und dann ist es mit einem Mal nicht mehr wichtig für Euch?«

Die Augen des Hauptmanns wurden schmal. »Wie gesagt, guter Mann. Der Fall ist erledigt. Und jetzt entschuldigt mich bitte, ich habe zu tun.«

›Der Kerl war reich und nicht aus Hanau‹, resümierte Johann. ›Die Büttel wollen plötzlich nichts mehr davon wissen. Der Kerl wurde nicht ausgeraubt und Winterstein hat die Kette haben wollen. Und hat sie bekommen. Als er gefunden wurde, hat der Mann noch gelebt. Winterstein kannte ihn.‹

Johann hatte eine neue Zeichnung gefertigt, nachdem die Büttel seine erste in den Ofen geworfen hatten. Oft hatte er dagesessen und sich das Bild betrachtet. Es zwickte ihn und das Motiv kam ihm bekannt vor. Aber er kam nicht darauf, wo er es schon einmal gesehen hatte.

Des Rätsels Lösung fand sich einen Tag später. Es war der letzte Arbeitstag vor Ostern. Rappolt hatte es eilig und bat Johann, die Pläne für den Ratspokal in den Lederröhren zu verstauen. Seltsamerweise ließ er diese Arbeit niemals Martin machen. Es mochte daran liegen, dass Martins Hände immer schmutzig zu sein schienen. Johann indes achtete auf saubere Hände, auch den Schmutz unter den Fingernägeln holte er stets heraus.

»Meister, dürfte ich heute früher gehen?«, fragte Martin. »Meine Tante hat morgen Geburtstag und sie wohnt in Seligenstadt. Die ganze Familie möchte über Ostern hinfahren.«

»Ausnahmsweise. Ich wünsche dir ein schönes Osterfest, Martin. Und auch dir, Johann.«

»Danke, Meister«, sagten die beiden wie aus einem Munde.

Keine Stunde später saß Johann allein in der Werkstatt. Er nutzte die Ruhe, um nachzudenken. Plötzlich blieb sein Blick auf dem Papier hängen, welches er gerade aufrollte, um es zu verstauen. Natürlich, das war es. Diese Vögel auf der Halskette glichen denjenigen auf der Zeichnung zum Verwechseln. Nur, dass die Vögel, die auf den Sockel des Pokals sollten, keine Krone hielten. Sie pickten Körner auf. Drei, diese Zahl bildeten nur die Vögel. Die anderen Tiere waren als Paar abgebildet, außer der Heuschrecke. Was mit Sicherheit auch eine Bedeutung hatte. Und wenn es gar nicht um die Vögel in ihrer Bedeutung als Tier ging, sondern um ein Symbol? Drei. Johann biss sich auf die Knöchel. Drei. Er musste raus an die frische Luft. Die Quecksilberdämpfe vernebelten seine Gedanken. Ohne den Zeichnungen einen weiteren Blick zu schenken, nahm er seinen Mantel vom Haken und verließ die Werkstatt. Er schlug aus Gewohnheit den Weg zur Altstadt ein. In den Gassen wehte ein scharfer Wind. Er spielte mit den Fensterläden, schlug sie an die Häuserwände. Bei jedem Knall zuckte Johann zusammen. Er war müde und aufgeregt zugleich. Drei. Er rief sich die Halskette ins Gedächtnis. Drei Vögel, die mit emporgereckten Schnäbeln eine Krone hielten. Jeder Vogel stand für etwas oder jemanden. Fressende Vögel.

»Was machst du denn hier?«, riss ihn eine Stimme aus seinen Gedanken. Es war Gotthilf, der seine rote Knollennase rieb und ihn trunken anschielte.

»Nichts, ich ...«

»Wo du grad da bist, können wir auch zusammen

weiterziehen. Ich sehe das als Fügung Gottes. Und es gehört sich, dass wir was dafür tun, dass Gott uns auch morgen noch liebt. Besonders, weil morgen Ostern anfängt und manche Wirte dann nur verdünntes Bier ausschenken. Lass uns beten.«

»Gut, aber nur eins.«

Die beiden betraten den ›Ochsen‹ und nahmen ihre bevorzugten Plätze am Fenster ein. Der Wirt winkte ihnen zu und hob zwei Finger. Johann und Gotthilf nickten. Ein Barde spielte auf. Es schien ein Reisender zu sein, der sich seine Weiterfahrt verdiente. Seine Kleidung war ein einziges Flickwerk aus farbigen Stoffteilen.

»Die buntesten Vögel singen am grauslichsten. Das gilt auch für die Menschen«, tat Gotthilf kund und prustete ob seines eigenen Witzes in sein Bier.

Johann saß mit einem Schlag kerzengerade. Drei Vögel, drei Menschen. Ein Triumvirat. Wie im alten Rom. Winterstein, Baumer und ein Unbekannter, der hinter dem Vorhang stand. Nur so konnte es sein. War es jemand aus Hanau, der die Fäden zog? ›Drei Menschen halten die Krone‹, dachte Johann. ›Verdammt noch eins. Was wollen die Hundesöhne?‹

»Nichts für ungut, Gotthilf. Ich muss dringend weg.«

»Kann ich verstehen. Der singt gotterbärmlich schlecht.«

»Nicht wegen des Barden. Ich hab' was vergessen.«

»Den Gruß von mir an die Anna tust aber nicht vergessen, gell?«

Johann warf sich im Laufen seinen Mantel über und stürmte zurück zur Werkstatt. Dort angekommen sah er sich nochmals die Zeichnungen für den Sockel an. Drei Vögel, die Körner vom Boden aufpickten. Die

Saat war aufgegangen. Wer hatte den Boden dafür bereitet? Johann dachte über die Bedeutung der anderen Tiere nach. Zwei Eidechsen. Sie kamen für gewöhnlich nur bei schönem Wetter aus ihren Verstecken. Eine Heuschrecke. Ihre Bedeutung reichte weit, war jedoch meist nicht sehr positiv behaftet. Der biblische Heuschreckenschwarm, der alles leer fraß. Und wieso sollte von dieser Gattung nur ein Tier auf den Sockel? Stand sie möglicherweise auch für einen Menschen? Jemand, der dem Dreiergespann gefährlich werden konnte? Johann stützte den Kopf in die Hände.

›Das führt zu weit‹, dachte er. ›Ich bewege mich nur noch auf dem schmalen Grat der Ahnungen.‹

Er ließ seinen Blick weiter über die Abbildungen wandern. ›Zwei Weinbergschnecken, die sich gegenüber standen. Schnecken sind langsam‹, dachte Johann. ›Sie sind harmlos, können sich in Mengen aber auch zu einer Plage entwickeln. Sie werden gegessen. Sie können sich in ihr Haus zurückziehen, sobald Gefahr droht. Das sagt mir auf Anhieb gar nichts. Und zu guter Letzt zwei Hasen. Hasen sind feige, schnell und vermehren sich in Windeseile. Für wen stehen die?‹

Johann überlegte hin und her. Doch je näher er sich seinem Ziel wähnte, desto abstruser kam ihm seine eigene Theorie vor. Er musste seine Ideen in den Hinterkopf verbannen und sie selbsttätig weiter arbeiten lassen. Die Lösung würde sich früher oder später zeigen. Er rollte die Blätter zusammen und verstaute sie in den Röhren.

II.

Johann saß allein in der Wohnstube und obwohl er seine Familie im Haus rumoren hörte, fühlte er sich gotterbärmlich einsam. Sicher könnte er zu Anna in die Schlafkammer gehen und ihr alles erzählen. Aber er brachte es nicht über sich. Wie festgenagelt saß er vor dem Kamin und fand keine Kraft aufzustehen. Rosalinds Puppe, mit der Elfriede jetzt immer spielte, lag in der Ecke des Zimmers. Seine Rosalind. Wäre er nicht so stur gewesen, hätte er Anna früher zum Mediziner geschickt. Dieser vermaledeite Auftrag trug die Schuld daran, der Druck, Rappolts unnachgiebiges Verhalten.

Jetzt fand Johann die Kraft aufzuspringen. Er griff nach der Puppe und schleuderte sie quer durch den Raum. Mit einem dumpfen Laut schlug sie gegen die Wand und blieb mit dem Gesicht nach unten auf dem Boden liegen. Zornig schnäuzte Johann in ein großes Tuch und wischte sich die Augen trocken. Denen würde er es zeigen. Er war alles andere als der dumme Gehilfe, als den sie ihn hinstellten. Bislang hatte er sich nur aus Höflichkeit zurückgehalten. Aber nun war Schluss damit! Er griff nach dem Weinkrug und goss sich seinen Becher bis zum Rand voll. In großen Schlucken trank er die säuerliche Flüssigkeit. Nach und nach leerte er den ganzen Krug.

Anna fand Johann am nächsten Morgen in der Wohnstube. Sie rüttelte ihn an der Schulter. Johanns Ausdünstungen waren sauer. Der leere Krug lag ebenfalls auf dem Boden. Missmutig hob sie ihn auf und trug ihn in die Küche. Anna hörte, wie Johann sich nebenan regte. Dann waren unsichere Schritte zu vernehmen.

»Guten Morgen.«

»Morgen? Machst du Witze? Es ist gleich Zeit, zum Gottesdienst aufzubrechen.«

»Oh mein Gott«, stöhnte Johann und hielt sich den schmerzenden Schädel.

»Du sagst es«, erwiderte Anna spitz.

Dante musste sich oft betrunken haben, als er seine Göttliche Komödie schrieb. Der Gottesdienst war eine Prüfung für Leib und Seele. Johann rang die ganze Zeit mit seiner Übelkeit. Nur der pure Wille half ihm, sich nicht während der Predigt zu übergeben. Die Kirche war bis auf den letzten Platz besetzt und sogar an den Wänden und hinter den Bänken bis zum Eingangsportal standen die Leute. Es war Karfreitag und anscheinend suchte jeder Hanauer Bürger nach Erlösung. Die meisten Gesichter waren ihm unbekannt. Die Luft war geschwängert vom Schweiß zu vieler Menschen auf zu wenig Raum. Anna schien dies alles kalt zu lassen. Sie sah starr geradeaus. Elfriedes Beine baumelten von der Bank und sie zupfte immer wieder gelangweilt am Saum ihres Sonntagskleides.

»Lass das«, wiesen Anna und Johann sie gleichzeitig zurecht. Früher hätten sie sich angelächelt. Woher kam die Kälte zwischen ihnen plötzlich? Nach der Andacht wurde Anna von anderen Besuchern in lange Gespräche verwickelt. Johann fand keine Kraft mehr, ein freundliches Gesicht zu machen.

»Johann«, zwitscherte Anna. »Ich gehe noch mit den Frauen ein Stück Kuchen essen.«

Sie deutete auf ein Grüppchen alter Vetteln.

Johann nickte und sagte: »Ich nehme Elfriede mit.«

»Bis nachher.« Anna hauchte ihm einen leblosen Kuss auf die Wange und schloss sich den schwatzenden Frauen an.

»Papa, warum ist Mama so eigenartig?«

»Ich weiß es nicht. Komm, gehen wir heim.« Er nahm seine Tochter an der Hand. Fröhlich hüpfte das Kind neben ihm her. Johanns andere Hand, die stets Rosalind geführt hatte, pendelte nutzlos an seiner Seite.

Johann hielt inne. Beinahe hätte er einen kleinen Jungen umgerannt, er mochte sechs, vielleicht sieben Jahre alt sein. Treuherzig sah das Kind zu ihm auf. »Darf ich mit der Elfriede spielen?«

Johann zögerte. Was, wenn die Kinder von einem Fuhrwerk erfasst wurden? Zu Johanns Erleichterung kam eine Frau angelaufen und griff nach dem Arm des Jungen.

»Ernst, was denkst du dir eigentlich, einfach fortzulaufen?« Peinlich berührt strich die Frau eine Haarsträhne unter die Haube.

»Entschuldigt bitte, hat mein Sohn Euch belästigt?«, schickte sie hinterher und senkte sittsam den Blick.

»Nein, nein. Euer Sohn fragte nur, ob er mit Elfriede spielen dürfe.«

»Ich könnte Eure Tochter mit zu mir nach Hause nehmen. Ihr würdet mich vor dem Osterumtrunk im Pfarrhaus bewahren.«

»Ich frage mich auch, wie jemand das übersteht.« Johann biss sich auf die Lippen, weil ihm einfiel, dass seine Anna den Vetteln gefolgt war. Entweder hatte die Frau es nicht mitbekommen oder sah über die Bemerkung hinweg.

»Ich heiße Gertrud Heuerberg. Mein Sohn und ich sind erst vor einem Monat nach Hanau gekommen.«

»Wie so viele andere auch.«

»Ich allerdings muss mit einem engen Mietshaus vorlieb nehmen. Die Neustadt kann ich mir nicht leisten.«

»Entschuldigt, wo hab ich nur meinen Kopf. Sperling.« Er deutete eine Verbeugung an. »Nur Ihr und Euer Sohn?«

»Mein Mann starb kurz vor Weihnachten.« Ihr Blick bekam etwas Undefinierbares. Gedankenverloren strich sie Ernst über den Kopf.

»Tut mir leid, ich wollte nicht taktlos sein. Ich weiß, wie es Euch geht. Meine Tochter Rosalind hat der Herrgott auch zu sich genommen. Das war im Januar.«

»Ihr klingt traurig. Wollt Ihr mir die Geschichte erzählen?«

Johann überlegte und sah dann Elfriedes flehendes Gesicht. Das Kind hat mit der Kirchgeherei genug mitgemacht in der letzten Zeit, dachte er. Laut sagte er: »Wo wohnt Ihr denn?«

»In der Badergasse.«

Das Haus lag ein wenig zurückgesetzt zwischen zwei größeren Häusern und besaß einen winzigen Vorgarten. Die Osterglocken verströmten einen frischen Geruch und tupften etwas Farbe in das triste Braun des Beetes.

»Ich möchte Kräuter ziehen. Wahrscheinlich ein aussichtsloses Unterfangen, weil die Nachbarhäuser fast alles Licht wegnehmen«, erklärte die Witwe, die Johanns Blick gefolgt war. »Im Hof habe ich noch ein Stückchen Platz, das ich nutzen darf. Dort werden die Pflanzen besser wachsen.«

Sie schloss die Haustür auf. Johann betrat einen schmalen Flur mit geborstenen Steinplatten. Linker Hand befand sich eine Stiege, die Stufen waren von den Tritten unzähliger Füße in der Mitte eingekerbt. Obgleich die Behausung in einem schlechten Zustand war, hatte die Witwe sie mit sicherer Hand behaglich gemacht. Die Fenster waren blank geputzt und die Rahmen in freundlichem Weiß gestrichen. Durch das Haus zog der Duft nach Gewürzen. Johann lief das Wasser im Munde zusammen. Die Witwe nahm seinen Mantel entgegen und hängte ihn an einen Haken im Flur.

»Geradeaus ist die Küche«, sagte sie und schlüpfte aus ihren Schuhen.

›Einem Fremden die bloßen Füße zeigen. So etwas würde Anna nie tun.‹

Die Kinder spielten im Hof. Johann und Gertrud saßen in der großen Wohnküche am Tisch. Vor Johann stand ein Teller voll dampfender Hühnersuppe, die über kleinem Feuer geköchelt hatte.

»Wie kommt Ihr mit dem Verlust Eurer Tochter zurecht?«, fragte sie.

Johann rührte in seiner Suppe. »Es fühlt sich an wie eine Verletzung. Erst merkt man nichts, aber dann tut's umso mehr weh. Als hätte man mir ein Stück aus meinem Leib gerissen.«

»Wenn ich mir vorstelle, dass Ernst ...« Sie sah gequält in den Hof.

»Ich wollte Euch keine Angst machen. Aber Ihr habt ebenfalls einen Verlust zu beklagen. Trauert Ihr gar nicht um Euren Mann?«

»Es war eine Zweckehe. Ich stamme aus armen Verhältnissen. Mein Vater wollte mir ein gutes Leben ermöglichen. Nur bedachte er nicht, dass ›ein gutes

Leben‹ und Robert sich gegenseitig ausschließen. Robert war mein Mann.«

»Wieso seid Ihr ausgerechnet nach Hanau gekommen?«

»Meine Mutter wurde hier geboren und ich dachte, es bringt mir Glück, wenn ich in Hanau einen Neuanfang mache. Außerdem ist es schön weit weg von Fulda.«

»Es mag mich nichts angehen, aber wie bringt Ihr Euch durchs Leben?«

»Ich arbeite als Hebamme.«

»Das ist ein schwieriger Beruf.«

Gertrud lächelte schmal. »Zumal dieser Medikus hier Pfusch betreibt. Ich will nicht wissen, wie viele Tote er zu verantworten hat. Lässt gebärende Frauen zur Ader, der Sauhund. Und redet schlecht über diejenigen, die keine Ärzteschule besucht haben.«

Sie unterhielten sich noch eine Weile, bis Johann bemerkte, dass die Sonne schon sehr tief stand.

»Ich muss gehen. Habt Dank für die Suppe. Sie war sehr gut. Es würde mich freuen, wenn wir uns wiedersehen.«

Er sah in den Hof, wo die beiden Kinder immer noch einträchtig spielten. »Schon allein wegen der beiden. Anna kann sich nicht so kümmern wie früher.«

»Aber selbstverständlich. Ihr seid jederzeit herzlich willkommen. Eure Frau natürlich auch.«

Als Johann nach Hause kam, war der Tisch gedeckt und es roch verbrannt.

»Kannst du mir sagen, wo du herkommst?«, fauchte Anna.

»Es tut mir leid, mein Herz. Ich habe die Zeit vergessen. Elfriede traf einen Spielkameraden.«

»Weißt du, was da so verbrannt riecht?« Anna ließ ihm keine Zeit, es herauszufinden. »Es ist der Hasenbraten, den ich fürs Osterfest vorgesehen habe. Jetzt können wir ihn in die Gosse werfen!«

»Komm her, Anna.« Er wollte sie in seine Arme ziehen, aber Anna befreite sich und trat einen Schritt zurück.

»Und welcher Spielkamerad war das?«

»Er heißt Ernst.«

»Ach, der Spross von der Frau ohne Mann. Und du bist noch mit zu der gegangen? Wo's doch eh heißt, dass die's mit jedem macht!«

»Jetzt reicht es aber. Ich habe mich nur mit Frau Heuerberg unterhalten. Mehr nicht.«

»Und das soll ich glauben, Johann Sperling?« Anna brach in Tränen aus, nahm den Hasenbraten, der tatsächlich nur noch wenig Ähnlichkeit mit einer schmackhaften Mahlzeit besaß, und warf ihn quer durch die Küche. Dumpf schlug er neben Johann an die Wand, verkohlte Kruste rieselte zu Boden.

»Du spinnst ja wohl«, sagte Johann und trollte sich. Laut warf er die Tür hinter sich zu. Wütend stand er auf der Straße und schlug den Weg zum ›Ochsen‹ ein. Sollte das Weib doch toben. Er würde ihr einen echten Grund dafür liefern.

*

Johann war froh, am Dienstag nach Ostern wieder in der Werkstatt zu sein. Er liebte die Arbeit am Ofen, die knappen Kommandos von Rappolt. Aber gleichwohl zweifelte Johann daran, dass in der Werkstatt die Wahrheit gesprochen wurde. Martin hatte wesentlich dazu beigetragen. Wer war Freund, wer war Feind? Johann, dem Rappolts gute Laune nicht entgangen war, beschloss, die Gunst der Stunde zu nutzen: »Hattet Ihr schöne Feiertage?«

Rappolt schenkte ihm eines seiner seltenen Lächeln: »Ich kann nicht klagen, es waren recht erholsame Tage.«

»Wie fandet Ihr den Gottesdienst?«

Rappolt wich seinem Blick aus. Dann straffte er sich und antwortete: »Nun, ich bin nicht in die Kirche gegangen. Der Herrgott möge es mir verzeihen. Was nicht heißen soll, dass ich kein gläubiger Mann bin.«

»Wenn Ihr Euch in der Euch zugeteilten Gemeinde nicht wohl fühlt, kann ich gewiss mit Priester Michael sprechen, so dass Ihr in meine Gemeinde wechseln könnt. Das ist die Hochdeutsch Reformierte Kirche. Es sind sehr nette ...«

»Ich bin Katholik!«, schnappte Rappolt. Seine gute Laune schien verflogen.

Es war bereits spät, als jemand an die Tür klopfte. Es war Gotthilf. Er sah schnell nach links und rechts, ehe er eintrat. Hastig zog er die Tür hinter sich zu.

»Wirst du verfolgt?«, fragte Johann und grinste.

»Nein, aber du.«

Johanns Grinsen gefror. »Wie soll ich das verstehen? Aber nimm doch Platz, Gotthilf.«

Sein Kamerad tat wie ihm geheißen. Johann füllte einen Becher Wein für ihn.

»Danke. Du solltest vielleicht auch einen Schluck trinken. Den wirst du brauchen.«

»Meine Güte, mach's doch nicht so spannend«, sagte Johann.

»Ich bin ja dem Dienst in der Zunft zugeteilt, wie du

sicherlich weißt.« Gotthilf machte eine Pause und sah Johann ernst an. Dieser nickte schließlich ungeduldig. »Martin war heute auch da. Er redete abscheuliche Dinge über dich.«

»Das kann ich mir vorstellen«, sagte Johann düster. »Er war es auch, der mir die Büttel auf den Hals gehetzt hat. Aber erzähl weiter.«

»Nun, er meinte, du hättest es nicht verdient, den Ratspokal zu schmieden.«

»Das denken viele.«

»Jetzt lass mich doch ausreden.«

Johann hob beide Hände in einer entschuldigenden Geste.

»Er sagte noch, dass du versessen aufs Geld wärst. Und dass du laufend Fehler machst. Ehrlich gesagt, kann sich das keiner vorstellen. Du warst der beste Geselle. Nicht umsonst hat dich Bergen unter seine Fittiche genommen.«

»Ich mache Fehler?«, fauchte Johann. »Na, der kann was erleben.«

»Genau darauf spekuliert er. Und das ist der Grund meines Besuchs. Martin erzählt großspurig, dass er unter dem persönlichen Schutz der Auftraggeber stünde und dich so lange provozieren will, bis du auf ihn losgehst. Dann ist er dich los und kann sich bei Rappolt lieb Kind machen. Letzteres denke ich mir halt dazu.«

»Das ist ja wohl die Höhe!«

»Leider ist es so. Ich kann ihn nicht ausstehen.«

»Ach Gotthilf, da bist du nicht der Einzige.«

Sie tranken ihren Wein und schwiegen einige Minuten. Dann sagte Johann: »Er ist gefährlich.«

»So schlimm stehen die Dinge auch nicht. Martin ist eifersüchtig.«

»Da steckt mehr dahinter, so wahr ich hier sitze«, sagte Johann und schenkte nach. Dann erzählte er Gotthilf, was er wusste.

Das einzige, was seinem Kameraden dazu einfiel war: »Meine Güte, warum hast du die Zeichnung denn nicht daheim angefertigt? War doch klar, dass die Büttel sie bei dir finden.«

»Du bist mir ein Freund. Ich gebe zu, es war ein Fehler. Aber ich kann's nun mal nicht ändern.«

»Das ist ja ein Schlamassel, in den du geraten bist. Es ist wirklich so: Wer hoch steigt, kann tief fallen.«

»In meinem Fall bin ich hoch gehievt worden.«

»Davon abgesehen ist mir aufgefallen, dass sich allerlei seltsame Gestalten in der Stadt herumtreiben.«

»Du meinst Leute wie dieser Winterstein?«

»Genau solche. Die Neustädter meine ich nicht, das ist mittlerweile ein gewohnter Anblick, in ihren merkwürdigen Kleidern. Ich meine die Ratten. Verschlagene Kerle wie Martin oder dieses edle Zweiergespann, das sich in unserer Zunft breit macht.«

»Was haben die denn mit der Goldschmiederei am Hut?«

»Nichts, das ist es ja. Aber sie lassen sich alles Mögliche erklären und zeigen.«

»Ist doch schön, wenn sie Interesse an ihrem Auftrag haben.«

»Es ist nicht Rappolt, den sie um Erklärungen bitten. Außerdem wollen sie dauernd wissen, ob jemand eine Ahnung hat, was Bergen auf seinem Altenteil so treibt.«

»Das ist schlecht«, sagte Johann düster und rieb sich das Kinn.

Als Johann am nächsten Abend aus der Werkstatt kam, saß Elfriede in der Küche und weinte bitterlich.

»Was machst du denn hier? Warum bist du nicht bei Frau Heuerberg?«

»Mama hat mich abgeholt und gesagt, ich soll hier auf dich warten.«

»Anna!«, brüllte Johann.

»Mama ist weg.«

»Was soll das heißen?«

»In die Kirche gegangen, ohne mich. Sie hat gesagt, mir wär' eh nicht mehr zu helfen und ich soll schön brav sein und hier in der Küche auf dich warten.«

»Wie lange ist sie denn schon fort?«

»Seit heut' Morgen. Und ich hab so großen Hunger. Brot wollt' sie kaufen, hat sie gesagt. Aber sie ist nicht gekommen und gegessen hab ich auch nichts. Ist nichts da.«

Dicke Tränen rollten Elfriedes Wangen herunter. Johann zerriss es schier das Herz bei ihrem Anblick.

›Wenn das Weib sich selbst gehen lässt, ist das eine Sache. Aber das Kind zu vernachlässigen dulde ich nicht. Die kann was erleben!‹

»Wasch dir das Gesicht und die Hände. Ich mache uns derweil etwas zu essen.«

Elfriede schien halbwegs getröstet und schniefte nur noch leise. Gehorsam ging sie in den Hof. Kurz darauf hörte Johann das Quietschen des Pumpenschwengels und Wassergeplätscher. Er schob den schwergängigen Riegel der Speisekammer zurück und sah nach, was diese an Nahrung feilbot. Kurzerhand griff er nach der geräucherten Wurst, die ihm schon mehr als ein Mal das Wasser im Munde hatte zusammenlaufen lassen. Ein kleiner Topfkäse war auch noch da.

Johann stellte beides auf den Tisch, griff nach einem Messer und säbelte dicke Scheiben Wurst für Elfriede ab. »Iss, Kind.«

»Aber das ist doch für Mama zum Geburtstag«, flüsterte Elfriede, die es nicht wagte, nach ihrem Vesperbrett zu greifen.

»Da müssen wir Mama wohl etwas anderes schenken«, sagte er, um sie zu beruhigen. In Wirklichkeit konnte Anna froh sein, wenn er ihr nicht ein paar Hiebe zum Geburtstag verabreichte. Seine Tochter nickte und tat sich, ebenso wie er, an Wurst und Käse gütlich. Es schmeckte so ausgezeichnet, dass sie alles bis auf den letzten Krümel vertilgten.

»Zur Not frisst man die Wurst halt ohne Brot«, gab Johann kund und rülpste. Elfriede brach in Gelächter aus.

Erst spät in der Nacht kehrte Anna nach Hause zurück. Johann war noch wach. Er saß ans Rückenteil des Bettes gelehnt, die Arme über der Brust verkreuzt und starrte ihr wütend entgegen. Anna wirkte wie eine Kreatur jenseits der irdischen Welt. Ihr Blick war verklärt und ihre Gesichtszüge noch eingefallener. Kurz sah sie Johann an, dann zog sie sich aus, legte sich hin und drehte ihm den Rücken zu.

»Wo kommst du um diese Unzeit her?«

»Bin eingeschlafen. Der Kirchdiener hat mich geweckt«, sagte Anna mit träger Stimme.

»Das Kind hat gehungert.«

»Wir alle müssen Opfer bringen.«

»Opfer werden freiwillig gegeben! Elfriede ist ein Kind, und du hast sie schändlich vernachlässigt.«

»Und was willst du dagegen tun? Bist doch eh nie daheim.«

Johann schlug mit der Faust gegen die Wand. Anna zuckte zusammen.

»Ich könnte dich verstoßen. Das Recht hätte ich.«

»Ach so ist das. Und dann machst du der Heuerberg einen Antrag!«, schrie Anna.

Es war das erste Mal, dass er Anna schlug. Ihre Augen füllten sich mit Tränen.

»Ich sage nicht, dass es mir leid tut, denn es war notwendig. Aber ich verspreche dir, dass ich versuchen werde, dich nicht mehr zu schlagen, wenn du wieder die gute Mutter wirst, die du vor Rosalinds Tod warst.«

Anna schwieg, hielt sich die Wange und litt still. Dann erhob sie sich, klemmte ihre Decke unter den Arm und verließ die Schlafkammer.

Obwohl Anna am nächsten Tag Geburtstag hatte, verlor niemand ein Wort darüber. Sie erhielt keine Geschenke und Gratulanten kamen auch keine vorbei.

»Es ist ein Kreuz mit der Familie«, klagte Johann eines Abends im Mai Egbert sein Leid. Der hörte nur mit einem Ohr zu. Johann wunderte sich darüber. Der Wirt sog für gewöhnlich jedes Wort gierig auf, das nur ansatzweise von Zank und Zerwürfnissen kündete. Jetzt lehnte er an der Theke und sah an Johann vorbei auf das Treiben in der Schankstube.

Ein Mann stand auf dem Tisch und teilte den Gästen seine Ansichten lautstark mit. Anscheinend hatte das Bier seine Zunge gelockert, was sich im Irrsinn seiner Rede widerspiegelte. Johann wandte sich auf seinem Hocker um und sah, wie der Mann geradewegs seinem Untergang entgegensteuerte. Zwei Büttel, die wohl dienstfrei hatten, erhoben sich von ihren Stühlen und starrten den Mann finster an.

»Und diese aufgeputzten Gockel von Büttel, die gehören eingesperrt, nicht lautere Bürger, wie zum Beispiel ich einer bin.«

Der Mann deutete auf die beiden Wachen. Ein paar Gäste lachten.

»Da bahnt sich wohl gerade eine Revolte an«, sagte Egbert. »Ich hoffe, sie schlagen sich vor der Tür. Die letzte Schlägerei, die hier drinnen ausgetragen wurde, hat mich ein Vermögen gekostet.«

»Was haste denn gegen die Büttel?«, lallte einer der Gäste und hob seinen Krug zum Gruß. Die Aufmerksamkeit der Wachen richtete sich auf beide Männer.

»Ungerecht ist's, was in der Stadt vor sich geht. Da kommen die ganzen Zugewanderten und kriegen die tollsten Häuser. Der ganze Rat ist doch bestochen. Und ich sag euch, die wollen sich uns Altstädter einverleiben. Hoffentlich ersticken sie dran.«

Speichel troff dem Mann vom Kinn. Die Hälfte seines Getränks verschüttete er im Redeeifer. Die Büttel gingen zu seinem Tisch und zerrten den Mann herunter.

»Da seht ihr's. So wird die Wahrheit unterjocht. Und ich sage euch, ihr werdet noch an meine Worte denken. Das werdet ihr, jawohl!«

Das Gezeter hörte man noch in der Schankstube, als die Büttel den trunkenen Gast längst nach draußen gebracht hatten. Johann war aufgefallen, wie die Büttel dem anderen Betrunkenen einen langen Blick zugeworfen hatten. So, als hätten sie sagen wollen: Du bist der Nächste.

»Sag mal, Egbert. Seit wann haben die sich denn so? Kommt doch laufend vor, dass einer der Gäste gegen den Rat wettert.«

Der Wirt kratzte sich am Kinn. »Ich weiß es nicht, Johann. Reden wir besser von etwas anderem, sonst werden wir auch noch verhaftet.«

Er sagte es im Scherz, aber seine Augen blieben ernst.

*

Es sollte nicht bei dieser einen Verhaftung bleiben. Die Gerüchteküche summte wie ein fleißiger Bienenstock. Johann schnappte mehr auf, als ihm lieb war, und er bekam Angst.

Scheinbar willkürlich wurden diejenigen aussortiert, die sich gegen den Rat aussprachen. Niemand wusste, wohin man sie brachte. Neuerdings nahmen Büttel in der Kleidung normaler Bürger die Verhaftungen vor. Sie führten Briefe mit sich, die sie dazu ermächtigten. Gesiegelt vom Rat der Stadt Hanau. Eine Frau, die ihren Mann vermisste, schlief sogar vor der Garnison, um ihrem Ansinnen mehr Gewicht zu verleihen. Lautstark pochte sie immer wieder an die Tür und verlangte, dass man ihren Mann herausgeben solle. Irgendwann war auch die Frau verschwunden. Die Präsenz der Büttel auf den Straßen stieg auf das Dreifache an.

Weil niemand der Bürger wusste, warum es plötzlich so streng zuging, erreichten die Spekulationen ungeahnte Ausmaße. Von einem Umsturz war die Rede, von einer Abriegelung der Stadt wurde gar gesprochen. Immer öfter wanderten die Blicke der Altstädter zum Tor des Schlosses. Was spielte sich im Inneren ab und war die Gräfin überhaupt da drin? Und der Krieg, er war Anlass für die meisten Gerüchte.

Die Leute wurden vorsichtig, wem sie welche Dinge erzählten. Die einstige Unbekümmertheit der Hanauer wurde Stück für Stück von der Angst aufgefressen. Die Neustädter indes blieben gelassen. Unbeirrt gingen sie ihren Geschäften nach, hielten sich aus aller Nachrede heraus und genossen nach wie vor das Ansehen des

Rates. Sie waren Flüchtlinge, aber sie brachten Geld mit.

Auch in der Werkstatt machte sich die Stimmung bemerkbar. Es gab wenig neue Aufträge. Rappolt zeigte sich von seiner pragmatischen Seite. »Dann bleibt uns mehr Zeit für den Pokal.«

Es war heiß und der Ofen spendete zusätzlich unwillkommene Wärme. Schon morgens floss der Schweiß in Bächen. Sogar der Meister tupfte sich ab und an mit einem Tuch über die Stirn.

Auf der Straße stolperte Johann über seine eigenen Füße und fluchte, was das Zeug hielt.

»Herr Sperling«, rief eine Frauenstimme. Ein verhaltenes Kichern folgte.

Johann fuhr herum und lächelte peinlich berührt, als er die Witwe Heuerberg erkannte. Sie trug einen Korb über dem Arm, aus dem etliche Stängel und Blüten verschiedener Pflanzen ragten. Die andere Hand lag vor dem Mund.

»Entschuldigt, aber es sah lustig aus. Und irgendwann muss das Lachen raus. Grabesstimmung herrscht hier auf den Straßen, vom Geruch ganz zu schweigen.«

Johann wartete, bis sie zu ihm aufgeschlossen hatte.

»Ihr tragt Neustädter Mode?«, fragte er.

Sie folgte seinem Blick zu ihren Holzpantinen, die unter ihrem Rocksaum hervorlugten. »Nun ja, die Flüchtlinge bringen nicht nur Schlechtes. Manchmal haben sie auch gute Ideen. Die Hitze setzt einem in diesen Schuhen nicht zu. Nur laut sind sie.«

Johann gab ihr Recht. Es schien ihm, als schauten alle Leute auf sie. Besonders auf ihn, der als verheirateter Mann viel zu nah an der Seite der Witwe lief.

»Sagt, wie geht es Elfriede? Ich habe sie schon lange nicht mehr gesehen. Und Eure Anna auch nicht.«

»Anna zieht die Gesellschaft unseres Herrn vor. Sie verbringt mehr Zeit in der Kirche als ein Durchfallkranker auf der Latrine.«

»Herr Sperling, wie redet Ihr denn daher?«

»Tut mir leid, ich gerate jedes Mal in Rage, wenn ich daran denke.«

»An was denkt?«, hakte sie nach.

»Das ist eine längere Geschichte.«

»Ich habe Zeit. Während wir plaudern, hänge ich die Kräuter zum Trocknen auf und Ihr redet Euch alles von der Seele.«

Johann genoss es, seinem Ärger, den er in sich hineingefressen hatte, endlich Luft zu verschaffen.

›Wie anders sie im Vergleich zu Anna ist.‹

Ganz selbstverständlich bot sie ihm einen Platz in der kleinen Kammer an, in der sie die Kräuter auf einer Leine befestigte. Es störte Johann nicht, dass Frau Heuerberg ihm fast die ganze Zeit über den Rücken zukehrte, manchmal sogar auf einen Schemel kletterte, um an die höher gelegenen Schnüre zu kommen. Im Gegenteil, hätte sie ihn unverwandt angesehen, wäre er wohl nicht derart ins Reden geraten.

»Ich nehme Elfriede gerne tagsüber bei mir auf, wenn sie Mut genug hat, mich zu den Gebärenden zu begleiten. Es kann auf Kinder verstörend wirken, weil sie denken, dass die Frauen sterben. Dabei kommen die Wenigsten ums Leben. Aber ich denke, dass die Anwesenheit bei einer Geburt immer noch angenehmer ist als langes Sitzen auf einer Kirchenbank.«

Johann dachte einen Moment nach, dann nickte er.

»Abgemacht«, sagte die Witwe Heuerberg und streckte ihm die Hand entgegen.

»Aber nur, wenn ich Euch Kostgeld geben darf.«

»Gegen ein paar Kreuzer zusätzlich habe ich nichts einzuwenden.« Sie besiegelten ihr Abkommen per Handschlag.

Auf dem Nachhauseweg überlegte Johann, wie er Anna seine Entscheidung beibrächte. Er entschied sich für den direkten Weg. Abermals musste er lange warten, bis Anna und das erschöpfte Kind heim kamen. Das kränkliche Aussehen Elfriedes nahm er zum Anlass: »Anna, so geht das nicht weiter. Ganz blass ist das Kind und gegessen hat es wohl auch wieder zu wenig.«

»Es geht ihr gut«, erwiderte Anna und riss sich die Haube vom Kopf. Ihre grauen Haare waren mehr geworden und der verkniffene Zug um den Mund war wie eingemeißelt.

»Das ist nicht wahr und das weißt du auch. Ab morgen wird sich die Witwe Heuerberg um Elfriede kümmern. Da kommt sie wenigstens unter Leute und an die frische Luft.«

»Ach so ist das«, sagte Anna tonlos. Dann sagte sie nichts mehr und ging schweigend zu Bett.

Johann war überrascht. Er hatte mit Gezeter gerechnet, mit Tränen, aber Anna schien wie ausgetrocknet.

Am nächsten Morgen brachte Johann Elfriede zum Haus der Witwe. Freudig wurde er begrüßt und an den Frühstückstisch gebeten. Das erste Mal seit Monaten hatte er das Gefühl, wieder Teil einer Familie zu sein. Nur schwer konnte er sich losreißen, tat es dann doch und schwitzte, kaum, dass er die Straße betrat.

»Heute wird das Blech geschlagen«, verkündete Rappolt und legte fein säuberlich die Gerätschaften bereit.

›Jetzt wird es ernst‹, dachte Johann. ›War alles bisher nur ein Gedankenspiel mit all den Zeichnungen, fangen wir heute tatsächlich an. Ausgerechnet heute, wo es so heiß ist.‹

Er krempelte die Ärmel seines Hemdes hoch und beäugte das Silber und Kupfer, das für den Schmelzprozess bereitlag. Rappolt hatte etliche Male das Mengenverhältnis von Silber und Kupfer überprüft. Johann häufte die Metallgranalien in die tönerne Gießform und gab dem Gemisch etwas Borax bei. Dann schätzte er ab, ob der Ofen die notwendige Hitze besaß, um das Metall zu schmelzen. Mit der Schnabelzange nahm er die Gießform auf und stellte sie auf die Kohlen. Rappolt ließ ihn gewähren. Immerhin war der Pokal Johanns Werk. Liefe er allerdings Gefahr, Edelmetall zu verschwenden, würde der Meister eingreifen, dessen war sich Johann gewiss. Nicht ein Gran vergeudete Rappolt.

Nun kam der langweilige Teil, das Warten. Johann vertrieb sich die Zeit mit Gedanken an die Witwe Heuerberg. Ihre gelöste Art imponierte ihm, ihr Selbstbewusstsein und ihre Klugheit. Er ertappte sich bei dem Gedanken, wie es wohl sei, wenn sie seine Frau wäre. Beschämt fuhr er zusammen und die Hitze in seinem Gesicht stammte nicht ausschließlich vom Ofen.

Als das Metall geschmolzen war, nahm Johann wieder mit der Schnabelzange die Gussform aus dem Feuer und stellte sie auf den Amboss. Als der Barren soweit abgekühlt war, dass er nur noch leicht rötlich glomm, kippte Johann die Gussform und der Barren glitt heraus. Dort wurde er alsbald von Johanns kräftigen Schlägen mit dem Planschenhammer bearbeitet, bis er immer dünner und großflächiger wurde. Es war eine

Kräfte zehrende Arbeit, um die Johann trotz der Hitze dankbar war. Er betrachtete sie als Selbstkasteiung für seine unreinen Gedanken.

Endlich, es war schon spät am Tag, war Rappolt zufrieden. Das Blech war dünn genug, sie konnten mit dem Ziehen beginnen.

»Du hast genug getan für heute«, sagte Rappolt und klopfte ihm auf die Schulter. »Du zitterst am ganzen Leib. Morgen machen wir weiter.«

›Er hat gemerkt, dass mein Knie mir Probleme gemacht hat‹, dachte Johann. Vergeblich hatte er versucht, das Zittern seiner Beine zu unterdrücken. Die letzten fünfzig Schläge hatte er sein Gewicht ausschließlich auf die andere Körperseite verlagert.

»Bis morgen, Meister Rappolt.«

Martin, der Sauhund, war den ganzen Tag nicht in der Werkstatt gewesen.

›In welch obskuren Geschäften der wohl unterwegs ist‹, dachte Johann bitter.

Am darauf folgenden Tag stattete Johann seinem ehemaligen Lehrmeister einen Besuch ab. Bergen begrüßte ihn überschwänglich und bat ihn in die Wohnung.

»Berichte, wie weit bist du mit deinem Meisterstück?«

»Es geht voran. Aber an Hingabe mangelt' s mir. Und zwar gewaltig. Als würde sich ein Teil in mir weigern, den Pokal zu fertigen.« Johann seufzte, weil er wusste, wie albern sich seine Worte anhören mussten.

Bergen indes schien sie zu verstehen. Er nickte. Dann legte er Johann die Hand auf die Schulter. »Denk nicht darüber nach, welche Folgen dein Tun haben wird, außer der, dass du nach erfolgreicher Fertigstellung des

Bechers die Meisterprüfung ablegen kannst. Sei Rappolt kein Dorn im Auge, denn er ist einer deiner Prüfer und er wird den Stich am Pokal vornehmen. Das heißt, du musst dafür sorgen, dass er dir wohl gesonnen ist.«

»Das weiß ich, Meister Bergen. Aber mein Gewissen meldet sich ständig und flüstert mir ein, etwas Falsches zu tun. Ich bin gar nicht mehr ich selber, habe dauernd das Gefühl, dass mir jeder auf die Finger sieht.«

»Das ist normal und das ist der Weg, der dich zum Meister macht. Bleibe ruhig, lasse dich nicht verunsichern. Du hast bei mir alles gelernt, was es über das Handwerk zu wissen gibt. Und du hast deine Sache immer gut gemacht. Wenn du Fragen hast oder nicht weiter weißt, kannst du mich jederzeit besuchen.«

»Meister, darf ich ganz offen sein?«

»Nur, wenn du mich ab sofort duzt und Rufus nennst.«

»Es ist mir eine Ehre.«

Bergen machte eine wegwischende Handbewegung. »Sprich endlich, sonst kommt der Schnitter, ehe ich es erfahren habe.«

»Bei meinem letzten Besuch machte ich eine Andeutung, dass ich Rappolt nicht einschätzen kann. Das ist immer noch so. Allerdings glaube ich nicht, dass er an den Machenschaften beteiligt ist. Er wird benutzt, ebenso wie ich. Hält sich aus allem heraus und ...«

»Das solltest du auch tun, Junge.«

»Kann ich aber nicht. Winterstein und Baumer, zwei Edelleute, die hier in der letzten Zeit alles auf den Kopf stellen, haben Martin um ihre schmierigen Finger gewickelt. Sie halten geheime Treffen ab. Neulich bin ich Martin nachgegangen. Er traf sich mit den beiden in einem schmuddeligen Hinterhof im Judenviertel. Das müsst Ihr Euch ... musst du dir mal vorstellen. Allerdings war Rappolt nicht dabei.«

»Martin ist wie die Fahne im Wind. Er dreht und wendet sich immer so, dass ihm der Wind nie ins Gesicht bläst.« Versonnen hielt Bergen inne, dann grinste er gemein. »Hab' ihn ein paar Mal ertappt, wie er Blödsinn gemacht hat. Seitdem hat er sich vor mir in Acht genommen.«

»Rufus, ich glaube aber, Winterstein, Baumer und Martin sind dabei, die Macht der Zunft zu untergraben.«

*

Als Johann einige Tage später vor dem ›Goldenen Ochsen‹ stand, fand er die Tür verschlossen. Seltsam, Egbert hätte doch schon längst seine Pforten für die Durstigen der Stadt öffnen müssen. War er krank? Johann klopfte gegen eines der Fenster. Nichts tat sich.

In den ›Schwan‹ zu gehen, hatte Johann keine Lust und alle anderen Schänken waren ihm zu weit. Also ging er heim, wohl oder übel.

Die Gerüchte über weitere Verhaftungen nahmen kein Ende. Es hieß, die Arrestanten seien alle im Garnisonshaus in der Altstadt untergebracht worden, was Johann für ausgemachten Schwachsinn hielt. Die Büttel traten sich ja schon gegenseitig auf den Füßen herum, wenn sie sich vollzählig im Haus versammelten. Niemals hätten diese Mauern die Gefangenen zusätzlich fassen können. Die Frage nach dem Warum konnte niemand beantworten. Die Büttel beriefen sich auf ihren Hauptmann, der wiederum berief sich auf die Stadtführung und der Rat gab keine Erklärung zu den Vorfällen ab.

In der Stadt hielt der Zorn Einzug. Aus Verunsicherung wurde Anklage, aus der Anklage wuchs Ohnmacht und diese führte schließlich dazu, dass eine Rotte von Tapferen das Garnisonshaus stürmte. Bewaffnet mit allerlei Klingen, Keulen, Hacken, Beilen und was sich sonst in gut sortierten Haushalten finden ließ.

Johann bekam nichts davon mit, da er währenddessen in der Werkstatt über dem Gussmodell der Justitia brütete. Rappolt erschien in der Tür.

»Leg das hin, Johann, wir gehen in die Zunft. Ich habe eine Sondersitzung einberaumt.«

Johann spürte das Gären auf der Straße, gedämpfter Lärm klang von der Altstadt herüber. Die Gesichter der Passanten waren grimmig oder drückten Ratlosigkeit aus.

Eines Tages waren die Straßen belebter als gewöhnlich. Johann wurde neugierig und sprach einen Mann an, der gerade an der Werkstatttür vorbei lief: »Heda, entschuldigt, guter Mann, was ist denn los? Ist etwa Markt und ich weiß nichts davon?«

»Eure Scherze könnt Ihr Euch sparen.« Missbilligend sah der Mann Johann von unten bis oben an. Als er bei Johanns Gesicht anlangte, wurde seine Körperhaltung plötzlich weniger angriffslustig. »Ihr wisst es wirklich nicht, oder?«

»Was denn in Herrgotts Namen?«

»Es werden Soldaten einberufen. Auf dem Marktplatz sammeln sich alle Freiwilligen und werden ins Soldbuch eingetragen.«

»Alter oder neuer Markt?«

»Was denkt Ihr denn? In der Altstadt natürlich. Hier würden sie wohl nicht fündig werden. Oder denkt Ihr gar, die Neustädter gäben Ihre prächtigen neuen Häuser gleich wieder auf?«

»Die Niederländer können kämpfen. Das haben sie ja unlängst bewiesen. Ich erinnere nur an den Gewürz-Krieg.«

»Ja, ja«, sagte der Mann und winkte ab. Er fuhr verschwörerisch fort: »Wenn die Zahl erfüllt ist, gut. Wenn nicht, dann müssen eben auch die Unfreiwilligen gehen. Scheint so, als hätten die Kriegstreiber unsere belgische Katharina doch noch weich geklopft.«

»Aber hätten nicht Herolde durch die Stadt laufen müssen?«

»Für schlechte Nachrichten braucht's keinen Ausrufer. Die verbreiten sich auch so schnell genug.«

Er klopfte Johann auf die Schulter und ging weiter. Schaulustige strömten zur Altstadt. Johann indes ging wieder in die Werkstatt zurück. Rappolt und Martin sahen auf.

»Der Krieg hält Einzug«, sagte Johann. Dann leiser zu Martin: »Willst du dich nicht freiwillig zum Kriegsdienst melden?«

»Wenn einer bestimmt nicht in den Krieg zieht, so bin ich das«, gab er selbstgefällig zurück.

Johann kämpfte sich durch das Gewühl zum Haus der Witwe Heuerberg. Sie wohnte ja in der Nähe des Markts. Menschen kamen Johann jetzt entgegen. Eine Frau fiel ihm besonders auf. Sie schnäuzte sich heftig in ein Tuch und jammerte.

»Mein Junge«, schrie sie immer wieder. »Mein Junge!«

›Die ganze Stadt ist toll geworden‹, dachte Johann. ›Wann wird das aufhören?‹ Die Witwe winkte Johann schnell ins Haus, zog ihn über die Schwelle, als es ihr nicht schnell genug ging. Ihre Berührung jagte Blitze durch seinen Körper.

»Ich kann es immer noch nicht glauben«, sprudelte sie los, kaum, dass sie ihn auf einen Stuhl niedergedrückt hatte. »Die haben bei mir geklopft und gefragt, ob ich als Heilkundige im Tross helfen möchte. Sie würden für alles sorgen. Auch für Ernst, wenn ich arbeiten müsste. Der Pfuscher sei ihnen zu teuer, haben sie gesagt.« Johanns Kehle schnürte sich zu. Er konnte nur dasitzen und nicken.

Nach einer Weile fragte er: »Wie habt Ihr Euch entschieden?«

»Freut Ihr Euch denn überhaupt nicht für mich? Welch ein aufregendes Leben stünde mir bevor. Oder geht es um Elfriede? Ich könnte für sie eine andere Unterbringung beschaffen. Ich habe da eine nette ältere Dame im Sinn. Keine Angst, ich meine nicht die Vettel Simmer.«

Johann sprang auf, krümmte sich zusammen, druckste. Dann riss er Gertrud an sich. »Ich will nicht, dass ... du gehst. Ich liebe dich.« Erschrocken befreite sich die Witwe aus der harten Umklammerung Johanns. »Das dürft Ihr nicht sagen. Ihr seid ein verheirateter Mann. Ihr dürft mich nicht lieben.«

»Ich kann nicht noch jemanden verlieren, das bräche mir das Herz.« Tränen kamen, aber er schämte sich nicht dafür. Es war ehrliches Wasser, das aus seinen Augen lief.

»Bitte, Gertrud«, sagte er leise. »Geh nicht.«

»Ich liebe dich doch auch«, flüsterte sie und machte ein unglückliches Gesicht. Johann nahm sie erneut in die Arme, sanfter dieses Mal. Gertrud ließ zu, dass er sie küsste. Sie gab nach, wehrte sich auch nicht, als die Küsse immer unschicklicher und seine Hände immer ungeduldiger wurden. Gertrud führte ihn in ihre Schlafkammer und sank mit ihm auf ihr Lager, das ihren Geruch verströmte und ihn einhüllte.

Zwei ausgehungerte Leiber fanden zueinander, wurden eins und blieben schließlich erschöpft in inniger Umklammerung beisammen.

»Wo sind eigentlich die Kinder?«, fragte Johann müde.

»Bei der älteren Dame, die ich schon erwähnte. Ich wollte mit diesem Hauptmann in Ruhe sprechen.«

»Willst du immer noch fort?«

»Lass uns nicht darüber sprechen. Nicht jetzt.«

»Wir kommen in die Hölle für das, was wir getan haben, nicht wahr?«

»Dann lass es uns noch mal tun, ehe sich die Erde auftut und uns verschlingt«, sagte Gertrud und setzte sich auf ihn.

»Ist jemand zuhause?«, hörte Johann wie durch einen dicken Nebel.

»Meiner Treu«, zischte Gertrud. »Wir sind eingeschlafen.«

Sie sprang aus dem Bett, wickelte die Decke um ihren Leib, dann öffnete sich die Tür. Johann lag entblößt auf dem Bett. Zwei Schreie ertönten. Einen hatte die alte Dame ausgestoßen, die mit einem Blick die Lage erfasst hatte. Den anderen Johann, der die Dame als fleißige Kirchgängerin erkannt hatte. Die Tür ging wieder zu. Rasche Schritte, die sich entfernten.

»Das ist nicht gut«, sagte Johann tonlos. »Die kennt mich. Und Anna.«

»Geht es dir schlecht?«, fragte Elfriede auf dem Nachhauseweg.

»Noch nicht, aber bald.«

Er war nervös und überlegte, wie er Anna den Fehltritt beichten sollte.

›Du bist ein Dummkopf, Johann Sperling. Du kannst Anna wahrlich viel auftischen, aber das nicht‹. Er verfluchte sich dafür, die Beherrschung verloren zu haben. Aber wenn er an Gertruds blaue Augen dachte, wurde ihm ganz warm im Bauch und auch anderswo.

»Elfriede, wenn wir daheim sind, gehst du bitte sofort in deine Kammer.«

»Warum?«

»Weil ich das will.«

Elfriede schmollte.

Anna schaute irritiert, als Elfriede an ihr vorbei schlich und die Tür ihres Zimmers hinter sich schloss. »Hat sie etwas ausgefressen?«

Johann fühlte sich miserabel. »Gehen wir in die Wohnstube. Es gibt einiges zu bereden.«

Anna folgte ihm arglos, nahm einen Krug und zwei Becher mit, setzte sich und sah ihn gespannt an. Johann rang seine Hände.

»Was ist mit Elfriede?«, platzte es aus Anna heraus.

Johann schüttelte den Kopf und ärgerte sich, weil seine Augen feucht wurden.

»Mit dem Kind ist alles in bester Ordnung. Es geht um mich. Ich habe etwas ganz und gar Schändliches getan.«

Anna verkreuzte die Arme vor der Brust und schlug die Beine übereinander. Ihr Fuß wippte schnell auf und nieder.

»Mein Herz, jetzt mach's mir doch nicht so schwer.«

Anna presste ihre Lippen aufeinander, so dass sie eine

blasse Farbe annahmen. Als Johann nach ihrer Hand greifen wollte, entzog sie sich ihm.

Johann wurde wütend. »Genau das meine ich. Wenn es schwierig wird, ziehst du dich in dein Schneckenhaus zurück.«

Unwillkürlich musste er an die Tierdarstellung des Ratspokals denken. Er stieß den Gedanken von sich.

»Anna, ich habe heute Nachmittag bei der Witwe Heuerberg gelegen.«

Die Stirn seiner Frau legte sich in tiefe Falten. Als sie viele Herzschläge lang geschwiegen hatte, wagte er einen erneuten Vorstoß. »Anna? Was ist dir?«

Ihm war klar, dass diese Frage zu den tölpelhaftesten gehören musste, die jemals gestellt worden waren, aber er wollte Anna endlich aus der Reserve locken. Ihre Stimme klang brüchig, als sie antwortete.

»Du erwartest nicht von mir, dass ich dazu etwas sage, oder? Ich sage dir nur eins, Johann. Seit du an diesem Meisterstück arbeitest, bist du nicht mehr der Mann, den ich geheiratet habe. Der Teufel steckt in all dem Silber, das du jeden Tag in der Hand hast. Ich fürchte mich. Vor dir, vor diesem Prunkbecher und vor der Zukunft.«

Johann schwieg. Die Kälte, mit der Anna über den Fehltritt hinwegging, erfüllte ihn mit Betroffenheit. Er sah die Mauer aus unausgesprochenen Vorwürfen, die zwischen ihnen stand. Rosalinds Tod, der Ehebruch, Eitelkeit und die Unfähigkeit, miteinander zu sprechen, das waren die Steine, mit denen sie gebaut worden war. Aber lohnte es sich überhaupt noch, sie niederzureißen?

Die nächsten Tage waren angefüllt mit Arbeit, auch am Sonntag werkelte Johann den ganzen Tag am Haus, um seine Hände zu beschäftigen. Die Witwe Heuerberg mied er gänzlich. Er brachte Elfriede zur Haustür, nicht weiter.

Fünf Tage nach seinem Betrug krachte es im Hause Sperling. Anna empfing ihn mit einem Blick, den er bei ihr noch nie zuvor gesehen hatte. Es lag Mordlust darin.

»Es mag ja sein, dass deine Witwe lebensfroher ist als ich und du ihre Nähe deshalb suchst. Aber die Angelegenheit zieht Kreise, die ich nicht mehr hinnehmen kann. In der Kirche wurde ich heute ständig von den älteren Damen angesprochen. Mitleid haben sie mit mir, sagen sie. Mitleid! Nicht wegen Rosalinds Tod, nein, Agnes erzählt in der ganzen Gemeinde herum, was du getan hast. Das nächste Mal sei so gut und lass dich nicht erwischen. Wie steh' ich denn jetzt da?«

»Anna, es tut mir l ...«

»Vielleicht hatten die Männer ja Recht.«

»Welche Männer?«

»Die über dich geredet haben. Und nichts Gutes.«

»Wer sprach über mich, Anna.«

»Dieser eitle Geck und jemand, den ich nicht erkannt habe.«

»Guter Gott, haben sie dich gesehen?«

»Du bist der Letzte, der den Namen des Herrn in den Mund nehmen sollte.«

»Anna!«

»Nein, haben sie nicht. Und werden sie auch nicht mehr. Unmöglich kann ich jetzt noch zur täglichen Andacht ins Gotteshaus.«

»Es tut mir leid. Glaube mir, wenn ich könnte, würde ich es ungeschehen machen.«

»Es ist aber geschehen.«

»Bitte, du darfst nicht aufhören, in die Kirche zu gehen. Schick all die lästigen Weiber zu mir. Ich habe dir die Suppe schließlich auch eingebrockt.«

Anna stieß ein verächtliches Lachen aus. »Mit dir würden die nicht reden.«

»Es soll nie wieder vorkommen.«

»Liebst du denn die Heuerberg?«

Johann druckste und murmelte: »Ich weiß es nicht.«

»Also ja.«

»Das habe ich nicht gesagt.«

»Du hast aber auch nicht Nein gesagt. Solange du dir darüber nicht im Klaren bist, ziehe ich mit Elfriede ins Pfarrhaus. Wir kommen in der Stube der Haushälterin unter.« Damit stampfte Anna hinaus und kehrte wenig später mit einem gepackten Bündel zurück.

»Du hast aber schnell gepackt«, entfuhr es Johann.

»Es war alles vorbereitet. Hättest du Nein gesagt, hätte ich alles stillschweigend wieder ausgepackt.«

Elfriede tauchte neben Anna im Türrahmen auf. Auch sie trug einen Beutel und sah wie eine kleine Ausgabe ihrer Mutter aus.

»Komm her«, presste Johann hervor und schloss Elfriede in die Arme. Das Kind flüsterte ihm ins Ohr: »Darf ich nicht mehr mit dem Ernst spielen?«

»Erst einmal nicht, mein Kind. Du machst brav das, was deine Mutter sagt, ja?« Elfriede nickte traurig.

Am nächsten Tag klopfte Johann abends bei der Witwe Heuerberg an die Tür, obwohl alle Fensterläden geschlossen waren.

»Die ist weg«, bestätigte ein zahnloser Alter Johanns Befürchtungen.

»Verreist?«

»Für immer. Die ist mit den Kriegsleuten mitgegangen. Mit Sack und Pack.«

Ziellos streifte Johann durch die Stadt. Gertrud auf diese Weise verloren zu haben, erschütterte ihn.

›Nicht einmal verabschiedet hat sie sich. Ich habe ihr wohl kaum so viel bedeutet wie sie mir. Eine nette Abwechslung bin ich für sie gewesen. Recht geschieht's mir. Ich muss jetzt zusehen, wie ich drüber wegkomme.‹

Abwesend sah er beim Gehen auf seine Füße, die wie von selbst den ›Ochsen‹ ansteuerten.

›Wenigstens etwas‹, dachte Johann. ›Egbert ist wieder da. Dünn ist er geworden.‹

»Tag auch, Egbert. Wie geht es dir?«

»Da habe ich schon wieder über eine Woche offen und du lässt dich erst jetzt blicken?«

»Hatte einiges zu tun.«

»Das habe ich mitbekommen. Ist ja auch ein verdammt ansehnliches Weibsbild.«

Johann machte eine wegwischende Handbewegung. »Meine Geschichte kennt ja nun schon jeder. Aber was ist mit dir? Warum haben die Büttel dich geholt?«

»Das war ein dummes Missverständnis.«

»Und das hast du erst nach den Handgreiflichkeiten bemerkt?«

»Ein Gast, dessen Namen die mir nicht gesagt haben, hat mich angeschwärzt.«

»Sind wir schon so weit, dass sie auf Verdacht Bürger verhaften?«

Egbert nickte und schickte hinterher: »Das sind wir in der Tat! Etliche Tage haben die mich in den Kerker gesteckt und vermutlich würde ich dort immer noch sitzen, wenn ich nicht als Schankwirt so viele Abgaben bezahlen würde.«

Johann beugte sich weit über den Tresen. »Wo befindet sich denn der Kerker genau? Ich weiß nur die ungefähre Richtung.«

»Wenn ich das wüsste. Die Augen haben die mir verbunden und mich in eine geschlossene Kutsche gesteckt. Dann sind wir eine lange Zeit kreuz und quer gefahren. Auf dem Rückweg war's genau so. Gut bewacht wird man jedenfalls. Hab noch nie so viele Wachen auf einem Haufen gesehen. Würden die sich mal mehr um unsere Stadttore scheren und kontrollieren, wer so rein- und rauskommt, wär' Hanau ein besserer Ort.«

»Wie weit, schätzt du, seid ihr gefahren?«

»Kann ich unmöglich sagen.«

Johann trank unzufrieden sein Bier. Für jedes gelöste Rätsel taten sich zwei neue auf.

»Hab gehört, die Anna wohnt jetzt bei dem hübschen Pfaffen.«

»Hör mir auf!«, bellte Johann. Egbert tat ihm den Gefallen.

*

Wenn das so weiter geht, kannst du bald deinen Brief in den Händen halten«, lobte Rappolt.

Johann wandte sich auf seinem Schemel verblüfft um, weil er sehen wollte, ob der Meister die Bemerkung ernst gemeint hatte. Es sah ganz danach aus. Er beschloss, das Wohlwollen auszunutzen. »Meister, ich habe da ein Problem.«

»Sprich«, erwiderte Rappolt und zog sich einen Schemel heran. Auch Martin rückte näher, was Johann mit einem wütenden Blick quittierte.

»Nun, wie Ihr wisst, war meine Tochter schwer krank, ehe sie starb. Ich habe meine Frau zum Mediziner geschickt. Der Besuch bei diesem Mann hat mich viele meiner Ersparnisse gekostet.«

»Und nun reicht es nicht für die Prüfung?«

»Ich fürchte nein.«

»Aber Junge, am Geld soll es nicht mangeln. Ich überlege mir etwas.«

Es krachte hinter den beiden. Martin war eine Kiste mit Nägeln entglitten.

Beschwingt schlug Johann den Weg zur Kirche ein. Vielleicht gelänge es ihm ja, aus einer guten Nachricht zwei zu machen. Er klopfte an die Pforte des Pfarrhauses. Die Haushälterin öffnete, sie war mürrisch wie eh und je.

»Ich hätte gerne die Anna gesprochen«, teilte er der Frau mit.

»Moment«, antwortete die Haushälterin und schlug ihm die Tür vor der Nase zu. Betreten starrte er auf die verwitterte Maserung des Holzes. Wenig später umrundete Anna das Haus.

»Was willst du?«, fragte sie und blieb im Abstand von zwei Schritten zu ihm stehen.

»Ich bin kein Hausierer, ich bin dein Mann und möchte mit dir reden.«

»Wenn das mal auf Gegenseitigkeit beruht.«

»Mein Herz, es tut mir schrecklich leid. Alles! Ich schwöre dir, dass ich die Witwe Heuerberg nie wieder sehen werde.«

»Ich werde darüber nachdenken, ob wir wieder nach Hause kommen«, sagte Anna. Dann drehte sie sich ohne ein Abschiedswort um und ließ ihn stehen.

Am Abend des nächsten Tages saß Johann in der Küche und löffelte fad schmeckenden Brei aus seiner Schüssel, als Elfriede plötzlich neben ihm stand und ihre Ärmchen um ihn schlang. Anna schaute spöttisch auf den Napf. Sie nahm Johann kurzerhand den Brei weg und ging in die Speisekammer.

»Aber …«, war alles, was er hervorbrachte.

»Wir sind wieder da«, stellte Elfriede fest.

»Ich freu mich, Engelchen, ich kann gar nicht sagen wie sehr.«

Wenig später saßen die drei am Tisch und ließen sich ein besseres Mahl schmecken. Elfriede stand nach dem Essen auf und trug das Geschirr in den Hof, wo sie sich alsbald über den Abwasch hermachte.

»Ist das unser Kind?«, fragte Johann und sah erstaunt aus dem Fenster.

»Im Pfarrhaus hat die Haushälterin alles gemacht. Nicht einmal das Bett durften wir richten.«

»Es ist doch schön, einmal bedient zu werden, oder?«

»Ist es nicht!«, sagte Anna.

»Dann hast du es dir also überlegt?«

»Du machst ja doch nur Blödsinn ohne mich«, sagte Anna sanft.

Johann schloss sie glücklich in die Arme. Jetzt, wo er sie hielt, wurde ihm klar, wie sehr ihm sein Weib gefehlt hatte.

»Wir müssen anders miteinander umgehen«, forderte sie.

»Und wie?«

»Erzähl mir erst einmal alles zu diesem abscheulichen Pokal. Da ist doch einiges im Argen, möchte ich wetten.«

»Und ob!«, sagte Johann. Er begann zu erzählen, auch den Wutausbruch im ›Ochsen‹ ließ er nicht aus.

Als er sich alles von der Seele geredet hatte, sagte Anna: »Gotthilf und Bergen sind also die Einzigen, denen du vertrauen kannst?«

Johann nickte. »Auch Egbert, dem Wirt vom ›Ochsen‹. Obwohl der mit der Goldschmiederei nichts am Hut hat.«

»Was denkst du über deinen Meister?«

»Es fällt mir schwer, ihn einzuschätzen. Er ist zurückhaltend, gibt nichts auf Klatsch, aber Bergen hasst ihn.«

»Was sein gutes Recht ist. Aber noch mehr müsste er den Bürgermeister hassen.«

»Den sowieso«, sagte Johann.

»Hannes?«

Er sah sie erwartungsvoll an. Das erste Mal seit Wochen nannte sie ihn wieder bei seinem Kosenamen.

»Die Feinde sind zu mächtig, als dass wir etwas gegen sie ausrichten könnten.«

›Sie hat wir gesagt‹, dachte Johann glücklich. Dann ging ihm der Sinn dessen auf, was Anna soeben gesagt hatte. »Meinst du wirklich, dass wir in Gefahr sind?«

Anna nickte und stellte lautstark ihren Becher ab. »Und deshalb, Hannes, brauchen wir einen guten Plan.«

Elfriede zog sich in der Wohnstube in ihre Lieblingsecke beim Kamin zurück und gab sich ihrem Phantasiespiel hin. Das Geplapper störte Johann nicht. Er freute sich im Gegenteil darüber, dass seine Tochter gesund und guter Dinge war.

»Ich hatte im Pfarrhaus genügend Gelegenheit, mir über unser Leben Gedanken zu machen. Die Haushälterin hat uns letztlich mit ihrer Gutmütigkeit herausgeekelt. Nichts durften wir selbst machen, wenn sie gekonnt hätte, hätte sie uns noch das Atmen abgenommen.«

Johann hörte aufmerksam zu. Anna fiel es für gewöhnlich schwer, über ihre Gefühle zu reden. »Es war das Kind, das mir schließlich die Augen geöffnet hat.«

»Und wie?«

»Sie fragte mich, wovor wir eigentlich davonlaufen würden. Und ich wusste keine Antwort. Die Dinge sind ja eh passiert. Ich dachte, wenn wir uns im Pfarrhaus einquartieren, wäre ich Gott näher. Dem war aber nicht so.«

In einträchtigem Schweigen sahen sie Elfriede beim Spielen mit ihren zwei Puppen zu. Johann blickte von einer Puppe zur anderen.

Johann sprang unvermittelt auf. »Anna, ich hab eine Idee. Zwei Ratspokale. Das ist es.«

»Du willst damit sagen, du stellst zwei Becher her? Aber Hannes, wie soll das denn gehen? Rappolt würde dich rauswerfen und dem ekelhaften Martin deinen Posten geben.«

»Natürlich erzähle ich Rappolt nichts davon. Bergen hilft mir gewiss. Ich müsste härter arbeiten. Hilfst du mir?«

»Ich habe soviel Ahnung vom Goldschmieden wie eine Kuh vom Eierlegen«, wandte Anna ein.

»Er müsste ja nur die ungefähre Form haben und auf den ersten Blick täuschen. Es gibt viele Handgriffe, die du mir abnehmen könntest. Ich erklär' dir auch alles.«

Anna machte ein nachdenkliches Gesicht. Dann nickte sie. »Ich werde dir helfen.«

»Gut. Wir müssen zuerst eine Werkstatt einrichten. Am besten hier bei uns zuhause. Wie ich das mit dem Schmieden anstelle, muss ich mir noch überlegen. In unserem Kamin kann ich jedenfalls kein Metall schmelzen. Anna, eines musst du mir versprechen: Sag zu niemandem ein Wort. Das ist schwerer Betrug, den wir hier planen. Darauf steht eine Kerkerstrafe.«

»In guten wie in schlechten Tagen«, sagte Anna verbissen.

Sie gingen durchs Haus und überlegten, wo sie am besten die Werkstatt einrichten konnten. Wie sie es auch drehten und wendeten, es blieb nur die Wohnstube übrig. Das Haus war nicht unterkellert und die Küche wäre zu auffällig, da man von der Straße aus hineinsehen konnte. Die Schlafstube und das Kinderzimmer fielen aus. Elfriede hatte schon genug Furchtbares durchgemacht, sie brachten es nicht übers Herz, dem Kind sein Zimmer zu nehmen. Noch am selben Abend räumten sie die wenigen Möbelstücke aus der Wohnstube und verteilten sie auf die anderen Räume.

»Ich werde morgen bei Bergen vorbeischauen und ihn fragen, ob er jemanden weiß, der eine Werkbank verkauft oder verleiht.«

»Du willst ihn also einweihen?«

»Ich vertraue ihm.«

»Hoffen wir, dass er dich nicht enttäuscht.«

Maria Bergen öffnete die Tür. Sie strahlte, als sie Johann erkannte.

»Kommt doch herein. Schön, Euch zu sehen. Rufus ist noch unterwegs, müsste aber jeden Augenblick zurückkommen.«

Johann fiel auf, dass die Frau wesentlich besser aussah als beim letzten Besuch. Ihre Wangen waren rosig.

Sie drohte Johann mit dem Finger. »Ihr habt es gerochen.«

»Jetzt, wo Ihr es sagt. Was duftet da so gut?«

»Ich habe einen Kuchen gebacken. Rufus hat doch heute Geburtstag.«

»Meiner Treu. Das wusste ich gar nicht. Entschuldigt, ich bin gleich wieder da.«

Johann eilte zum nächsten Weinhändler, der seinen Laden natürlich schon zugesperrt hatte. Schließlich erschien auf Johanns unnachgiebiges Klopfen ein Mann am Fenster des oberen Stockwerks.

»Warum veranstaltet Ihr einen solchen Lärm?«

»Ich brauche eine Flasche Wein.«

»Dann geht in die nächste Schänke, dort könnt Ihr welchen kaufen.«

»Es ist aber ein Notfall. Bitte!«

»Na schön, was tut man nicht alles.«

Johann erstand ein gutes Tröpfchen und gab dem Händler ein großzügiges Trinkgeld für seine Mühen.

Bergen war unterdessen nach Hause zurückgekehrt und schloss Johann rührselig in die Arme. »Mein guter Junge, ich wusste, dass du mich nicht vergisst.«

Maria zwinkerte Johann verschwörerisch zu. »Alles Gute, Rufus. Ich wünsche dir Gesundheit und die Freiheit, alles das tun zu können, was du willst.«

»Ein hehrer Gedanke. Dann stoßen wir mal an, wir drei.« Johann roch, dass der Wein nicht das einzige war, das der ehemalige Meister zu sich genommen hatte. Bergen schwankte zum Tisch und ließ sich schwer auf einen Stuhl fallen.

»Meine Maria, herzensgut ist sie. Einen Kuchen hat sie mir zu Ehren gebacken, wie man ihn nicht in der Bäckerei unten zu kaufen kriegt.«

»Ich wollte dich um einen Gefallen bitten. Aber heute ist das eher schlecht«, sagte Johann.

»Nichts da. Sprich, was hast du auf dem Herzen?«

»Ich habe dir doch neulich erzählt, was ich hinsichtlich Winterstein und Baumer vermute. Anna meint, wir seien in Gefahr. Sie hat in der Kirche ein Gespräch belauscht. Winterstein hat sich dort mit jemandem, den sie nicht erkannte, getroffen und sie redeten über mich. Aus dem Gehörten schloss sie, dass mir, möglicherweise auch ihr und Elfriede, etwas zustoßen könnte, wenn der Pokal fertig ist.«

»Frauen sind bei so was immer schlauer. Du solltest auf sie hören und Vorsorge treffen.«

»Ich habe eine Idee. Aber dafür brauche ich deine Hilfe. Wir brauchen zwei Meisterstücke. Den echten Ratspokal, an dem ich tagsüber arbeite, und ein Duplikat.«

»Das erklär mir mal genauer.«

»Den echten Pokal fertige ich nach den genauen Vorgaben der Auftraggeber. Sprich, Winterstein, Baumer und ein Dritter, der mir bislang noch unbekannt ist. Ich befürchte, die Darstellungen sind eine verschlüsselte Botschaft für Neuankömmlinge, die in Hanau mit dem Bürgermeister den ›Willkomm‹ trinken. Ich weiß zwar noch nicht, was der Inhalt der Botschaft ist, aber er hat mit den Katholiken zu tun. Vielleicht ist es sogar eine Kriegslist. Das verriet mir Priester Michael.«

»Und du möchtest nun ...«

»Genau, ich will nicht, dass der Pokal existiert. Nicht in der Form. Und deshalb muss ich ihn austauschen gegen eine Fälschung mit ganz anderen Darstellungen.«

»Rappolt reißt dir den Kopf ab, wenn er das erfährt. Du musst vorsichtig sein, Johann.«

»Ich muss die Fälschung im Verborgenen herstellen. Anna hat sich einverstanden erklärt, unsere Wohnstube in eine Werkstatt zu verwandeln. Nur brauche ich jetzt noch Werkzeug, eine Werkbank und einen Ofen zum Gießen.«

»Das schaffst du nicht. Zwei Pokale zu fertigen, das ist unmöglich.«

»Nicht, wenn ich die Fälschung komplett gieße und nur geringfügig nachbearbeite.«

Rufus setzte sein strenges Gesicht auf und Johann ließ ihn in Ruhe. Er wusste, dass sein ehemaliger Meister am Grübeln war, und man tat gut daran, ihn dabei tunlichst nicht zu unterbrechen. Er half Maria mit dem Abwasch. Als alle Teller längst verstaut waren, saß Rufus immer noch in derselben Pose am Tisch.

»Maria, mein Schreibzeug«, bellte er.

Sie grinste und gab ihm das Gewünschte.

Mit halbgeschlossenen Augen zeichnete Rufus mit schnellen Strichen eine Skizze. Erst als er sie mit Fußnoten versehen hatte, erwachte er aus der Erstarrung. Sein Zeichentalent stand dem von Rappolt in nichts nach.

»So müsste es gehen, mein Junge«, sagte er und winkte Johann näher. »Wenn du das in der angegebenen Stärke gießt, hält der Fuß die Schale auf jeden Fall. Die Beschichtung könnte ein Problem werden.«

»Das ist großartig. Und dürfte einfacher zu fertigen sein als das Original.«

»Wenn du dich da mal nicht täuscht. Du musst sogar noch mehr Sorgfalt bei der Fälschung walten lassen. Immerhin willst du den Auftraggebern einen Bronzekelch unterjubeln.«

*

Johann zählte das Geld aus dem Kästchen mit den Ersparnissen. Anna seufzte und sah ihn traurig an.

»Leben ist wichtiger als alles Geld der Welt, mein Herz«, versuchte er ihr Mut zu machen.

Ihr Gesicht verfinsterte sich noch mehr. Sie sagte: »Ich weiß aber, wie hart wir dafür gespart haben.«

Johann steckte mehr als die Hälfte der Münzen in einen Beutel, küsste Anna und ging zu Bergen.

»Ich hoffe, es reicht für Werkzeug und die Werkbank«, sagte Johann, nachdem er Rufus die Münzen auf den Tisch geschüttet hatte.

Bergen zählte die Geldstücke und machte verschiedene Häufchen. »Es wird gerade so langen, aber übrigbleiben wird nicht viel, das kann ich dir gleich sagen. Willst du das wirklich tun? Da liegt doch ein halber Meisterbrief vor mir.«

»Es ist beschlossene Sache. Mein Geld zu deinen treuen Händen.« Johann grinste schief. »Und Geselle zu bleiben ist auch nicht so übel.«

»Das will ich jetzt mal überhört haben. Mein ehrgeizigster Lehrling warst du und als Geselle nicht minder fleißig.«

»Und das bricht mir jetzt das Genick. Als Günstling werde ich in der Zunft betitelt. Natürlich nur hinter meinem Rücken. Wenn sie mich sehen, behandeln sie mich, als wäre ich Luft.«

»Das ist der Neid. Mit all dem Elend halten auch die Todsünden Einzug in der Stadt.«

»Deshalb auch diese Bilder auf dem Becher. Sehr niederträchtig!«

»Hör auf zu schimpfen, Junge. Gebrauche stattdessen deinen Verstand.«

»Schon gut. Ich werde jetzt zu meiner Anna gehen und mich von ihr trösten lassen.«

Einige Tage später stand Johann vor Sonnenaufgang auf und schlich zur Werkstatt. Er achtete darauf, nicht gesehen zu werden, und duckte sich eilig in einen Kellerzugang, als der Nachtwächter vorbeilief. Er rief die vierte Stunde aus.

Trotz der Kälte liefen Johann die Schweißperlen in den Hemdkragen. Er öffnete die Tür und vermied, ein Licht zu entzünden. Dafür hatte er geübt und sich die Lage der Gegenstände tags zuvor eingeprägt. Das, was er begehrte, lag am anderen Ende der Werkstatt in ein grobes Tuch eingeschlagen.

Sein Blick fiel auf den Ratspokal. Er wurde, wenn die Goldschmiede Feierabend machten, in ein samtenes Tuch geschlagen, damit kein Stäubchen daran käme. Das Tuch lag auf dem Boden und das Silber blitzte trotz der Dunkelheit. ›Ich weiß, was du vorhast, es soll keinen außer mir geben‹, schien ihm der halbfertige Prunkbecher zuzuflüstern. Lag es an der nächtlichen Stunde, dass Johann sich so bange fühlte?

Er trat auf etwas, das nicht in seinem inneren Bild der Werkstatt vorhanden gewesen war. Er strauchelte und griff nach der Kante der Werkbank, um sich abzufangen. Dabei fegte er den Ratspokal herunter. Das Scheppern war gewaltig. Da war etwas kaputtgegangen. Hörte er nicht sogar ein Kichern? Er hielt inne, lauschte nach draußen. Nichts, nur der Wind, der sachte in die Spalten der Fensterläden fuhr. Johann musste wohl oder übel eine Kerze entzünden. Zuvor vergewisserte er sich, dass er genügend Möglichkeiten hatte, das Licht abzuschirmen. Er stellte die Kerze unter die Werkbank und besah sich den Schaden am Boden. Es war schlimmer als gedacht. Eine hässliche Delle verunstaltete den Korpus des Prunkbechers. Zwei der Figuren lagen auf dem Boden, sie sahen in ihrer Winzigkeit verletzlich aus. Entsetzt sah Johann, dass es sich ausgerechnet um die Demut und die Mäßigung handelte. Ein Zeichen Gottes? Er hob sie auf und legte sie behutsam auf die Arbeitsplatte zurück, dabei murmelte er: »Entschuldigt. Ich wollte euch nicht auf den Boden werfen.«

Er zweifelte daran, dass seine Worte die beiden besänftigen konnten, und unterdrückte ein Schaudern. Verzogen sich nicht die winzigen Mundwinkel der Demut zu einem spöttischen Grinsen? Johann wischte sich übers Gesicht. Sein Blick huschte weiter. Nun sah er, worauf er ausgeglitten war. Es handelte sich um das samtene Tuch, das jetzt seinen Stiefelabdruck trug.

»Und das mir!«, fluchte er. »Lieber Gott, warum legst du mir so große Brocken in den Weg? Warum schonst du die, welche sich mit Juwelen schmücken, die sie überhaupt nicht verdienen? Ist meine Anna nicht genug in dein Haus gekommen und hat dir erklärt, warum Johann Sperling zum Dieb wird in dieser Nacht?«

Mühsam richtete er sich auf und schätzte, dass es ihn mindestens zwei bis drei Stunden kosten würde, den Schaden zu beheben. Keinesfalls durfte Rappolt dieses Missgeschick sehen.

Eine Stunde später pochte es an der Tür. Johann, der im spärlichen Licht so gut es eben ging, die Delle ausdengelte, zuckte zusammen. Das Klopfen wiederholte sich. Es war recht leise. Johann schlich zur Tür und legte das Ohr dagegen. »Hannes, mach auf.«

Erleichtert drehte er den Schlüssel um und ließ Anna hinein. Mit großen Augen sah sie sich im Raum um. »Was machst du denn so lange?«

»Als ich zu dem Klumpen wollte, habe ich aus Versehen den Pokal von der Arbeitsplatte gestoßen. Er ist kaputtgegangen. Wenn Rappolt das sieht, macht er mich einen Kopf kürzer. Ich muss auch gleich wieder ans Werk. Es wird schon hell, und so beflissen wie der Meister ist, wird er bald da sein.«

»Hannes, findest du nicht, dass das ein Zeichen ist? Ich habe ein ganz schlechtes Gefühl. Wir sind Diebe.«

Johann sagte unwirsch: »Nimm den Klumpen und geh nach Hause. Hat uns schon genug Nerven gekostet. Die anderen Bestandteile für den Guss bringe ich nach und nach mit. Wichtig ist erst mal der hier.«

Er legte Anna den schweren Metallklumpen in die Hände, den er in ein Tuch gepackt hatte. Dann brachte er seine Frau zur Tür, schloss wieder ab und machte weiter. Sosehr er sich auch bemühte, es gelang ihm nicht, den Schaden zu beheben. Er stellte den Pokal wieder auf den Tisch zurück, deckte ihn und die Tugenden wieder ordentlich mit dem Tuch, von dem er seinen Schuhabdruck gerieben hatte, zu und hoffte, dass Rappolt nicht sofort den Pokal in Augenschein nahm, sobald er zur Tür herein war.

Ein letzter Blick in die Werkstatt, dann schloss er zu. Die Straßen waren schon belebt. Prompt lief Johann seinem Meister in die Arme.

»Guten Morgen, Meister«, stammelte er.

»Wo willst du hin? Zur Werkstatt geht's da lang.« Sein Arm wies in die Gegenrichtung.

»Ich habe meinen Brotbeutel daheim vergessen. Ich komme gleich nach.«

Rappolt sah ihn eindeutig misstrauisch an und ging weiter. Johann fühlte die Hitze in seinen Wangen. Bei seinem Glück würde der Meister selbstverständlich den Pokal zum Fenster tragen und ihn sich, mit der Lupe ins Auge geklemmt, von allen Seiten betrachten.

Anna spähte bereits durch das Küchenfenster, als Johann angehetzt kam. »Und, hast du es geschafft?«

»Nein. Gott scheint etwas dagegen zu haben. Die Delle ist nach wie vor zu sehen, und kaum hatte ich die Werkstatt verlassen, traf ich Rappolt, der sofort Verdacht schöpfte.«

»Ich hab den Klumpen unter den Dielenbrettern versteckt, so wie du gesagt hast. Schau.« Sie deutete auf den Boden. Nichts wies darauf hin, dass sich unter den Brettern das teure Gut verbarg.

»Nun beten wir, dass uns niemand gesehen hat.« Er küsste sie zum Abschied und ging klopfenden Herzens zur Werkstatt.

Als er sie betrat, schien alles wie immer zu sein. Allerdings fehlte das Tuch, das den Pokal verhüllt hatte. Martin arbeitete an einem Trinkgeschirr aus Silber, während Rappolt in das Auftragsbuch schrieb. Zwei Kunden standen ebenfalls im Raum und warteten vor dem Tisch des Meisters. Sie bestellten Ringe bei ihm und wurden höflich und zügig bedient. Erst als die Kunden die Werkstatt verlassen hatten, nahm das Unheil seinen Lauf.

»Johann, komm doch mal her.« Rappolt winkte ihn zum Ratspokal herüber. Dort nahm der Meister mit vor der Brust überkreuzten Armen Aufstellung. »Fällt dir etwas an dem Prunkstück auf?«

Johann floss die Hitze in die Wangen. Er kratzte sich im Nacken und sah überall hin, nur nicht den Meister an. Dann musterte er den Pokal, nahm die einzelnen Stücke auf, betrachtete sie sich scheinbar interessiert von allen Seiten. In Wirklichkeit versuchte er das Zittern seiner Hände zu unterdrücken.

»Nein, Meister«, krächzte er schließlich.

»Seltsam, dann leide ich vermutlich unter Wahnvorstellungen. Ich könnte all mein Hab und Gut darauf verwetten, dass diese schlecht ausgedengelte Beule gestern Abend noch nicht da war. Wie immer die auch dort hineingekommen sein mag.«

Johann versuchte den schneidenden Blick des Meisters zu ertragen, kurz gelang es ihm, dann senkte er den Kopf.

»Wir könnten den Pokal als Wunder melden. Er kriegt einfach so Beulen«, posaunte Martin aus seiner Ecke.

»Genug!«, donnerte Rappolt. »Spar dir deine Scherze für deine Schenkenbesuche auf. Und du, Johann, sieh zu, wie du den Schaden behebst.«

Der leere Platz, an dem der Metallklumpen für den Guss einer Brunnenfigur für den Neustädter Markt gelegen hatte, war bislang keinem der beiden anderen aufgefallen. Lange würde es wohl nicht dauern, bis Rappolt mit seiner Ordnungsliebe dahinter kam. Johann konnte sich nicht konzentrieren und scheiterte an dem Versuch, den Ratspokal auszudengeln. Rappolts Gesicht verfinsterte sich zusehends. Martin schmollte und gab nur einsilbige Antworten.

Am Abend kam Bergen zu Besuch. Anna stand gerade in der Küche und knetete einen Teig, Elfriede stand daneben und sah neugierig zu. Johann war in sich gekehrt. Erleichtert hatte er die Werkstatt verlassen, weil Rappolt den Bronzediebstahl noch nicht bemerkt hatte. Aber früher oder später würde er das. Wie würde es dann weitergehen?

»Guten Abend«, grüßte Bergen. Mehl stob auf, als Anna winkte. Elfriede knickste brav.

»Rufus, das ist ja eine Überraschung«, sagte Johann und wollte Bergen mit seinem schweren Bündel behilflich sein, aber dieser wehrte ab und setzte sich zu Johann an den Tisch.

»Du nimmst jetzt das Bronzestück, das du aus der Werkstatt gestohlen hast, und trägst es auf der Stelle zurück. Und für den Guss nimmst du das hier.« Bergen wickelte aus seinem Bündel einen Klumpen, der in etwa dieselbe Größe hatte wie der gestohlene.

»Aber Rufus, das kann ich doch nicht annehmen.«

»Und ich möchte nicht, dass dein Plan scheitert, noch ehe du ihn begonnen hast.«

»Ich werde dir natürlich die Kosten erstatten.«

Bergen winkte ab. »Sieh es als Geschenk. Zu gerne hätte ich dir die Meisterwürde verliehen. Jetzt tut es ein anderer, wenn überhaupt. Das ist das Mindeste, was ich dir schulde.«

»Ich weiß gar nicht, wie ich dir danken kann.«

»Du dankst es mir genug, wenn du dich sofort auf den Weg machst und den anderen Brocken zurücklegst.«

»Woher weißt du von dem Diebstahl?«

»Rappolt hat in der Zunft nach dem Brocken gesucht und jeden gebeten, danach Ausschau zu halten. Ich traf Gotthilf zufällig auf der Straße und er erzählte mir davon. Und ich habe dann einfach eins und eins zusammengezählt.«

»Ihr bleibt doch hoffentlich noch, bis das Brot fertig ist, oder?«, fragte Anna.

»Das würde ich nur allzu gern, werte Frau Sperling.

Aber meine Maria wird es mir übelnehmen, wenn ich auf das köstliche Abendbrot verzichte, das schon bereit steht.«

Johann postierte den Klumpen in der Werkstatt wieder genau dort, wo er ihn fortgenommen hatte. Auf dem Weg nach Hause dankte er inbrünstig allen Heiligen und besonders seinem alten Meister.

Zwei Tage später erhielt Johann abermals Besuch. Vier Männer standen vor seiner Tür und verlangten ihn zu sprechen.

»Wir haben eine Werkbank für Johann Sperling. Seid Ihr das?«, fragte einer der Männer.

»Ja, das bin ich. Folgt mir.«

Er ging durch die Küche hinüber in die ehemalige Wohnstube, die Johann mittlerweile in eine Werkstatt umgestaltet hatte. Werkzeuge hingen an der Wand und überall standen Lampen. Denn das Licht stellte, ebenso wie die Erzeugung von großer Hitze, ein Problem dar, für das ihm bislang noch keine Lösung eingefallen war. Es gab nur ein Fenster, und das war zu allem Unglück klein. Die Männer sahen offensichtlich genug, sie wuchteten die Werkbank in den Raum und rückten sie an die Wand, wo Johann sie haben wollte.

»Wenn Ihr das gute Stück nicht mehr benötigt, gebt dem Schreiner Wilfried Bescheid, dann kommen wir und holen es wieder ab.« Johann nickte und begleitete die Lastenträger zur Tür. Den Rest des Tages verbrachte er damit, die Werkbank einzuölen und die notwendigen Gerätschaften an der Tischplatte zu befestigen.

*

Am Sonntag nach dem Kirchgang trafen die Sperlings auf Maria Bergen, die völlig aufgelöst wirkte. Sie stand vor der Kirche und knetete ein Tuch zwischen ihren Fingern, das sie hin und wieder an die Augen führte. Anna unterbrach ihr Gespräch mit Priester Michael und ging auf sie zu. Johann schloss sich ihr an.

»Rufus?«, fragte er nur, als er vor Maria stand.

Sie nickte.

»Er sagte, er wolle nur geschwind zum Weinhändler und sich eine Flasche von der Sorte Wein holen, die Ihr ihm zum Geburtstag geschenkt habt. Denn Euer Geschenk war schon nach einem Tag ausgetrunken. Aber Rufus kam nicht zurück. Als er schon einige Stunden fort war, habe ich den Händler aufgesucht, der auch bestätigte, meinem Mann drei Flaschen von dem guten Wein verkauft zu haben. Rufus habe dann, so sagte der Händler, den Laden glücklich verlassen und sei nach rechts gelaufen. Also in Richtung unserer Wohnung. Aber er kam nie bei mir an.«

Ein Weinkrampf schüttelte sie. Maria stammelte immer wieder Entschuldigungen und konnte sich lange nicht beruhigen. Anna legte ihr tröstend den Arm um die Schultern und redete auf sie ein, wie sie es auch immer bei Elfriede tat. Erst als Maria ein wenig gefasster wirkte, wagte Johann einen erneuten Vorstoß: »Sagt mir, wer könnte denn ein Interesse daran haben, Euren Mann verschwinden zu lassen?«

»Im Grunde niemand. Bedroht worden ist er zwar schon öfter, passiert ist zum Glück nie etwas. Ihr wisst ja, wie das ist. Die Lehrlinge, die ihre Gesellenprüfung nicht schaffen, sind wie junge Böcke, die gegen einen dicken Baum anrennen, weil er ihnen im Wege steht. Anstatt, dass sie einfach außen rum laufen. Viel Getöse machen die jungen Buben, aber gefährlich sind sie nicht.«

»Und sonst, kann es sein, dass sein Verschwinden gar nichts mit der Zunft zu tun hat?«

»Das glaube ich ehrlich gesagt nicht. Die Zunft war sein Leben – und ist es immer noch. Kein Tag vergeht, an dem er nicht zum Zunfthaus läuft, um, wie er immer sagt, nach dem Rechten zu sehen.«

»Ich werde Martin morgen auf den Zahn fühlen«, erklärte Johann.

»Wenn Ihr Euch damit in Gefahr begebt, lasst es bitte sein. Sonst verschwindet Ihr auch noch und das könnt Ihr Eurer Frau und besonders dem Kind nicht antun.«

›Hast du eine Ahnung, was ich ihnen schon alles angetan habe‹, dachte er.

»Gut, ich werde vorsichtig sein.«

»Und ich schlage jetzt den Weg nach Hause ein. Und geb's Gott, dass mein Rufus am Tisch sitzt und auf mich wartet.«

»Das wünsche ich Euch auch, Frau Bergen«, sagte Anna zum Abschied und nahm die Hände der alten Frau in ihre.

»Da ist er ja. Ich hatte ihn schon gesucht«, sagte Rappolt und wog den Bronzeklumpen in seinen Armen. Johann wartete, bis Rappolt im Gespräch mit einem Kunden war, und trat dann neben Martin, der auf einem Schemel saß und eine silberne Sauciere polierte.

»Du weißt nicht zufällig, wo Bergen steckt?« Johann hatte diese Worte fast geflüstert.

Martin unterbrach seine Arbeit und hielt den Blick auf das silberne Gefäß gerichtet. »Welcher Bergen?«

»Wie viele kennst du denn?«

Martin seufzte theatralisch und drückte die Polierwatte, die aus weichem Schafsvlies gewonnen wurde, wieder auf die Oberfläche.

»Also?«, bohrte Johann nach.

Martin tat so, als hätte er ihn nicht gehört. Die Watte kreiste gleichmäßig auf der Oberfläche.

Johann beugte sich noch etwas weiter zu ihm herunter und zischte: »Sollte ihm auch nur ein Haar von dir oder deinen Spießgesellen gekrümmt worden sein, weiß ich, wo ich dich finde, und nur dich allein mache ich dafür verantwortlich.«

»Du willst mir drohen?«, rief Martin.

Rappolt und der Kunde richteten ihre Blicke auf die beiden Streithähne. Johann wandte sich wortlos ab und griff nach dem erstbesten Stück, das in der Reparaturkiste lag. Vor Wut bebend bearbeitete er einen verbeulten Teller mit seinen Hammerschlägen. Aus dem Augenwinkel nahm er Martins breites Grinsen wahr. Er beschloss, es diesem Prahlhans eines Tages heimzuzahlen.

»Er hat seine dreckigen Finger mit in der Sache«, schloss Johann seinen Bericht. Maria war fassungslos. »Man muss doch was tun können. Die können doch nicht ungestraft meinen Mann entführen!«

»Ich weiß, wie sehr Ihr leidet. Aber so lange wir keinen Beweis haben, können wir rein gar nichts ausrichten.«

»Und wenn Ihr Euch an jemand anderen wendet? An Freunde von Martin, die ihn für ein paar Münzen verraten?«

»Da, fürchte ich, wird eine Krähe der anderen kein Auge aushacken. Diese Burschen werden zusammen halten. Uns bleibt nichts übrig, als abzuwarten, bis sie einen Fehler machen.«

Von Johanns Stirn löste sich ein Schweißtropfen und fiel auf die Gussform. Ärgerlich tupfte er ihn mit einem Tuch ab und hob seinen Stichel. Johann war rechtschaffen müde. Den ganzen Tag hatte er in der Werkstatt geschuftet und nun konnte er nicht, wie sonst, die Füße hochlegen und Gott einen guten Mann sein lassen.

›Aber es ist nicht für lange‹, versuchte er sich selbst Mut zu machen. ›Ein paar Wochen und es ist vollbracht.‹ Er gönnte sich eine kurze Pause und streckte sein kaputtes Knie durch. Mit den Fingerspitzen massierte er die Haut um die Kniescheibe herum. Manchmal half es. Heute nicht. Seufzend nahm er seine Arbeit wieder auf.

Am nächsten Tag, Johann war gerade darin vertieft, eines der Tugendfigürchen zusammenzusetzen, kam Anna kreidebleich in die Werkstatt. Das hatte es noch nie gegeben. Nicht einmal bei Rosalinds Krankheit war Anna an seinem Arbeitsplatz aufgetaucht. »Entschuldigt«, sagte sie an Rappolt gewandt. »Ich muss dringend meinen Mann sprechen.« Der Meister nickte irritiert. Anscheinend war er von Annas gehetztem Blick ebenso überrumpelt wie Johann, der Anna schnurstracks vor die Tür folgte.

»Hannes«, sagte Anna mit Tränen in den Augen. »Sie haben Maria mitgenommen.«

»Die Büttel?«

»Ja.«

»Aber warum denn? Sie hat doch nichts getan.«

Anna biss sich auf die Lippen und nickte steif. »Genau das macht mir Sorgen.«

»Geh heim und pass auf dich auf. Wir könnten die Nächsten sein.«

Anna schloss ihn in eine warme Umarmung und eilte davon. Martins und Rappolts Blicke flogen zu ihm, als er in den Werkraum zurückkehrte. Er sagte nichts, verrichtete schweigend seine Arbeit. Aber seine zitternden Hände verrieten ihn.

Die Neuigkeiten am nächsten Tag waren schlimm. Schlimmer, als es sich Johann und Anna ausgemalt hatten. Die Büttel hatten die Wohnung der Bergens auf den Kopf gestellt. Die Bäckersfrau hatte es flüsternd einer fleißigen Kirchgängerin mitgeteilt. Fünf Männer seien dort hinaufmarschiert und hätten gepoltert und Geschirr zerschlagen und sogar die Schranktüren hatten sie aus den Scharnieren gerissen. Die Willkür entsetzte alle, die davon erfuhren. Johann beschloss, dem Groll, den er seit geraumer Zeit hegte, Luft zu machen. Er wandte sich an Rappolt.

»Meister, würdet Ihr mir kurz Euer Gehör schenken?«

»Was gibt es?«, fragte Rappolt abwesend.

»Bergen ist zwar auf seinem Altenteil, aber er ist noch immer Mitglied der Zunft, oder?«

»Ja, sicher, aber was ...«

»Wie kann es sein, dass eine Gruppe von Bütteln seine Wohnungseinrichtung zerschlägt? Wir Zünftler sollen die Füße brav still halten, aber die Büttel können machen, was sie wollen? Wie steht denn überhaupt die Zunft dazu?«

»Zuerst einmal hübsch eins nach dem anderen. Mir

wurde nichts Derartiges mitgeteilt. Das heißt, die Zunft hat damit nichts zu schaffen. Wenn die Büttel sich wie die Vandalen aufgeführt haben, so hat dies sicherlich seine Gründe.«

»Es ist ungerecht«, schrie Johann außer sich. Tiefes Schweigen breitete sich in der Werkstatt aus. Martin hatte unwillkürlich die Schultern hochgezogen, so dass er aussah, als würde ihm der Hals fehlen. Im Gegensatz zu Johann. Er stand aufrecht vor Rappolt, stemmte die Fäuste in die Seiten und starrte ihm kampflustig ins Gesicht. Und er hätte mit allem gerechnet, dass der Meister ihn für seine Dreistigkeit schlug oder ihn der Werkstatt verwies. Aber bestimmt nicht damit, dass Rappolt ihm sanft die Hände auf die Schultern legte und sagte: »Ich weiß, wie sehr du an deinem alten Meister hängst. Und ich weiß, dass ich niemals diese Lücke werde schließen können. Keine Brücke ist groß genug, das zu überspannen, was zwischen euch gewachsen ist. Das möchte ich auch gar nicht versuchen. Auch schätze ich deine Ehrlichkeit und deinen Mut. Aber glaube mir, es gibt Dinge, gegen die kann noch nicht einmal eine Zunft aufbegehren. Und mehr werde ich dazu auch nicht sagen.« Daraufhin setzte er sich an sein Schreibpult und las in seinem Folianten. War Rappolt möglicherweise doch nicht so kaltherzig, wie Johann immer geglaubt hatte?

Eine weitere Überraschung erwartete ihn zuhause. Anna hatte in ihrer Küche Gesellschaft. Es war ein Mann. Er war so dünn, dass er wie ein Teil des Stuhls wirkte, auf dem er saß. »Das ist Albrecht«, stellte Anna den armen Tropf vor. »Er war im Kerker, monatelang. Gestern haben sie ihn laufen lassen.« Johann gab dem Fremden die Hand und lehnte sich gegen den

Tisch, sein Blick unverwandt auf Albrechts bleiche Hände gerichtet, die stark zitterten.

»Man sagte mir, Ihr interessiert Euch für den Kerker«, sagte Albrecht mit dünner Stimme.

»Nicht direkt, vielmehr für die Häftlinge. Kennt Ihr einen Mann namens Rufus Bergen?«

»Den Goldschmied?«

Johann machte einen Satz. »Genau den. Habt Ihr ihn gesehen?«

»Ja. Es geht ihm gut. Er bekommt mehr zu essen als die anderen und hat eine eigene Zelle. Wir waren zu dreißig Mann in einem Raum eingepfercht und er ...«

»Ja, ja«, unterbrach Johann. »Aber wisst Ihr auch, warum er verhaftet wurde?«

»Nein. Aber ich kann Euch sagen, wer dahinter steckt. Ferdinand von Angern heißt der Kerl. Ein Adliger, der plötzlich auftauchte und alles zu seinen Gunsten wendet. Manche munkeln, er sei ein Hexer, niemand weiß, aus welcher Stadt er stammt. Ihr müsstet seine Augen sehen. So durchdringend wie ein Messer, das durch Butter geht. Dieser Kerl würde sich prächtig in der Inquisition ausnehmen, das könnt Ihr mir glauben.«

»Wie sieht er aus?«

»Er ist schon älter, so um die fünfzig. Hat graue Haare und einen Vollbart. Und groß ist der. Aber der Schmuck war am Auffälligsten. Das dürfte Euch als Goldschmied interessieren. Er trug eine große goldene Brosche am Kragen. Mit Mustern und einem Kranz aus schwarzen kleinen Perlen. Wenn ich's nicht besser wüsste, würde ich sagen, die Muster waren Vögel. Aber welcher Mann heftet sich einen solchen Tand an? Er wirkte nicht wie einer, der den Frauen abgeneigt ist, wenn Ihr versteht, was ich meine.«

Sein Blick flog zu Anna, die missbilligend die Stirn runzelte. »Ich achte auf Kleinigkeiten.«

»Was wird über diesen von Angern noch geredet?«

»Nun ja, er soll ein Hexer sein. Die Leute hören ihm zu. Wichtige Leute, Adlige und Kaufleute.«

»Danke, Albrecht. Ihr habt mir einen großen Dienst erwiesen. Nehmt diese Münzen und geht auf meine Kosten trinken.« Johann fischte ein paar Geldstücke aus seinem Beutel und legte sie vor Albrecht auf die Tischplatte. Schnell verschwanden sie in dessen Taschen.

»Habt vielen Dank.«

»Gern geschehen. Um eines möchte ich Euch bitten. Sagt niemandem, dass Ihr hier wart und mir vom Kerker berichtet habt.«

»Is' gut.«

Als Albrecht fort war, saß Johann noch immer am Tisch und überlegte, wie die Einzelteile zusammengehörten. Anna stellte derweil die gespülten Näpfe auf das Regal und nahm sich die Kochlöffel vor. »Da brauchen wir auch neue, siehst du?« Sie hielt Johann einen rissigen Holzlöffel hin. Er nickte abwesend. »Sag mal, Anna. Du bist doch eine Frau ...«

»Das will ich aber meinen. Oder aber der Herrgott spielt uns einen Streich.«

Johann lachte. »Frauen denken in vielen Angelegenheiten anders als die Männer.«

Anna stellte den tönernen Topf mit den Löffeln beiseite und setzte sich ebenfalls.

»Ein Dreiergespann möchte, dass ich einen Pokal für den Willkomm als Meisterstück anfertige. Diese Männer haben etwas Bestimmtes im Sinn, weshalb sie darauf bestehen, den Prunkbecher nach genauen

Vorgaben gefertigt zu bekommen. Was versprechen die sich davon? Und warum soll ausgerechnet ich diesen Pokal schmieden?«

»Auf diese Frage hab ich eine Antwort«, sagte Anna. »Rappolt ist zu berühmt und zu wichtig. Sollten diese Leute wider Erwarten doch nicht erreichen, was sie bezwecken, können sie die Schuld auf deinen Schultern abladen und keiner, außer dir, hat das Gesicht verloren.«

»Ich soll also im Zweifelsfall der Sündenbock sein. Das würde passen.«

»Hannes, es war ein Fehler, diesen Auftrag anzunehmen.«

»Welche Wahl hatte ich denn? Hätte ich den Auftrag ausgeschlagen, würde ich nie und nimmer in egal welcher Stadt die Meisterwürde erhalten. Auf immer wäre ich der geächtete Geselle. Und nun, da ich an dem Prunkbecher arbeite, laufe ich geradewegs ins Verderben.«

»Es sei denn, wir sind schlau wie die Füchse.«

»Was beabsichtigen die drei und welche Information liegt in den Bildern versteckt? Wenn es eine Geheimsprache ist, muss es auch irgendwo den Schlüssel dafür geben.«

*

Ein paar Tage später betrat Johann den ›Ochsen‹, verweilte jedoch nicht am Schanktisch, sondern holte sich nur einen Krug Bier und gesellte sich zu Gotthilf, der an einem der Tische saß und ihn zu sich gewinkt hatte.

»Gott zum Gruß«, sagte Johann und trank genüsslich einen großen Schluck aus seinem Humpen. Auffallend viele Büttel saßen im Schankraum, die wenigsten tranken Bier.

»Sag mal, haben die ihre Wachen verdoppelt?«, wandte er sich an Gotthilf und nickte in Richtung der Büttel.

»Es scheint mir fast so. Wie gehen die Arbeiten am Ratspokal voran?«

Johann zuckte mit den Schultern. »Langsam aber sicher wird ein Becherlein draus.«

»Stimmt das Gerücht, dass Bergen und seine Frau verhaftet wurden?«

»Ja.«

»Und du?«

»Mich haben die bösen Buben noch nicht gekauft, falls das deine Frage ist, Gotthilf. Und wenn sie ganze Wagenladungen Goldmünzen vor meiner Tür abstellen, wird ihnen das auch nicht gelingen.«

»Du klingst entschlossen, mein Freund. Aber wisse, der Teufel ist ein ewiger Verführer.«

Johann verdrehte die Augen. Ungeachtet dessen sprach Gotthilf weiter: »Zu gern möchte ich wissen, was du herausgefunden hast. Immerhin sitzt du an der Quelle. Lass mich raten, Rappolt steckt in der Sache mit drin.«

»Nicht hier. Zu viele Ohren belauschen uns.« Unauffällig wies er mit dem Kinn zu einem Tisch, an welchem vier Büttel saßen und den beiden Goldschmieden immer wieder neugierige Blicke zuwarfen.

»Wenn ich richtig liege, dann sind die alle in die Sache verstrickt«, flüsterte er.

»Jetzt hast du mich auf dem falschen Bein erwischt. Wenn ich denn einer Sünde fröne, dann ist das zweifellos die der unverhohlenen Neugierde. Lass uns austrinken und ein Stück spazieren gehen.«

Johann erzählte alles, was er zwischenzeitlich erlebt hatte. Allerdings verschwieg er Gotthilf, dass er in seiner provisorischen Werkstatt ein Duplikat des Pokals fertigte. Nicht weil er Gotthilf nicht traute, sondern weil er fürchtete, dass sein Freund ihm einen Aufenthalt im ewigen Fegefeuer prophezeite. Denn schließlich ging es um Betrug und um Diebstahl.

»Scheint so, als wollten Winterstein und Baumer sicher gehen, dass du dich nach der Vollendung des Stücks nirgendwo mehr sehen lassen kannst«, sagte Gotthilf.

Johann erschrak. »Du meinst, selbst wenn ich alles tue, was die von mir verlangen, stehe ich schlecht da?«

»So wie Martin gegen dich Wetter macht, steht das zu befürchten. Die halbe Zunft hat sich bereits gegen dich verschworen. Martin sät Zwietracht, wo er nur kann. Und nicht nur er allein. Anfangs galt er als dummer Schwätzer. Aber die Stimmen gegen dich werden täglich mehr. Meister Finderath weigert sich bereits, dir die Zulassung zur Prüfung zu erteilen.«

»Glücklicherweise hilft mir Rappolt. Gegen ihn kommen sie nur schwerlich an.«

»Weißt du, wie lange noch? Wenn er zur Genüge unter Druck gesetzt wird, lässt er dich fallen. Daraus kann ihm niemand einen Strick drehen. Er muss an seine Zunft denken.«

Wimpelketten wurden zwischen die Häuser gehängt, Zelte aufgestellt. Das Rathaus wurde mit Blumen geschmückt. Egbert vom ›Ochsen‹ ließ eigens einen Schanktisch für draußen fertigen. Das Stadtfest nahte mit großen Schritten. Karrenladungen mit Fleisch, Käse und Gemüse wurde von den ansässigen Bauern gebracht. Das Meiste, hieß es, stamme aus Bergen.

Die Vorfreude stieg. Am Tag des Festes, es war ein heißer Tag, Mitte Juli, hatten alle Handwerker frei. Die Ausnahme bildete natürlich das Personal, das sich um die Verpflegung auf dem Fest zu kümmern hatte. Bereits zwei Stunden nach Sonnenaufgang waren die Hanauer auf den Straßen. An den Straßenrändern waren über Nacht zahlreiche Stände aufgebaut worden. Die Händler überschrieen sich gegenseitig. Nicht nur alltägliche Gebrauchsgegenstände wie etwa Humpen, Suppenkellen, Siebe und Besen fand man dort. Auch exotische Dinge wurden feilgeboten. Johann war froh, dass Rappolt keinen Stand auf dem Fest haben wollte. Anna blieb verzückt an einem Stand mit Tuchen stehen, die allesamt vom Tuchinspektor mit einer Rose versehen worden waren. Feinste Stoffe gab es zu fühlen. Seide so luftig wie ein Frühlingshauch. So deklarierte jedenfalls der Verkäufer seine Ware. Johann musste dem Mann widerwillig zustimmen. Die Seide floss über seine Handfläche. Als er sich nach dem Preis erkundigte, sahen sich Anna und er erschrocken an. Der Händler wollte für zwei Ellen des Stoffes so viel haben, wie Johann in einem Monat an Geld nach Hause brachte. Sie gingen weiter und entschieden sich, an einem anderen Stand gebratene Hühnerkeulen zu verzehren. Elfriede genoss ihr Fleisch mit geschlossenen Augen. Bei den Sperlings gab es nur selten etwas anderes als Sauerbrot, Kohl oder Brei. Auch Anna ließ sich Zeit mit dem Verspeisen. Nur Johann schlang sein Fleisch wie ein Wolf in sich hinein. Er wollte es genießen, aber die Gier war stärker. Er konnte geradezu spüren, wie er kräftiger wurde und sein Magen endlich einmal wieder wohlgefüllt war. Während seine Familie noch aß, schaute er sich um. Es lagen noch viele Stände vor ihnen, bis sie auf den Marktplatz kamen, auf dem die Zelte kreisförmig angeordnet standen und sich auch Egberts »Taverne« befand. Viele Stände, viele Verlockungen.

›Sperling, reiß dich zusammen‹, versuchte er seiner Angstattacke Herr zu werden. ›Es gibt viele Familien, denen es schlechter als uns geht. Immerhin gelingt es mir, drei Mäuler durchzufüttern. Sie sind dünn, meine beiden Schätze, aber nicht krank.‹

Intensiver Kräutergeruch mischte sich zwischen den Bratendunst und den Rauch der Feuerstelle. Johann ertappte sich, dass er an Gertrud dachte. Bei ihr hatte es immer nach Kräutern gerochen. Was sie wohl gerade machte?

Ein Stoß in die Seite holte ihn zurück. »Willst du gleich zum Markt oder begleitest du uns?« Anna deutete auf die Stände links und rechts der Schlossgasse. »Ich werde euch später bei Egbert treffen.«

Johann hasste Menschenmengen. Er fühlte sich erdrückt und litt unter Luftmangel. Als er merkte, wie sich sein Gesichtsfeld einengte, suchte er Zuflucht zwischen zwei Zelten. Dort versuchte er, nicht über die Befestigungsschnüre zu stolpern, und ließ seinen Blick schweifen. Das half ihm stets beim Atemschöpfen. Es schien ihm, als hätten einige Hanauer ihre Beklemmung auf einen Schlag überwunden. Sie lachten offen heraus. Erzählten unanständige Witze und machten sich über den Krieg und die Adligen lustig.

›Gib ihnen Fleisch und Bier und alles ist vergessen‹, dachte Johann bitter. ›Dabei zieht sich die Schlinge immer enger um uns, wir sehen sie nur nicht. Was sie für uns noch gefährlicher macht.‹

Fanfarenstöße erklangen. Eine gewaltige Menschenmenge strömte dem Marktplatz entgegen, schubste und drängte, um schneller voran zu kommen. Johann setzte sich beherzt in Bewegung und ließ sich von der Menge mitschieben. Er bekämpfte die aufkommende Angst. Einer der Bürgermeister betrat das Podium. Mit einer Handbewegung bat er die Menge um Ruhe, die Fanfaren schwiegen jetzt.

»Werte Bürger Hanaus, es freut mich, das diesjährige Stadtfest eröffnen zu dürfen. Wir blicken zurück auf einige Wirren, die auch vor unseren Mauern nicht Halt gemacht haben. Es ist Krieg, ihr Leute. Krieg, der uns bislang verschont hat. Das heißt jedoch nicht, dass er nicht stattfindet. Auch wenn er sich noch außerhalb unserer Stadtmauern abspielt, haben einige Familien bereits freiwillig auf ihre Söhne und Väter verzichtet, um unsere Sache zu unterstützen. Ich möchte die Gelegenheit nutzen, mich hier an dieser Stelle für den Einsatz zu bedanken.«

Den folgenden Applaus durchbrachen zahlreiche Zwischenrufe. »Freiwillig sagt der? Abgeholt wie einen Häftling haben sie meinen Sohn«, schrie eine Frau und schüttelte die geballte Faust Richtung des Podiums.

»Einsatz?«, rief ein Mann. »Dass ich nicht lache.«

»Wir wollten den Krieg nicht«, machte sich ein anderer bemerkbar.

Der Bürgermeister verschwand rasch in einem prächtigen Festzelt, dessen Eingang von Bütteln bewacht wurde. Die Menge auf dem Platz verlief sich.

»Hannes, ich hab's nicht mehr rechtzeitig geschafft. Was hat der Bürgermeister erzählt?«

»Blödsinn hat er geredet. Von Krieg und Ehre und so weiter. Nichts, was man ihm glauben könnte.«

»Ich weiß, dass du gleich böse mit mir bist. Aber frag Elfriede, ich konnte nicht anders.« Anna entfaltete ein Stück Stoff und hielt es ihm lächelnd entgegen. »Für dich, Hannes. Ein neues Wams.«

Johann knurrte unwillig, gestand sich dann aber ein, dass es ein schönes Stück war, das seine Anna für ihn ergattert hatte.

»Gehen wir heim«, schlug er vor. Anna und Elfriede, erschöpft vom Bummeln an den Ständen, hatten keine Einwände.

*

Was machen die schon wieder hier?‹, dachte Johann und wäre am liebsten nach Hause zurückgegangen. Winterstein und Baumer standen vor Rappolts Schreibpult.

»Heute Abend zur achten Stunde, das habt Ihr nicht vergessen, oder?«, dröhnte Baumer.

»Natürlich nicht«, sagte Rappolt steif. »Ich werde pünktlich da sein.«

»Ihr werdet Augen machen«, ergänzte Winterstein. »Der Park ist wunderschön geschmückt, mindestens ebenso sehr wie die Frauen, die heute Abend anwesend sein werden.«

Als die drei Männer die Tür schlagen hörten, wandten sie sich Johann zu. Winterstein setzte sein Lächeln so geschwind auf wie andere Leute ihre Kappe und sagte: »Wir würden uns freuen, wenn Ihr mitkämt.«

Johann stutzte. Meinten sie ihn?

»Ihr würdet Eurem Meister bestimmt eine Freude machen.«

Johann hängte umständlich seinen Brotbeutel an den Haken und strich sich über die Haare. Das Letzte, wonach ihm der Sinn stand, war, den Abend mit hochnäsigen Adligen zu verbringen, die ihm zudem gefährlich werden konnten.

»Wir dulden keinen Widerspruch. Der Kutscher wird Euch heute Abend abholen.«

»Wenn Ihr mich so nett bittet.« Johann war sich bewusst, den Bogen überspannt zu haben, allerdings sollten diese Unterdrücker ruhig wissen, dass er nicht zu den übrigen Speichelleckern gehörte. Wobei ihm auffiel, dass Martin wieder einmal durch Abwesenheit glänzte. Winterstein und Baumer gingen über den Kommentar hinweg und verabschiedeten sich. Johann zog sich einen Schemel herbei, auf den er sich schwer fallen ließ.

»Ich weiß, dass du sie nicht leiden kannst. Aber die persönliche Abneigung musst du dir verkneifen. Du wirst mich heute Abend nicht blamieren.« Rappolt sah ihn noch ein paar Herzschläge durchdringend an und nahm anschließend die fertigen Arbeiten in Augenschein.

»Wo ist eigentlich Martin?«

Rappolt knurrte ein undeutliches »Im Zunfthaus« zurück. Scheinbar war der Meister mit dem falschen Fuß aufgestanden. Johann beschloss, ihm tunlichst keine Fragen mehr zu stellen.

Die Kutsche, ein edler Zweispänner, hielt vor dem Häuschen der Sperlings. Mit einem engen Gefühl in der Brust stieg er ein. Auf der Tür der Kutsche prangten die gekrönten Vögel. Johann nahm auf der gepolsterten Sitzbank Platz und wunderte sich einmal mehr, dass Kutschen von außen immer kleiner wirkten, als sie tatsächlich waren. Er legte sein Bein mit dem lädierten Knie auf die gegenüberliegende Bank, zog allerdings beschämt das Bein ein, als der Kutscher durch die Deckenluke blickte und verkündete, sie würden einen kurzen Zwischenhalt einlegen.

Mit finsterer Miene stieg Rappolt ein. Er nickte Johann knapp zu und verstaute seinen Gehstock im Fußraum. Die Fahrt führte sie aus Hanau in nördliche Richtung. Die Sonne tauchte den Waldweg in goldenen Schimmer.

»Wohin geht unsere Fahrt?«, wandte sich Johann an den mürrischen Meister.

»Nach Bruchköbel, sagte mir unser Gastgeber.«

Mit einem Seufzer ließ sich Johann ins Polster sinken. »Es wird spät, bis wir daheim sind, oder?«

Rappolt rümpfte die Nase. »Deine Frau muss gewiss eine Weile das Bett vorwärmen.«

Johann runzelte erbost die Stirn. Den Rest der Fahrt über schwiegen sie. Endlich erreichten sie eine festere Straße, die in die Ortschaft hinein führte.

Johann zog den Vorhang beiseite und auch Rappolt lehnte sich nach vorne und blickte hinaus. Die Kutsche rollte über eine hölzerne Brücke, die den Wehrgraben überspannte. Eine zwei Mann hohe Hecke wurde lediglich von einem Durchlass unterbrochen. Die Soldaten, die den Zugang bewachten, salutierten und verschwanden aus dem Blickfeld.

Etliche Fachwerkbauten standen leer und wirkten verwahrlost. Nicht so die bewohnten Häuser, deren Fenster in der Sonne blinkten.

»Eine schöne Ortschaft ist das. Ich frage mich, warum man die Häuser sich selbst überlässt. Mag hier denn keiner wohnen?«

»Der ›Schwarze Tod‹ wütete vor acht Jahren hier«, erklärte Johann. »Viele Häuser sind unbewohnt, weil die Toten keine Nachfahren haben.«

Das Gefährt verließ die Hauptstraße und bog rechter Hand in eine Gasse ein, die wiederum in einen unbefestigten Weg mündete. Kräftig wurden die beiden Insassen durchgeschüttelt, die Achse des Wagens ächzte bedenklich. Johann schloss die Lippen, damit seine Zähne nicht mehr schmerzhaft aufeinanderschlugen.

Einige Zeit später wurde die Fahrt ruhiger. Sie befanden sich auf der Zufahrt eines Anwesens. Zwei Männer öffneten das schmiedeeiserne Tor, die Kutsche fuhr weiter. Johann hatte nicht gewusst, dass ein solches Gebäude in Bruchköbel existierte. Das Haupthaus war drei Stockwerke hoch und überragte die kurzen Seitenflügel. Alle drei Hausteile bestanden aus Basalt. Die Mauern waren dick gebaut und sahen so aus, als hielten sie gar einer Feuersbrunst stand.

Der Kutscher fuhr linker Hand um das Anwesen herum und blieb hinter dem Haupthaus stehen. Eine große gepflasterte Terrasse bot genügend Platz für all die Pferde und Kutschen der anderen Gäste, die nicht so wie Johann und Rappolt abgeholt worden waren. Als sie ausstiegen, standen sie direkt am Rande eines weitläufigen Parks. Johann wusste jetzt, was Winterstein gemeint hatte.

Ein Diener, der offenbar auf sie gewartet hatte, kam herbei. »Gott zum Gruße, Meister Rappolt. Herr Sperling. Wenn Ihr mir bitte folgen wollt.«

Er ging den beiden voran. Seine Halbglatze schaukelte vor Johann. Der Kragen seines Hemdes war schweißgetränkt. Es schien, als habe er bereits viele Gäste zum Gastgeber geführt. Zahlreiche Wege durchzogen das Gelände. Bänke luden zum Verweilen ein. Kleine Springbrunnen plätscherten beruhigend. Ein Bach, über den eine gebogene Steinbrücke führte, war so umgeleitet, dass er als Kanal die Brunnen mit Wasser speiste. Im Park verteilt standen reich dekorierte Tische, auf denen Essen und Getränke für die Gäste bereit standen. Bedienstete trugen Platten mit dampfenden Speisen zu den Tischen und legten den Gästen vor.

Der Diener führte sie zu dem Tisch, um den die meisten Leute standen. Einige Damen saßen auf eigens aufgestellten Stühlen, die Falten ihrer Kleider sorgfältig um sich drapiert. Üppiger Haarschmuck glitzerte im letzten Licht des Tages. Baumer löste sich aus der Gruppe und trat breit grinsend auf sie zu. Gönnerhaft schlug er den Neuankömmlingen auf die Schultern und lotste sie zu einem Fass mit Bier. »Lasst uns einen Willkommensschluck zusammen trinken.«

Rappolt verwickelte Baumer in ein Gespräch über die Ortschaft Bruchköbel, die leer stehenden Häuser und die schreckliche Pest im Allgemeinen. Diener brachten Fackeln, die sie bei den Tischen in den Boden trieben und entzündeten.

Baumer drückte Johann einen Krug in die Hand, das Bier troff zu beiden Seiten herunter und durchweichte die Hemdaufschläge. Johann versuchte so gut wie möglich, den Schaum abzuschütteln. Dann stieß er mit Rappolt und Baumer an, trank aber nur einen winzigen Schluck.

Johann beteiligte sich nicht an den Gesprächen, er reckte den Hals, um Winterstein in der Menge ausfindig zu machen. Was sich allerdings als unmöglich erwies. Das Fackellicht der anderen Verpflegungsinseln blendete, so dass er die Leute nur als Silhouetten wahrnahm. »Fredegar, du wirst vermisst«, sagte eine Dame kokett.

Baumer brummte Rappolt eine Entschuldigung zu und ging mit der Frau davon. Rappolt und Johann standen verloren inmitten der aufgeputzten Menschen, die ihnen keine Aufmerksamkeit schenkten. »Ich werde mich ein wenig umsehen«, teile Johann seinem Meister mit.

Er hatte nicht die geringste Lust zu warten, bis sich jemand herabließ und mit ihnen sprach. Lieber lustwandelte er in diesem Park, den er als Höhepunkt des Besuchs verbuchte. Sehnsüchtig strichen seine Finger über die rauen Steinfiguren. Er bewunderte die Blumenbeete und ganz besonders die Springbrunnen. Ach, hätte er nur Geld und einen großen Garten. Im Geiste malte er sich aus, wie Elfriede auf dem Rasen tobte oder mit nackten Füßen im Bach stand, einen Frosch auf ihrer Handfläche, und in helles Lachen ausbrach, wenn das Tier die Backen aufblies. Und seine Anna, wie viel Spaß hätte sie, in dem Pavillon zu sitzen mit einer Handarbeit im Schoß.

»Gefällt Euch der Garten?«

Johann fuhr herum und erkannte Winterstein. »Ja, er ist wunderschön.«

»Der Besitzer ist in der Tat zu beneiden.«

»Ich dachte, es gehöre Euch?«

Winterstein ging über die Frage hinweg. »Ich habe Euch richtig eingeschätzt. Mir war klar, dass Ihr die Menschen meiden und Euch lieber abseits des Getümmels bewegen würdet. Wie ich hörte, liegt Ihr sehr gut im Plan und unser Becher wird bei Zeit fertig sein.«

»Zwar kann man das nie mit Gewissheit sagen, denn es gibt Rückschläge, die man nicht kommen sieht. Es kann passieren, dass das Metall spröde ist und reißt. Das wirft uns Schmiede um Wochen, wenn nicht gar Monate zurück.«

»Nicht so schwarzseherisch, mein Freund. Mir scheint, Ihr macht Euch um zu viele Dinge Gedanken.

Auch um Angelegenheiten, die Euch nichts angehen, fürchte ich.«

»Wenn Freunde plötzlich verschwinden und ihnen gedroht wird, geht mich das sehr wohl etwas an.«

Eine Weile herrschte Schweigen zwischen ihnen. Dann sagte Winterstein: »Ihr denkt wie ein törichter Mann. Für einen solchen hätte ich Euch nicht gehalten. Lernt von Eurem Meister, der weiß sich recht zu verhalten.«

»Ich bin ein eigener Mensch und muss niemandem nacheifern.«

»Stur wie der Bock, der gegen ein geschlossenes Gatter anrennt. Wie kann ich Euch dazu bringen, einfach nur Eure Arbeit zu tun?«

Johann tanzte nicht länger um das Feuer herum. Wintersteins hinterhältige Art brachte sein Blut zum Kochen.

»Bringt mir den ehemaligen Zunftmeister Bergen und seine Frau unversehrt zurück und ich werde die Sache auf sich beruhen lassen.«

Wintersteins Hand legte sich schwer auf Johanns Schulter. »Was wollt Ihr auf sich beruhen lassen?«

Johann schluckte und suchte nach Worten.

»Euer Schweigen soll mir Antwort genug sein.«

Winterstein ließ ihn stehen. Johann ahnte, dass er seinen Giftzahn früher oder später in seinem ungeschützten Fleisch versenken würde. Die Frage war nur, wann und ob er bis zur Fertigstellung des Pokals durchhalten würde. Plötzlich fühlte sich Johann entsetzlich müde. Er sank mit dem Rücken gegen einen mächtigen Titanen aus Stein und schloss die Augen. Seine Anna. Wieder einmal hatte sie richtig gelegen. Sie konnte aus hundert Menschen den Einen herausdeuten, der log.

Aus seiner Deckung heraus lugte er immer wieder zu den beleuchteten Tischen. Anfänglich waren es fünf Verpflegungsinseln gewesen, nun waren es nur noch drei. Die Gäste verließen nach und nach die Feier. Als die Fackeln bei einem weiteren Tisch gelöscht wurden, ging Johann seinen Meister suchen.

Rappolt weigerte sich beharrlich, sich auf das Wetttrinken einzulassen, das Baumer vorschlug. Die umstehenden Frauen zeigten ihre Dekolletees, um die Aufmerksamkeit der Männer zu erregen. Besonders Baumer wurde umgarnt, was dieser sichtlich genoss. Rappolt wirkte erleichtert, als er Johann sah.

»Da bist du ja. Ich würde sagen, wir fahren jetzt. Haben ja noch ein gutes Stück Weg vor uns und morgen müssen wir frisch und ausgeruht sein.«

Baumer meldete Einwände an, die jedoch von Winterstein, der sich von hinten genähert hatte, weggewischt wurden: »Lass sie ziehen, mein Freund.«

Dabei warf er Johann einen langen Blick zu, der keine Freundlichkeit in sich barg.

Erst in der Kutsche atmete Johann auf. »Wie spät es wohl sein mag?«

»Zu spät«, gab Rappolt zurück. »Winterstein. Was hatte er mit dir zu besprechen?«

»Er wünschte mir ein schönes Fest und ich solle mich lieber den Genüssen hingeben, als zu grübeln.«

»Ein hehrer Wunsch, in der Tat.«

Als Johann schwieg, lehnte sich auch der Meister in die Polster und schlief ein. Sie waren schon eine Weile auf dem Waldweg, der nur von den Kutschlaternen spärlich beleuchtet wurde, als das Gefährt plötzlich nach links ausbrach und die Pferde heiser wieherten. Rappolt riss erschrocken die Augen auf, Johann nicht minder. Dann hörten sie, wie etwas an die Tür schlug und das Holz zum Ächzen brachte. Wieder bockte die Kutsche. So stark dieses Mal, dass die Achse brach. Der Boden sackte durch. Rappolt und Johann wurden gehörig durchgeschüttelt. Die Kutsche blieb stehen.

»Was bei allen …« Weiter kam der Meister nicht, denn die Tür wurde aufgerissen und eine vermummte Gestalt zerrte ihn heraus.

Johann hatte keine Gelegenheit zur Flucht. Auch er wurde ergriffen. Starke Hände warfen ihn zu Boden. Dann kniete sich die Gestalt auf ihn, presste seine Arme fest auf den Untergrund und deckte ihn mit Schlägen ein. Johann schrie auf, versuchte, das Gewicht loszuwerden, indem er die Beine anzog und austrat. Aber es nutzte nichts. Eine zweite Gestalt, das Gesicht ebenfalls mit Tüchern verhüllt, erschien über ihm. Dann fühlte Johann nur noch das Brennen der Schläge und dumpfe Tritte in die Seite. Blut lief ihm in die Augen. »Hilfe«, keuchte er. Dann krachte ein mächtiger Schlag gegen seine Schläfe und es wurde dunkel um ihn.

Als er die Augen aufschlug, wusste er zuerst nicht, wo er war. Über ihm schaukelten die Äste eines Baumes. Zwischen dem Grün der Blätter blitzte immer wieder die Sonne auf. Irgendetwas mit seinen Augen stimmte nicht. Er schloss das Linke und sah seine Umgebung wie durch einen Schleier. Und dann kamen die Schmerzen. Sie wurden mit jedem Atemzug stechender. Johann vermutete, dass mindestens eine Rippe gebrochen und seine Hand gequetscht war. Auf dem Handrücken fand er den Teil eines Stiefelabdrucks. Nein, sie waren keine zufälligen Ziele einer Bande von Strauchdieben geworden. Mühsam rollte sich Johann auf den Bauch. Der Weg lag verlassen da, nur die Kutsche duckte sich mit ihrer gebrochenen Achse ins Unterholz. Allerdings hatte jemand die Pferde ausgespannt und mitgenommen. Auch von Rappolt und dem Kutscher fehlte jede Spur.

Johann tastete nach seinem Münzbeutel und fand ihn. Alle Geldstücke waren noch da, was ihn überraschte. ›Ich muss so schnell wie möglich nach Hanau und in der Zunft Bescheid geben. Rappolt wird gewiss schon vermisst.‹ Johann richtete sich auf, kämpfte den Schmerz nieder und suchte sich einen abgebrochenen Ast, der sein Gewicht trug. Er humpelte Richtung Süden los. Etwa zweitausend mühsame Schritte lagen hinter ihm, als ihm ein berittener Trupp entgegenkam. Es waren sechs Reiter, die ihre Blicke aufmerksam nach links und rechts schweifen ließen. Als sie Johann entdeckten, trieben sie ihre Pferde an und galoppierten auf ihn zu. Johann hechtete ins Unterholz.

»Heda, kommt heraus. Seid Ihr Johann Sperling?«

»Und wenn ich's wär?«

»Dann bringen wir Euch nach Hanau zurück. Ihr werdet dort erwartet.«

Der Anführer reichte Johann die Hand und half ihm in den Sattel. »Meister Rappolt ist in großer Sorge. Er schickte uns aus.«

»Sieht er genau so schlimm aus wie ich? Wir wurden nämlich überfallen.«

»Nein, wie es scheint, wurde ihm nur ein Sack über den Kopf gezogen und er wurde am Stadttor ausgesetzt, gemeinsam mit einem Kutscher.«

Johann bestand darauf, nach Hause gebracht zu werden, ehe er sich im Zunfthaus bei seinem Meister meldete. Anna saß kreidebleich am Küchentisch, gab einen

Schreckenslaut von sich und schlug die Hände vor den Mund. »Hannes, beim Allmächtigen. Was ist geschehen?«

»Du hast mich gewarnt, mein Herz. Ich hätte auf dich hören und niemals auf dieses Fest gehen sollen.«

Er berichtete knapp, was sich zugetragen hatte.

Anna sagte wütend: »Winterstein hat dir diese Leute hinterhergeschickt. Es ist seine Warnung an dich.«

»Denkt dieser Beelzebub tatsächlich, er könne mich mit ein paar Schlägen einschüchtern? Jetzt kämpfe ich erst recht für die Wahrheit!«

*

Rappolt schien ernstlich erschüttert, als er Johann sah. Sein Blick ging zu der Platzwunde, die sich verkrustet quer über die Augenbraue zog.

»Was haben diese Burschen dir angetan?«

»Ich möchte nicht darüber sprechen.«

Rappolt räusperte sich. »Ja, sicher.«

Dann griff er nach einer Feile und sah sich das Werkzeug an, als hätte er noch nie zuvor ein solches in der Hand gehabt.

»Das verstehe ich nicht«, murmelte er immer wieder und sah ihn mitleidig an.

Johann arbeitete konzentriert und schweigsam. Dieses Mal war er es, der mit dem falschen Fuß aufgestanden war.

Die Türglocke ging und ein kleingewachsener schlanker Mann in staubiger Kleidung betrat die Werkstatt. Suchend schaute er sich um und ging dann geradewegs auf Johann zu.

»Guten Tag, die Herren Goldschmiede«, grüßte er in die Luft. Dann zu Johann gewandt: »Ich würde gerne zwei Schmuckstücke anfertigen lassen.«

»Habt Ihr bereits eine Vorstellung, um was es sich handeln soll?«

»Ja, einen Ring und ein dazu passendes Medaillon. Ich war so frei, die beiden Stücke aufzumalen.«

Es kostete Johann einige Mühe zu erkennen, was von den eiförmigen Gebilden der Ring und was der Anhänger sein sollte. »Wenn es Euch nichts ausmacht, fertige ich eine neue Zeichnung an.« Johann konnte sich trotz hämmernder Kopfschmerzen ein Grinsen nicht verkneifen. Der Mann wirkte indes in keiner Weise beschämt. Im Gegenteil, er lachte über sich selbst. »Meine Talente liegen woanders. Ich bin Kurier. Dafür braucht man keine geschickten Hände, aber gesunde Füße und viel Ausdauer.«

»Reitet Ihr nicht?«

»In Gegenden, in denen einem die Räuber auflauern, ist es unklug, mit dem Pferd zu reisen. Das Hufgetrappel hört man über hunderte von Schritten hinweg. Daher muss ich oft laufen. Oder rennen, wenn ich von besagter Räuberbande verfolgt werde.«

»Oh ja, Ihr sprecht mir aus der Seele. Dann habt Ihr gewiss schon viel gesehen.«

»Ja, das kann man wohl sagen. Dennoch lässt einem die Reiserei noch Platz, ein Liebchen zu finden. Und jener Dame möchte ich einen Antrag machen und das wird mir mit hübschem Geschmeide besser gelingen. Ich hoffe es zumindest.«

»Ich kenne keine Dame, die jemals Schmuck ausgeschlagen hätte«, sagte Johann und griff nach einem Bogen Papier und einem dünnen Kohlestift. Gemeinsam entwarfen sie die Vorlage. Was dem Kurier an zeichnerischem Talent fehlte, machte er durch eine genaue mündliche Beschreibung wett, wie er sich die Schmuckstücke vorstellte.

Johann nannte dem Kurier den Preis für den Schmuck und bat ihn, ein Drittel anzuzahlen.

»Selbstverständlich.« Der Kurier zückte seinen Münzbeutel.

»Es wird etwa eine Woche dauern, bis ich Euch die beiden Stücke aushändigen kann. Seid Ihr so lange noch in Hanau?«

»Nein, ich muss einige Dokumente abliefern, aber nur in den benachbarten Gemeinden. In einer Woche werde ich wieder da sein. Ich habe mich übrigens noch gar nicht vorgestellt, wie unhöflich von mir. Mein Name ist Franziskus Korn.«

Johann taufte ihn sofort Körnchen, weil er den Kurier um fast eine Haupteslänge überragte. Der Bote sah nach draußen, dann wieder Johann an. »Ich muss mich sputen, wenn ich eine Bleibe haben will. Bisher bin ich bei einer netten Familie untergekommen, doch die haben Gäste derzeit, und nun bin ich auf eine Schenke mit Zimmern angewiesen. Habt Ihr einen guten Rat für mich?«

»Ja, geht am besten in den ›Goldenen Ochsen‹. Dort steht immer das eine oder andere Zimmer zum Vermieten frei. Und die Unterkunft kostet nicht viel.«

Johann erklärte ihm, wie er zu Egberts Schenke fand.

»Habt vielen Dank und wir sehen uns spätestens in einer Woche wieder.«

Das Wiedersehen mit dem Körnchen fand früher statt als erwartet. Johann war nach einem Krug Bier zumute. Anna und Elfriede waren zu einem Treffen der Kirchenfrauen eingeladen.

Er betrat das Wirtshaus und ging wie immer zuerst an den Schanktisch, um ein paar Worte mit Egbert zu wechseln.

»Johann. Vielen Dank, dass du mir Kundschaft schickst. Ein Bote hat sich bei mir eingemietet, sagte, du hättest ihm meine Wirtschaft empfohlen.«

»Ich empfehle nur, was mich selber überzeugt«, sagte Johann.

»Hier, geht auf mich.« Egbert stellte einen großen Krug Bier vor Johann auf den Tresen. »Ah, da kommt er ja, der Bote.« Egberts Blick ging über Johanns Schulter zur Stiege.

Johann drehte sich um und tatsächlich handelte es sich um das Körnchen. Franziskus gesellte sich zu den beiden an den Schanktisch. »Das sieht gut aus«, sagte er mit einem Seitenblick auf Johanns Krug. »Das nehme ich auch.«

Die Männer prosteten sich zu. Das Körnchen war zwar klein, hatte aber offensichtlich einen großen Durst, denn es trank den Krug leer, ohne ihn auch nur ein Mal abzusetzen.

»Ah, das tut gut«, sagte es und rülpste.

Zu späterer Stunde setzten sie sich an einen Tisch. Egbert hatte zu viel Kundschaft, um mit ihnen in Ruhe am Schanktisch zu stehen und zu plaudern.

»Befördert Ihr nur Dokumente oder auch andere Gegenstände?«, wollte Johann wissen.

»Ich beschränke mich auf Schriftstücke. Es gibt auch Kuriere, die Güter für Händler befördern, aber das liegt mir nicht. Dumm wäre ich, meinen Posten gegen einen solchen einzutauschen.«

»Ihr meint, der Transport von Schriften bringt mehr ein, als eine Wagenladung Stoffe zu begleiten?«

»So ist es. Das Hanauer Grafenhaus bezahlt ordentlich.«

»Solch wichtige Schriften stellt Ihr zu?«

»Ich kann nicht ermessen, ob sie wichtig sind. Aber die Auftraggeber sind es oder bilden es sich manchmal auch ein, es zu sein.« Er kniff schelmisch ein Auge zu.

»Ich bin beeindruckt.«

»Und ich nicht minder von Euch. Ihr schmiedet aus einem Klumpen Metall wunderschöne Dinge, wohingegen ich nichts vorzuweisen habe, wenn mein Tagewerk vollbracht ist. Im Gegenteil, ich wäre ein schlechter Kurier, hätte ich am Ende meiner Arbeit noch die Taschen voll.«

Johann lachte. Sie tranken noch einen Humpen Bier, dann verabschiedete sich Johann: »Ich muss morgen früh raus und meine Anna hasst es, wenn ich betrunken nach Hause komme. Wir sehen uns in einer Woche.«

*

Die beiden wissen, dass ich im Bilde bin. Aber es ist ihnen egal«, klagte er Anna sein Leid.

»Was, wenn du wirklich die Sache auf sich beruhen lässt?«

»Dann tun sie mir etwas an, nachdem der Pokal fertig ist, verstehst du? Es gibt keine Umkehr.«

»Du machst es dir einfach, sie strafen uns doch schon jetzt.«

»Wie meinst du das?«

Anna strich sich die Haare aus dem Gesicht. »Ich wollt' dir das Herz nicht schwerer machen, als es ohnehin schon ist. Du weißt doch, dass ich einmal die Woche mit den anderen Zunftfrauen für die armen

Leute nähe. Heute war wieder unser Nachmittag.« Tränen standen Anna in den Augen. Johann nickte ungeduldig.

Anna sprach schneller: »Der Tür haben sie mich verwiesen und gesagt, für ein niederträchtiges Weibsbild wie mich gäbe es in ihrer Runde keinen Platz. Weißt du, wie mich das trifft? Und nun drehen sie's bestimmt so, als wollte ich keine Kleidung mehr für die Armen nähen.«

Johann schüttelte den Kopf. »Meine Güte, und deshalb machst du ein solches Gewese?«

Er strich ihr eine Haarsträhne aus dem Gesicht und reichte ihr ein Schnupftuch. »Keiner kann dich hindern, weiterhin für die Armen zu nähen. Machst es halt hier und lieferst die Kleidung selber beim Armenhaus ab.«

In der Werkstatt sprach Martin von nichts anderem als dem Sommerfest, das die Zunft jährlich ausrichtete. Johann war dieses Thema unangenehm, denn bislang hatte er noch keine Einladung erhalten. In den Jahren zuvor war ihm die heiß ersehnte Pergamentrolle mit dem Siegel der Zunft bereits Ende Mai zugestellt worden. Als Martin für einen Botengang von Rappolt fortgeschickt wurde, sah Johann eine gute Gelegenheit, sich an den Meister zu wenden. »Man scheint mich vergessen zu haben.« Er entschärfte die Bemerkung mit einem kurzen Lachen. Rappolt sah ihn fragend an.

»Das Sommerfest. Ich habe keine Einladung.«

»Nun ...«, begann Rappolt. Nach einer Pause fuhr er fort: »Angesichts der Meinung, welche die anderen Zunftmitglieder von dir haben, ist es besser, wenn du dieses Mal nicht dabei bist. Aber im nächsten Jahr sitzt du wieder mit an der Tafel.«

Johann verschlug es die Sprache. Er hatte gehofft, dass der Meister sich entschuldigen und sofort eine mündliche Einladung aussprechen würde. Dass man ihn aber nicht dabei haben wollte, traf ihn bis ins Mark.

An diesem Abend konnte er sich nicht aufraffen, am Duplikat zu arbeiten.

Glücklicherweise brauchte er am nächsten Tag nicht in die Werkstatt zu gehen. Es war Sonntag. Kaum hatten Anna und er den Vorplatz der Kirche betreten, eilte ihnen Priester Michael entgegen. Er war sichtlich aufgeregt. »Lasst uns ein Stück beiseite gehen.« Er bedeutete seinem Küster mit einer Geste, dass er gleich wieder da sei, und zog die beiden mit sich. »Rufus Bergen ist wieder da«, sagte er gedämpften Tons.

»Das ist ja großartig«, rief Johann. »Wir gehen gleich nach der Messe zu ihm. Wann habt Ihr ihn gesehen?«

»Er ist nicht zuhause.« Der Priester trug einen derart besorgten Ausdruck auf seinem kantigen Gesicht, dass Johann angst und bange wurde. »Wie geht es ihm?«

»Schlecht, fürchte ich. Jemand, der ihn nur wenige Male gesehen hat, würde ihn nicht wiedererkennen. Er war im Kerker und muss dort Unvorstellbares durchlitten haben. Mehr weiß ich auch nicht. Er brach während seiner Erzählung zusammen.«

Die Wirklichkeit war noch schlimmer. Bergen lag auf der Seite, die Finger in das Laken gekrallt, und brabbelte Unzusammenhängendes vor sich hin. Seine Haare waren zum Großteil ausgefallen oder ausgerissen worden. Bleich schimmerte die Kopfhaut durch die

Strähnen. Die Gesichtszüge waren eingefallen und der verschmitzte Blick, der den alten Meister stets ausgemacht hatte, war einem irren Glanz in den Augen gewichen. Johann konnte nicht fassen, dass wenige Wochen ausgereicht hatten, eine starke Persönlichkeit wie Rufus Bergen zu zerbrechen. Als Meister war er gegangen und als sabbernder Greis zurückgekehrt. Eines war auf jeden Fall klar: Dieser Mann stellte für niemanden mehr eine Gefahr dar.

Johann schüttelte die Beklommenheit ab und ging neben Bergens Lager in die Hocke. Vorsichtig berührte er ihn an der Schulter. Bergen schrak zusammen und schützte sein Gesicht mit den Händen.

»Beim Allmächtigen, was haben die ihm angetan?«, flüsterte Johann.

Anna schüttelte den Kopf und weinte. Priester Michael gab Bergen ein paar Schluck Wasser aus einer Schale zu trinken. Seltsamerweise fürchtete sich Bergen vor ihm nicht. »Lasst uns hinausgehen.«

In der Wohnstube versorgte der Priester sie zuerst mit Getränken, dann machte er eine hilflose Geste. »Vieles liegt im Dunkeln. Aber was ich mir zusammendichten konnte, ist Folgendes: Bergen ist nicht aus dem Kerker geflohen. Sie haben ihn gezielt ausgesetzt. Einen verwirrten Mann, der unmöglich allein und ungeschoren die weite Strecke auf sich nehmen kann. Vermutlich rechneten die Wächter damit, dass er von wilden Tieren gefressen würde. Er wurde wohl auch angegriffen, denn es fanden sich Bissspuren an seinen Beinen, die entweder von Wölfen oder von wilden Hunden stammen. Aber er überlebte. Zwei Reisende, die in Hanau Waren feilbieten wollen, fanden ihn auf dem Weg, luden ihn auf ihren Karren und brachten ihn nach Hanau. Sie klopften gestern Nacht an meine

Tür und fragten, ob ich mich der armen Seele annähme, gingen sie doch davon aus, dass es sich um einen Bettler handelte.«

»Wie kann jemand nur so grausam sein?«, warf Anna ein.

»Das war noch nicht das Schlimmste. Wir müssen davon ausgehen, dass Maria tot ist.«

Wie gelähmt saß Johann am Tisch. »Neulich war ein ehemaliger Häftling bei uns. Albrecht ist sein Name. Er bezeugte, Rufus zu kennen, und erzählte, er würde angeblich besser behandelt als die restlichen Gefangenen. Das passt für mich nicht zu dem, was Rufus tatsächlich widerfahren ist.«

Anna richtete sich auf, Hass funkelte in ihren Augen. »Für mich schon. Es ist doch ganz einfach. So lange sie hofften, Bergen würde ihren Wünschen gemäß handeln, machten sie bezüglich seiner Haft einige Zugeständnisse. Doch es scheint, als habe sich Bergen widersetzt, und prompt kam er in die Folterkammer. Aber selbst die Schmerzen brachten ihn nicht dazu, sich zu beugen. Also erpressten sie ihn mit Maria.« Verblüfft sah Johann seine Frau an. Anna war ihm immer wieder ein Rätsel. Ihre Vermutungen klangen vernünftig. Genau so hätte es sich abgespielt haben können.

Auch Michael nickte. »Ja, gut möglich, dass es so war, wie Ihr es schildert. Hoffen wir, dass Maria lebt und die Aufseher nur damit gedroht haben, ihr etwas anzutun. Ich werde wegen Maria eine offizielle Anfrage an den Hauptmann der Garnison richten.«

Priester Michael hatte Wort gehalten. Am Tag nach der Messe war er ins Garnisonshaus gegangen und hatte offiziell und schriftlich eine Anfrage zum Verbleib von Maria Bergen eingereicht. Seinen Küster hatte er als Zeugen mitgenommen. Die Garnison konnte schwerlich einen Priester der Lüge bezichtigen, falls aber doch, so konnte der Küster einen Eid schwören, dass Michael das Dokument persönlich an den Hauptmann übergeben hatte. Michael hatte berichtet, dass der Hauptmann seine Brauen hochgezogen und gefragt hatte, warum sich die Kirche neuerdings in die Angelegenheiten des Reiches einmische.

Nun hieß es warten. Johann war dankbar, sich mit seiner Arbeit in der Werkstatt ablenken zu können. Anna tat ihm leid, denn sie harrte Stunde um Stunde an Rufus' Bett aus. Und dieses Mal war sie es gewesen, die die Haushälterin weggebissen hatte. Bergens Körper kam wieder zu Kräften, mit seinem Geist ging die Genesung langsamer vonstatten. Er redete wirr und wusste oft nicht, wo er war, obgleich Anna ihm jedes Mal geduldig seine Fragen beantwortete. Am schlimmsten waren die Nächte. Michael, Anna und manchmal auch Johann lösten sich bei der Nachtwache ab. Seit Bergen versucht hatte, in seinem Nachtgewand aus dem Fenster zu springen, ließen sie ihn keinen Herzschlag lang mehr unbeaufsichtigt.

*

Es war fast Ende August, als ein Bote der Stadtwache an die Tür des Pfarrhauses klopfte. Johann saß mit einem Becher Wein neben Rufus, als Priester Michael mit dem Boten die Stube betrat. Das Gesicht des Geistlichen drückte tiefe Trauer aus. Es bedurfte keiner Worte für Johann zu wissen, dass Maria tot war. Dennoch sah er den Bediensteten fragend an. Er wollte die

Nachricht hören, um sie verstehen zu können. Sein Blick huschte zu Rufus, der sich in seinem Bett aufgesetzt hatte. Der Bote fühlte sich sichtlich unwohl, umringt von den Männern, die ihn streng musterten.

»Seid Ihr Arnold Rufus Bergen?«, richtete er sich an den Mann im Bett. Dieser nickte. »Ich habe eine traurige Mitteilung zu machen. Eure Frau ist tot. Sie verstarb während ...«

Niemand konnte im Nachhinein sagen, wie es Rufus gelang, so schnell aus dem Bett und dem Mann an die Gurgel zu springen. Das nächste, was Johann sah, war, wie Bergens Fäuste wieder und wieder auf das Gesicht des Boten herniedergingen. Erstickte Schreie waren zu hören. Michael und Johann gelang es schließlich, Rufus zu bändigen. Der Bote rappelte sich auf, zog sich in eine Ecke des Zimmers zurück und hielt sich mit beiden Händen die Nase. Blut troff zwischen seinen Fingern hervor. Rufus brach weinend in Johanns Armen zusammen. Der Priester reichte dem Boten ein Tuch und geleitete ihn aus dem Raum.

»Ich hab's gewusst. Sie haben sie umgebracht! Da muss keiner ankommen und das Gegenteil behaupten. Wer fast sein gesamtes Leben mit ein und demselben Menschen verbracht hat, weiß, wie die Dinge stehen.«

Johann wusste nicht, wie er seinen Freund beruhigen konnte. Rufus wiederholte immer wieder »weiß, wie die Dinge stehen« und bekam jenes wahnsinnige Glitzern in den Augen, das Johann in den vergangenen Wochen fürchten gelernt hatte. Denn meist folgten darauf Unberechenbarkeiten.

Michael betrat den Raum und setzte sich zu den beiden auf das Bett. In der Hand trug er einen versiegelten Krug.

»Schnaps, den wir jetzt bitter nötig haben, der beste,

den mein Keller beherbergt hat.« Lieblos bohrte er die Klinge seines Gürtelmessers in das Wachs rund um den Korken. Es zerbröckelte wie alte Haut. Den Korken warf der Geistliche zu Boden und setzte den Krug an die Lippen. Dann reichte er das Gefäß an Johann weiter, der einen großen Schluck nahm. Die Flüssigkeit löste den Krampf, der seinen Leib festgehalten hatte, seit der Bote die Todesnachricht verkündet hatte. Rufus klammerte sich am Krug fest wie ein Schiffsbrüchiger an einer Planke. Johann warf ihm einen Seitenblick zu, sah dann zu Michael und fragte: »Wird sein Verhalten Folgen haben? Immerhin hat er einen Stadtboten angegriffen.«

»Nachdem dieser ihn provoziert hat«, sagte der Priester hart.

»Aber er hat doch gar nicht ...«

»Nachdem er ihn provoziert hat«, wiederholte Michael. Sein Ton duldete keine Widerrede. Schweigend leerten die drei Männer den Krug. Weder Michael noch Johann hatten Einwände, dass Rufus fast den gesamten Branntwein alleine trank. Die Haushälterin riss in ihrer burschikosen Art die Tür auf und polterte in den Raum. Hinter ihr lief Anna.

»Ach du je«, kreischte die Haushälterin. »Ist das etwa Blut da auf dem Boden?«

»Was ist geschehen?«, wollte Anna wissen. Johann ging mit ihr in den Garten hinter dem Pfarrhaus.

»Maria ist tot. Ein Bote der Stadt hat's verkündet.«

Anna nickte wie im Halbschlaf. Schlaff sank sie auf die hölzerne Bank unter dem großen Kastanienbaum. Er setzte sich neben sie. »Ach Hannes, wie viele Opfer verlangt es denn noch?« Annas Stimme war nur ein Hauch.

»Wir müssen uns um Rufus kümmern und um das

Begräbnis. Die müssen uns ja die Maria geben, können sie doch nicht einfach ...« Johann stockte. Er sah den zierlichen Leib der alten Frau lieblos in stockiges Leinen geschlagen. Verscharrt zwischen Schwerverbrechern in einem unbenannten Loch, irgendwo außerhalb der Stadtmauern Hanaus. ›Das hat sie nicht verdient‹, dachte er. ›Und Rufus auch nicht. Sein Leben lang hat er sich für die Zunft krummgelegt. Maria muss anständig begraben werden. Mit Blumen und einem Gedenkstein.‹

»Ich bleib noch ein bisschen hier«, sagte Anna, als Johann aufstand. Er küsste sie und ging ins Haus, um sich mit Priester Michael zu beraten.

Am nächsten Tag kam der Priester in Rappolts Werkstatt. Johann war nicht überrascht, hatte er den Besuch des Geistlichen doch schon sehnsüchtig erwartet. Rappolt stand auf, als er den Mann im Talar erblickte.

»Gott zum Gruß«, sagte Michael.

»Und seinen Segen auf Euch«, erwiderte Rappolt höflich.

»Ich benötige Eure Hilfe«, fuhr Michael fort. »Es geht um die verstorbene Frau des ehemaligen Zunftmeisters Bergen.«

»Wollen wir das nicht draußen besprechen?« Rappolt deutete auf die Hintertür. Sein Blick flog zwischen Martin, der gaffend dastand, und dem Geistlichen hin und her.

»Sicher können wir das.« Der Priester zwinkerte Johann zu und folgte dem Meister in den Hof.

Johann musste nicht ins Pfarrhaus gehen, um den Verlauf des Gespräches zu erfahren. Als er nach Hause kam, saß Michael bereits am Küchentisch der Sperlings. »Gruß Euch«, sagte Johann.

»Ich will es kurz machen, denn meine Zeit ist knapp. Ich möchte Bergen nicht so lange mit Mathilda allein lassen. Die Zunft will keinen Kreuzer für Marias Begräbnis bezahlen.«

Johann schnappte nach Luft. Anna brauchte nicht so lange, sich zu fassen. »Aus welchem Grund zahlen die nicht?«

»Der Zunftmeister teilte mir unverfroren mit, dass Maria unter Anklage gestanden hätte und die Zunft daher nichts beisteuere.«

»Aber ihr Mann war lange Jahre Zunftmeister. Er hat die Zunft überhaupt erst aufgebaut. Wie kann es sein, dass sie ihn so im Stich lassen?«

»Er berief sich auf ein blödsinniges Gesetz der Zunft. Verbrecher kriegen nichts.«

Johann hieb empört seine Faust auf die Anrichte. »So reden die sich jetzt heraus. Schön zu wissen, wie viel man diesen Lumpen wert ist!«

»Kennt dieser Mann denn kein Mitleid?«, sagte Anna bitter. »Schon bei Rosalinds Begräbnis hat er sich angestellt wie das Schaf bei der Schur.«

*

Die Fliegen umsurrten die winzige Trauergemeinde, die aus Priester Michael, dem Küster, Anna, Elfriede, Johann und natürlich Rufus Bergen bestand. Niemand sonst hatte den Mut besessen, offen sein Beileid zu bekunden und sich zu den Geächteten zu stellen. Die Zunft war über den Zeitpunkt der Beerdigung in Kenntnis gesetzt und um ein gemeinsames Gebet für

Marias Seelenheil ersucht worden. Ob überhaupt jemand in der Zunft einen freundlichen Gedanken an die Tote gerichtet hatte, bezweifelte Johann. Rufus war erstaunlich gefasst. Er sprach ein Gebet, das er eigens für sein Weib verfasst hatte, und schwor, ihrem Andenken immer treu zu bleiben. Anna verkraftete die Beerdigung weitaus schlechter. Sie brach am Grab zusammen und rief abwechselnd nach Rosalind und Maria. Nun war Johann froh, keines der gehässigen Klatschmäuler anwesend zu wissen. Sie hatten gemeinsam beschlossen, keinen Leichenschmaus abzuhalten, sondern zu Ehren Marias im Pfarrgarten einen Baum zu pflanzen. ›Asche zu Asche, Staub zu Staub‹, dachte Johann bitter. ›So schnell wird ein Mensch zum Verbrecher.‹

Der Groll wuchs in Johann heran. Für wen hielten sich die Zünftler eigentlich? Einst waren sie alle eine große Familie gewesen, keiner hatte weggeschaut, wenn einer der ihren Not litt. Jetzt wurde fast nur noch weggesehen, geleugnet und gelogen. Es war wie eine Krankheit, die sich im Korpus der Zunft eingenistet hatte.

Die Woche nach Marias Beerdigung bescherte den Hanauern eine Hitze, wie sie sie lange nicht erlebt hatten. Einfachste Handgriffe wurden zur Qual. Die gütigen Dienstherren gaben ihrem Gesinde frei, die Handwerker packten zur Mittagsstunde ihre Werkzeuge zusammen. Die weniger Gütigen erließen ihrem Personal die schweren Arbeiten. Nur Rappolt war unerbittlich. Martin ächzte und verglich die Hitze mit dem Schmelzofen in der Werkstatt. Mehrmals am Tag suchten die beiden Gesellen die Pumpe im Hof des Tuchmachers auf, um kaltes Wasser über ihre Köpfe und Arme rinnen zu lassen. Nur Rappolt schien diese

Hitze nicht das Geringste auszumachen. Er saß in einem langärmeligen Hemd an seinem Schreibpult. Kaum dass er sich die Stirn mit seinem Tuch abtupfen musste. Erbarmungslos trieb er Johann und Martin an. Johann wusste es hinterher nicht zu sagen, wann der Punkt erreicht war, an dem ihm der Kragen platzte.

»Wie sollen wir schmieden, wenn uns das Gold durch die Finger rinnt, ohne dass wir es vorher in den Ofen tun müssen?«, giftete er und sah Rappolt dabei an.

»Umso besser, dann spart ihr euch einige Handgriffe und das Ziehen des Blasebalgs.«

»Wir sind Menschen und Atlas befindet sich ganz sicher nicht unter meinen Vorfahren«, sagte Johann und stellte demonstrativ den schweren Hammer, der zweihändig geführt werden musste, zur Seite. Von Martin kam zustimmendes Gebrummel.

»Sind wir uns neuerdings zu fein, um zu arbeiten?«, zischte Rappolt.

»Für wen tun wir es denn? Für die Zunft gar, die sich ihrer treuesten Mitglieder mit einem Mal nicht mehr erinnert? Die, wenn Not am Manne ist, nur untätig dasitzt und es nicht einmal mehr wagt, vor den Rat zu treten, so wie es früher Brauch war? Die Zunft ist ein zahnloser Hund geworden.«

»Schweig!«, schrie Rappolt. Es war das erste Mal, dass Johann ihn brüllen hörte. »Du verlässt augenblicklich die Werkstatt. Ich werde mir überlegen, welche Folgen dein unverschämtes Betragen nach sich zieht.«

Martin, der neben Johann stand, zog den Kopf ein und wandte sich ab. Kein zustimmendes Brummen kam mehr von seiner Seite. Johann legte das Poliertuch auf die Werkbank und schlich zur Tür. Dort drehte er sich noch einmal um, aber Rappolt würdigte ihn keines Blickes mehr.

Er hasste Rappolt nicht, obwohl er allen Grund dazu hatte. Vielmehr glaubte er zu wissen, dass selbst dem Zunftmeister die Hände gebunden waren. Auch Rappolt hatte einen Meister, selbstverständlich nur symbolischer Natur. Johann lächelte bitter, als er daran dachte, wie Anna die Lage beurteilen würde. Sie würde sagen, dass jeder einen Meister hatte, nämlich den Allmächtigen, und dass man sich nur vertrauensvoll in seine Obhut begeben und fleißig arbeiten müsse und alles würde gut werden. Ihm fehlte das Urvertrauen in das Gute und er beneidete Anna, dass sie es trotz Rosalinds Tod besaß und deshalb auch immer wieder auf die Füße kam. Wie sollte der Herrgott auch Gnade walten lassen mit einem wie ihm. Der verfluchte Jähzorn war schuld und dann war da noch diese andere Sache. Damals. Johann zweifelte indes, ob Rappolt Annas Ansicht teilte. Er schien so neutral, immer bemüht, Recht und Ordnung zu erhalten und zu schützen. Wie konnte es sein, dass Johanns und seine Interessen nicht ein und dieselben waren?

Ein Mann, der geradewegs auf ihn zuhielt, erregte sein Misstrauen. Da erkannte er, dass es Gotthilf war.

»Da kann ich dich ja lange suchen«, sagte Gotthilf atemlos und setzte sich neben Johann auf den Brunnenrand.

»In der Werkstatt brauchst du nicht mehr nachzusehen«, sagte Johann mit einem bitteren Lächeln.

»Ich hab's gemerkt, dass etwas im Busch ist. Der Meister hat seltsam dreingeschaut, als ich nach dir fragte. Hast du was Unrechtes getan?«

»Diesmal nicht«, sagte Johann. »Allerdings scheint

mir, dass man neuerdings bestraft wird, wenn man die Wahrheit spricht.«

»Genau genommen werden unbequeme Menschen schon immer bestraft. Schon der Heiland starb für die Wahrheit für uns am Kreuz.«

»Warum hast du mich gesucht?«, erstickte Johann die Predigt im Keim, die Gotthilf zweifelsohne hinterherschicken wollte.

Gotthilf bedachte ihn mit einem Seitenblick, der verschiedene Regungen ausdrückte. Keine davon wusste Johann zu deuten.

»Also?«, hakte er nach.

»Ich werde Hanau verlassen.«

Johanns Faust sauste auf den Brunnenrand und begann augenblicklich zu bluten.

»Du also auch!«

Gotthilf wich seinem Blick aus. »Es ist nicht so, wie du denkst«, murmelte er.

Johann zog beiläufig sein Schnupftuch aus der Tasche und wickelte es um die rechte Hand. Den Knoten zurrte er mit den Zähnen fest.

»Wie haben sie dich weich bekommen? Dich, das Bollwerk der Standhaftigkeit.«

»Schau, ich muss sehen, wo ich bleibe. In Genf stehen mir wesentlich mehr Möglichkeiten offen als in Hanau.«

»Genf! Und ich dachte schon, du gehörtest auch zu den Vögeln, die schon über mir kreisen in der Erwartung, meine Saat zu fressen.«

»Johann, so kenne ich dich nicht.«

»Wer hat dich nach Genf gelockt? Winterstein, Baumer oder war es von Angern selbst?«

Wutentbrannt riss er an Gotthilfs Wams. Blut, das durch das Tuch drang, verschmutzte den hellbraunen

Stoff. »Wo warst du bei Marias Beerdigung? Hast du mit den anderen in der Schenke gesessen und dir eins gelacht? Und so ein Sauhund wie du wollt' Priester werden. Pfui über dich!«

Mit einem Ruck gab er seinen einstigen Freund frei. Gotthilf senkte den Kopf.

»Es tut mir leid«, sagte er leise. »Ich dachte, du verstehst es.«

Als Johann das Haus betrat, kam Anna ihm lachend entgegen.

»Elfriede hat heute ihren ersten Fisch gefangen, wir waren angeln drunten am Main und ... Hannes, ist dir nicht wohl?«

Johann befreite sich aus ihren Armen.

»Ich brauch jetzt meine Ruh'.«

Er ging in seine Werkstatt und fegte das Werkzeug vom Tisch, dann riss er das Tuch vom Duplikat und musterte die Bronze wie einen Feind. Die Wut in ihm brodelte. Er nahm seinen Sitzschemel an einem Bein und schleuderte ihn mit aller Kraft an die Wand.

»Hannes?«, klang es leise von der Tür her. »Was ist dir denn?«

Johann drehte sich um und musterte seine Frau. Das Leben hatte sie gezeichnet, Falten lagen links und rechts neben ihrer Nase, die Mundwinkel hingen leicht nach unten. Die Augen lagen tief im Schädel.

›Ist es das wert?‹, wisperte eine dünne Stimme in ihm. ›Ist es das alles wert?‹

»Hannes, du machst mir Angst.«

Seine Frau stand immer noch da, flehend. Johann tat sich mit einem Mal entsetzlich leid. Er vergrub sein Gesicht in Annas Halskuhle. Geduldig stand sie da, fragte nichts und sagte auch sonst kein Wort. Als Johann glaubte, an seinen eigenen Tränen ersticken zu müssen, löste er sich von ihr.

»Anna, uns muss etwas einfallen.«

»Meinst du, weil unsere Bürgermeister plötzlich die Handpuppen dieser Verbrecher sind? Ich hab's heute auch in der Stadt gehört. Der Rat ist verloren. Allesamt sind sie mit Geld gefügig gemacht worden und unfähig, Entscheidungen zu treffen.«

Johann schüttelte den Kopf. »Das meine ich nicht.« Er berichtete Anna alles, was sich an diesem Tag zugetragen hatte. Es dauerte eine Weile, da er immerzu neu ansetzen, ein Detail ergänzen oder sich schnäuzen musste. Er fragte sich, ob Anna seine verworrene Erzählung verstand. Anscheinend tat sie das, denn sie nickte hier und da und zog ein immer längeres Gesicht. Nachdem Johann geendet hatte, seufzte sie.

»Das ist schlimm, Hannes, sehr schlimm. Unsere Freunde werden immer weniger. Priester Michael und Bergen sind die Einzigen, die uns geblieben sind.«

»Ich weiß, aber glaub mir, ich konnte heute nicht anders. Geschunden hat er uns wie Vieh, der Rappolt.«

»Das sollte kein Vorwurf sein. So kann's doch aber nicht weitergehen. Das haben wir nicht verdient. Und wenn du mit der Tür ins Haus fällst?«, sagte Anna.

»Du schaust ganz so, als hättest du einen Plan.«

»Nun ja, ganz wie man's nimmt. Wie wär's, wenn du diesem von Angern einen Besuch abstattest und herausfindest, was er dazu zu sagen hat? Ich meine, vielleicht weiß er gar nicht, was seine beiden Herren treiben?«

»Das glaube ich nicht. Aber einen Versuch ist es wert. Ich sag's nicht gern, aber zu verlieren haben wir bald nichts mehr.«

»Sei aber artig zu ihm und trink vorher kein Bier.«

Johann gab sich zuversichtlicher, als er in Wirklichkeit war. Das Gefühl, dass ihm alles wie Wachs unter den Händen zerschmolz, an seinen Fingern klebte, aber nicht greifbar war, trieb ihn allmählich in ohnmächtige Wut. Genau die galt es jedoch zu zügeln. Von Angern würde sich nicht auf ein Gespräch einlassen, wenn Johann wie ein zorniger Bauer vor ihm stünde.

Das Schicksal war Johann hold. Anna, die bei der Nachbarin gewesen war, um sich etwas Mehl zu borgen, kehrte mit Franziskus Korn zurück.

»Das ist ja eine Überraschung«, sagte Johann ehrlich erfreut und schüttelte dem Kurier herzlich die Hand.

»Ja, ich musste wieder einmal etwas abliefern. Wo ich Euch gerade sehe: Meine Herzensdame war angetan vom Brautschmuck. Sie hat Ja gesagt und ihre Eltern scheinen auch zufrieden. Voller Stolz trägt sie das Geschmeide, das Ihr geschmiedet habt.«

»Das freut mich sehr. Herzlichen Glückwunsch. Wenn diese Nachricht keinen guten Becher wert ist.«

Er gab Anna einen Wink, die sich sofort daran machte, einen Krug mit Wein zu füllen.

»Und sonst laufen die Geschäfte gut?«, lenkte Johann das Thema auf seine Angelegenheit.

Das Körnchen verzog den Mund und suchte scheinbar nach Worten.

»Nun«, begann er vorsichtig. »Es gibt viel zu tun. Das Doppelte an Depeschen muss ich befördern. Es tut sich was im Lande.«

Anna setzte sich neugierig mit an den Tisch.

»Für wen müsst Ihr denn so viel arbeiten?«, fragte sie in ihrem Plauderton, der Johann verriet, wie angespannt sie war.

»Fürs Grafenhaus natürlich. Die Bezahlung ist gleich geblieben, aber die Nachrichten türmen sich. Ich sehe mein Liebchen kaum noch, bin ständig zwischen den Kurierhäusern unterwegs. Die Zeiten sind unsicher geworden. Immer häufiger werden Nachrichtenüberbringer von Räubern angegriffen. Alles gerät immer mehr aus den Fugen und aus den Spalten quillt die Scheiße heraus.« Er rieb sich heftig über die Augen, als könne er die Schrecken mit dieser Geste verjagen.

Johann ließ ihm etwas Ruhe, dann merkte er an: »Es wird der Krieg sein, der den Strom der Botschaften nicht abreißen lässt. Oder?«

»Ich denke, die persönliche Fehde zwischen dem jungen Grafen Philipp Moritz und Katharina Belgica trägt die Schuld.«

»Das ist ja spannend«, sagte Anna und lehnte sich mit funkelndem Blick vor.

»Es ist bekannt, dass sich die beiden nicht grün sind«, bemerkte das Körnchen und wischte sich über den Mund.

»Ich wusste das nicht«, sagte Johann.

»Und ich bekomme leider mehr mit, als ich möchte. Oft muss ich warten, bis die Dame die Dokumente gezeichnet hat, und die Dienerschaft tratscht und hört erst auf, wenn sich die Tür öffnet. Wie dem auch sei. Der kleine Graf, so wird er von allen genannt, lehnt sich aus der Ferne gegen die gute Katharina auf.«

*

Johann hatte ein mulmiges Gefühl in der Magengrube. Die holperige Fahrt der Kutsche trug nicht dazu bei, sein Gedärm zu beruhigen. Er hatte Glück gehabt, der

Kutscher fuhr nur ihn, weil der andere Reisende abgesagt hatte. Unangenehme Erinnerungen an den letzten Besuch in von Angerns Residenz quälten Johann. Seine Gedanken schweiften zu Rappolt und der Werkstatt ab. Drei Tage war er schon nicht zur Arbeit erschienen. Die Zunft hatte ihn weder zurück an den Ofen gerufen, noch eine Nachricht zukommen lassen. Vom Körnchen hatte er erfahren, dass von Angern derzeit auf seinem Anwesen weilte, das er ein paar Tage zuvor Winterstein und Baumer für das opulente Fest überlassen hatte. Seine Abreise war erst im folgenden Monat geplant.

Dieses Mal erreichte er den Prunkbau bei vollem Tageslicht. Feindselig starrten ihm die polierten Fenster entgegen. In der Sonne wirkten sie schwarz.

Johann verabredete mit dem Kutscher, dass dieser ihn am Abend wieder abholen sollte. Dem Kutscher war das recht. Er wendete und bald standen Johann und der Wachsoldat alleine vor dem Tor. Der Wachmann hatte aufmerksam das Gespräch verfolgt und musterte Johann jetzt misstrauisch.

Johann verbeugte sich. »Gott zum Gruße. Mein Name ist Johann Sperling. Ich bin Gold- und Silberschmied aus Hanau und hätte gerne mit Ferdinand von Angern gesprochen.«

Der Soldat musterte ihn erneut vom verschwitzten Scheitel bis zu den abgelaufenen Sohlen seiner Stiefel und rümpfte die Nase. Johann hielt die Luft an.

»Seid Ihr angemeldet?«

Wie ein Dolch fuhr die Frage in Johanns Magen.

»Nein. Aber es ist wichtig. Ich muss ihn sprechen.«

Mit einer knappen Geste befahl der Wachmann Johann, ihm zu folgen. Drei Schritte hinter dem Tor musste Johann stehen bleiben und warten, bis der Soldat mit wichtiger Miene das Portal abgeschlossen hatte. Den Schlüssel verstaute er gewissenhaft unter seinem Hemd. Dann schritt er an Johann vorbei und winkte ihn, ohne sich umzudrehen, hinter sich her.

Es schien Johann, als nehme der Weg kein Ende, und dennoch standen sie viel zu früh am Hauptportal, wo Johann wieder warten musste. All die salbungsvollen Worte, die er sich auf der Fahrt zurechtgelegt hatte, waren fort.

Ein Hausdiener erschien und nahm Johann in Empfang. Auch er schien Vergleiche zwischen seiner sauberen Kleidung und Johanns fadenscheinigen Gewändern anzustellen. Schweigend brachte er Johann in einen Salon.

Wahllos verstreut standen kleine Tischchen im Raum. Die Sonne ließ üppige Kristallkaraffen aufblitzen, die auf silbernen Tabletts standen, und bestrahlte Gemälde in kostbaren, mit Blattgold verzierten Rahmen.

›Eine ganze Familie könnte in diesem Raum Platz finden‹, dachte Johann.

Er schlenderte zu einer Vitrine, in der Jagdpokale ausgestellt waren, silberne Prunkbecher mit Gravuren, die Zeugnis davon ablegten, dass von Angern hervorragend mit Pfeil und Bogen umzugehen wusste.

›Daher seine Vorliebe für Pokale‹, ging es Johann durch den Kopf. ›Aber die Jagd in Hanau werde ich ihm vergällen.‹

Zu gerne hätte er die gläserne Tür geöffnet und nachgesehen, welcher Schmied die Gefäße hergestellt hatte. Doch das wagte er nicht. Er wandte sich ab und ging zu der großzügigen Fensterfront gegenüber der Vitrine. Johann hatte einen wunderbaren Blick in den Park. Dort sah er zwei spielende Mädchen. Ein Kind mochte etwa in Elfriedes Alter sein, das andere war vielleicht zwei Jahre jünger. Sie hüpften über Steine, die als Wegmarkierungen die Pfade säumten. Eine Zofe kam herbei geeilt und schien die beiden Rangen zu schelten. Die Mädchen senkten die Köpfe und gingen sittsam den Pfad entlang, bis sie Johanns Blicken entschwanden. Die Zofe folgte ihnen.

›Von Angern hat Kinder?‹, fragte sich Johann.

»Ein herrlicher Tag, nicht wahr?«, dröhnte eine Stimme in Johanns Rücken.

Johann fuhr herum. Mit einem Mal erinnerte er sich an die Worte des Kerkerhäftlings Albrecht. ›Er trug eine große goldene Brosche am Kragen. Mit Mustern und einem Kranz aus schwarzen kleinen Perlen. Wenn ich's nicht besser wüsste, würde ich sagen, die Muster waren Vögel.‹

Johann ballte seine Hände zu Fäusten, versuchte den Blick von dem Schmuckstück zu lösen, das den Kragen dieses Mannes zierte. Es gelang ihm nur, weil der Adlige sich in Bewegung setzte und auf Johann zulief.

Von Angerns Gesicht war rund und er trug ein stattliches Doppelkinn zur Schau. Trotzdem ließ sein Antlitz die Weichheit vermissen, welche dicke Menschen häufig ausstrahlten. Es mochte an der Art liegen, wie er ging. Keineswegs unbeholfen, wie man aufgrund seiner Statur hätte denken mögen, jeder Zoll dieses Mannes drückte Selbstbewusstsein, ja, Strenge aus.

In diesem Moment wurde Johann bewusst, was Albrecht damit gemeint hatte, als er gesagt hatte, dieser Mann sei als Hexer verrufen. Die Erscheinung strahlte Gefahr aus, obgleich sie weder Dolch noch Degen trug.

»Mir scheint, da hat jemand seine Zunge verschluckt. Schade, mir stünde der Sinn nach einem guten Gespräch.«

Von Angern schlenderte zu einem Tischchen und nahm eine Karaffe zur Hand. Er schenkte sich ein bauchiges Glas mit einer bernsteinfarbenen Flüssigkeit zur Hälfte voll.

»Verzeiht, ich wollte Euch nicht stören«, stammelte Johann.

»Das hast du bereits. Und ich wäre erfreut, den Grund für deinen Überfall zu erfahren.«

Er hat tatsächlich »Überfall« gesagt, ging es Johann durch den Kopf. Als ob sich so einer überfallen ließe.

»Mein Name ist Johann Sperling. Ich komme aus Hanau.«

Er machte eine Pause und achtete auf von Angerns Mienenspiel. Der Adlige zupfte sich eine graue Locke von der verschwitzten Wange und seine Augen wurden eine Wenigkeit heller. Johann fiel auf, dass der Mann Reitkleidung trug und den Geruch nach Pferd verströmte. »Was treibt dich so fern der Heimat auf mein Grundstück?«

»Ich arbeite mit Meister Rappolt am Ratspokal.«

Von Angern griff nach einem zweiten Glas. Allerdings füllte er es nur einen Fingerbreit voll und reichte es mit einem Lächeln an Johann weiter.

»Setz dich.«

Johann nahm auf einer gepolsterten Bank Platz, leerte in einem Zug das Glas und stellte es auf dem Tisch vor sich ab. Dann rieb er sich die verschwitzten Hände an der Hose trocken. Von Angern zog sich ebenfalls eine kleine Bank heran. Die geschnitzten Beine ächzten, als er sich auf das Polster fallen ließ.

»Wie geht es denn mit dem Prunkstück voran? Ich hoffe, es gibt keine Schwierigkeiten und Meister Rappolt schickt dich vor, um mir schlechte Nachrichten zu überbringen.«

»Nein. So ist es nicht«, wehrte Johann schnell ab.

»Das lobe ich mir. Benötigt ihr mehr Geld? Fehlt es an Irgendetwas?«

Johann spürte, wie sich der köstliche Schnaps warm in seinem Magen verteilte und seine Gliedmaßen wohlig schwer wurden.

»Alles läuft prächtig. Wir haben alles, was wir brauchen.«

›Er weiß nicht, dass Rappolt mich nicht mehr arbeiten lässt. Das heißt, er hat seit mindestens drei Tagen keine Nachrichten mehr aus Hanau erhalten. Ich muss dieses Wissen für mich nutzen.‹

»Das freut mich. Du bist Geselle, oder? Dann wirst du gewiss die Meisterprüfung anstreben. Wann ist es denn soweit? Vielleicht kann ich etwas für dich tun, scheinst mir ja ein fähiges Kerlchen zu sein.«

›Als Kerlchen hat mich schon lange niemand mehr bezeichnet. Wie dreist! Von Angern nutzt seinen Stand aus, um Frechheiten zu verteilen. Und dieser mitleidige Blick, den er mir zuwirft.‹

Johann versuchte, freundlich zu bleiben.

»Das weiß ich noch nicht. Die Prüfung ist sehr teuer.«

Von Angern schenkte Johann nach. Dieses Mal geizte er nicht. Wieder trank Johann das Glas leer, allen Warnungen Annas zum Trotz. Auch die nächste Füllung verschwand in Johanns Schlund.

»Was hältst du von deinem Meister?«

»Er ist schnell.«

Wieder tranken die Männer. Der Adlige lachte schallend über Johanns Antwort, dann wurde er schlagartig ernst.

»Was führt dich her, Johann Sperling?«

»Die Gerechtigkeit«.

Das Wort hing im Raum und erging sich als Echo in Johanns Kopf. Verfluchtes Gesöff!

»Ich bitte um Gerechtigkeit. Ihr habt die Macht dazu. Ihr könnt dafür sorgen, dass es aufhört.«

Von Angern lehnte sich vor, stützte die Hände auf die Oberschenkel und sagte: »Was redest du für wirres Zeug, bist du betrunken?«

Johann gab ein Geräusch von sich, das sowohl Bestätigung als auch Verneinung ausdrücken konnte. Der Nebel der Benommenheit wurde immer dicker. ›Was hat der mir zu trinken gegeben?‹

»Jetzt reiß dich am Riemen und sprich deutlich«, befahl von Angern.

›Sperling, kneif nicht den Schwanz ein. Er sitzt vor dir. Rede, und rede verdammt noch mal jetzt.‹

»Der Rat in Hanau ist bestochen. Die Zunft ist vergiftet. Nichts ist mehr wie früher. Man kann nichts mehr glauben, was einem erzählt wird.«

Von Angern stutzte. Dann kniff er die hellen Augen in einer Art und Weise zusammen, die Johann ängstigte.

»Sieh einer an. Ein Goldschmiedegeselle, der sich anmaßt, sich in der Politik auszukennen, und der meint, die Ratsgeschäfte besser führen zu können als der Rat selbst.«

»Das ist nicht wahr«, schrie Johann und sprang auf. Der Zorn wischte die Angst beiseite. »Die Leute sind unzufrieden. Und ich weiß, was Ihr plant. Ich habe die Zeichnungen für den Pokal mit eigenen Augen gesehen. Drei Vögel. Die Krone. Ihr sperrt grundlos Menschen ein. Das haben die Leute nicht verdient.«

Von Angern stand langsam auf, trat das Sitzbänkchen roh zur Seite und stampfte auf Johann zu. Als er so nah vor ihm stand, dass nicht einmal ein dünnes

Büchlein zwischen die beiden gepasst hätte, wurde Johann bewusst, dass ihn der Rausch dieses Mal möglicherweise das Leben kostete.

»Verlasse sofort mein Grundstück. Sehe ich dich noch auf dem Weg, wenn ich mein Glas leer getrunken habe, lasse ich dich öffentlich auspeitschen und anschließend zwei Tage an den Pranger stellen. Auf dem Hanauer Markt. Gleich morgen Früh. Und glaube mir, bevor das Spektakel losgeht, werde ich meine Ausrufer durch die Stadt schicken, damit viele Zuschauer kommen. Du verdankst dein Leben deiner Fingerfertigkeit.«

Von Angern setzte sein Glas an die Lippen.

Johann starrte ihn einen Herzschlag benommen an, dann rannte er aus dem Salon, stieß gegen die Wand und benötigte drei Anläufe, um die Tür zu öffnen. Er eilte weiter, vorbei an verdutzt aussehenden Dienern, und hämmerte wie besessen an das Eingangsportal. »Lasst mich sofort raus!«

Ein Bediensteter erbarmte sich und entließ Johann in die Freiheit.

*

Zwei Wochen später schlief Johann das erste Mal seit dem Zwischenfall auf von Angerns Residenz mehr als eine Stunde am Stück. In der Küche stand er Anna im Weg herum, so dass sie ihn nach einiger Zeit aus dem Haus scheuchte. Johann beschloss, einen kleinen Spaziergang zu machen, und genoss die kühle Luft des Frühherbstes. Er bemerkte zu spät, dass ihn seine Füße in alter Gewohnheit zum Zunfthaus getragen hatten. Die Salzgasse war von einer Menschenansammlung in feinen Gewändern bevölkert. Johann grübelte, kam aber zu keinem Schluss. Hatte Rappolt abgedankt? Er hielt einen Jungen auf, der stehen geblieben war, um den Kragen seines Hemdes, der sich widerspenstig gegen sein Kinn reckte, notdürftig mit den Fingern zu glätten.

»Weißt du, was im Zunfthaus vor sich geht?«, sprach Johann ihn an.

Der Junge sah zu ihm auf, dann ging sein Blick zur Menschenmenge hinüber.

»Die Meisterprüfungen finden heut' statt. Zwei Gesellen sind's, die geprüft werden.«

»Kennst du ihre Namen?«

»Jeder kennt sie. Der Otto Wijk und der Martin Gehlen. Ich bin der Neffe vom Otto und muss mich sputen, weil meine Mutter schon auf mich wartet.«

Damit ließ der Junge Johann stehen und rannte auf die Gruppe der Wartenden zu. Das Klopfen seiner Holzpantinen auf den Pflastersteinen hallte überlaut in Johanns Ohren. Ihm war, als bewege er sich gegen einen trägen Strom an, während sich alle anderen im Fahrwasser bewegten. Martin hatte Meisterprüfung. Dieser unfähige Kerl. Und Johann war sicher, dass Martin sie auch noch bestehen würde. Und das Schlimmste war, er selbst hatte diesen Kuckuck, der sich im Nest seiner Werkstatt breitgemacht hatte, auch noch genährt. Kurz überlegte Johann, nach Hause zu gehen. Dann besann er sich anders. Nach der Niederlage bei von Angern hatte er sich geschworen, nie wieder unbesonnen zu handeln. Er atmete mehrmals tief ein und aus, dann senkte er den Kopf und trat auf die Menschenmenge zu. Schon von weitem erkannte er Martins Sippschaft, die eigens aus Seligenstadt angereist war.

Er stellte sich zu der aufgeregt schwatzenden Menge und war mit einem Mal dankbar für das Geplapper. Niemand scherte sich um ihn. Alle sahen zur Eingangstür der Zunft. Eine Blumengirlande prangte über dem Türbogen und ein Lehrbub hielt Wache, dass niemand das Zunfthaus betrat und die Prüfung störte. Aus den Gesprächen ringsum entnahm er, dass die beiden Meisteranwärter schon früh am Morgen vor die Kommission getreten waren. In Kürze müssten die Ergebnisse feststehen.

Johann wusste nicht, wie viel Zeit verstrichen war. Er fühlte sich elend, denn er hätte im Zunfthaus vor die Prüfer treten müssen anstatt unerkannt in der Menge auf dem Vorplatz herumzulungern. Bilder erschienen vor seinem inneren Auge. Rappolt und Martin, die sich einträchtig über Martins Meisterstück beugten, als sei es ein Säugling. Rappolt, der in väterlicher Geste die Hand auf Martins Schulter legte und mit Tränen in den Augen sagte: »So ein wunderbares Meisterstück habe ich noch nie zuvor gesehen.«

Als Martin schließlich die Zunftmeisternachfolge antrat, öffnete sich die Tür und wischte Johanns Schreckensbilder beiseite.

Zuerst trat Otto Wijk aus dem Haus und blieb, gut sichtbar für alle, auf der Treppe stehen. Seinen Meisterbrief hielt er in die Höhe. Das Siegelwachs glänzte noch feucht. Die Menge auf dem Vorplatz klatschte und jubelte dem frischgebackenen Meister zu. Dann trat Otto einen Schritt beiseite und machte Platz für Martin, der nicht minder stolz ebenfalls seinen Meisterbrief zeigte. Die Urkunde, auf der eigentlich Johanns Name hätte stehen sollen. Obgleich Johann sich auf diesen Moment vorbereitet hatte, traf ihn der Anblick des glücklichen Kontrahenten wie ein Hammerschlag. Johann tauchte in der Menge unter, fehlte noch, dass sich Martin öffentlich über ihn lustig machte, wenn er ihn erspähte. Er ging zielstrebig, keinen Blick warf er auf den Ort zurück, der ihm im Laufe der vergangenen Jahre ein zweites Zuhause geworden war. Er schlug den Weg zur Werkstatt ein. Alles war verschlossen. Johann zog seinen Schlüssel aus der Jackentasche und steckte ihn ins Schloss. Er verschwand nicht einmal zur Hälfte im Schlüsselloch. Johann beugte sich ein Stück nach vorne und sah, dass das Schloss neu war.

›Sie haben nicht gewagt, den Schlüssel von mir einzufordern, sondern einfach das Schloss ausgewechselt‹, dachte er.

Johann wollte seinen Schlüssel wieder einstecken, dann ließ er ihn einfach vor der Tür fallen. Sollte Rappolt doch denken, was er wollte. Ihm war jetzt nach einem Schluck Schnaps zumute und den wollte er gemeinsam mit Rufus Bergen trinken.

»Was wollt Ihr?«, rief Rufus hinter der geschlossenen Tür, nachdem Johann geklopft hatte.

»Ich bin es, der Johann. Mach auf.«

»Wer?«

»Mir ist nicht nach Scherzen zumute. Heute fanden die Meisterprüfungen statt und ich war nicht eingeladen. Aber ehe ich die ganze Geschichte hier durchs Treppenhaus brüllen muss, lässt du mich besser herein.«

Ein knirschendes Geräusch war zu hören, dann wurde die Tür so heftig aufgerissen, dass Johann erschrak und einen Schritt nach hinten taumelte.

Rufus' Blick erfasste Johann, dann spähte er an ihm vorbei. Hastig zog er Johann in die Wohnung und verschloss die Tür. Johann fiel auf, dass der innere Sperrriegel neu war und zudem schief saß. Rufus zerrte eine geraume Weile daran herum. Johann war nicht sicher, ob er ihn jemals auf normalem Wege wieder würde öffnen können, ohne ihn zu zerbrechen.

»Was soll das?«

»Zur Sicherheit. Man stellt mir nach, verfolgt mich.«

In Johanns Nase stahl sich ein penetranter Fäulnisgeruch.

»Beruhige dich«, sagte er und dann: »Was stinkt denn hier so?«

»Der Beweis!«

»Rufus, da verwest etwas in deiner Wohnung.«

Der ehemalige Zunftmeister nickte eifrig und flüsterte: »Küche«. Johann stieg über Kleidung, Schuhe und zerbrochenes Porzellan hinweg. Der Gestank wurde so schlimm, dass er würgen musste. Ein kurzer Blick genügte, dass er es auch tat. Auf dem Küchentisch lag ein Balg aus Fleisch, Haaren und Fliegen. Flüssigkeit war den Tisch heruntergetropft und bildete eine Lache auf den Fliesen. Johann gewann Abstand. Es dauerte eine Weile, bis er sich gefasst hatte. Dann wandte er sich an Rufus, der noch immer im Durchgang zur Küche stand und fasziniert auf das Aas blickte.

»Rufus, komm, wir gehen in eine Wirtschaft. Das ist ja nicht auszuhalten.«

Kurzerhand packte er seinen ehemaligen Meister am Ärmel und zerrte ihn zur Wohnungstür. Widerwillig nestelte Rufus den Sperrriegel auf.

Sie saßen endlich am Tisch, nachdem sich Rufus mehrmals im ›Ochsen‹ umgesehen und sogar vor die Tür gegangen und auf die Straße gespäht hatte.

»Du zuerst«, befahl Johann, den der unstete Blick von Bergen beunruhigte.

»Vor drei Tagen legten sie mir diesen halben Ziegenbock vor die Tür.«

»Und wer steckt dahinter?«

»Ich kann's nur vermuten. Ich habe erfahren, dass du dich mit Rappolt gezankt hast. Und dann habe ich ein gutes Wort für dich bei der Zunft einlegen wollen.«

»Ich fürchte, ein gutes Wort tut's nicht mehr. Aber was hat das mit dem toten Tier zu tun?«

»Nun«, druckste Bergen und fuhr mit den Fingern unruhig über die Tischplatte. Seinen Krug rührte er nicht an, lediglich einen misstrauischen Blick hatte er hineingeworfen. Er sah Johann traurig an. »Ich habe Rappolt kräftig in den Arsch getreten. Natürlich nicht wirklich. Aber ich habe ihm gesagt, was ich von seiner Art halte, wie er die Zunft führt. Und als ich mittendrin war, ihm die Leviten zu lesen, kam dieser ekelhafte Emporkömmling zur Tür herein und drohte mir. Du kennst mich, ich habe mir das nicht bieten lassen. Und am nächsten Tag lag das Viech vor der Tür. Und ich werde verfolgt. Steinchen werden an mein Fenster geworfen. Jede Nacht. Ich finde kaum noch Schlaf.«

»Ich war bei von Angern. Dem Dritten im teuflischen Bunde. Leider war ich betrunken und konnte meine Zunge nicht mehr hüten. Er jagte mich davon, drohte mir, mich öffentlich auspeitschen zu lassen. Ich habe es drauf ankommen lassen und war weder arbeiten noch im Zunfthaus. Aber bei der Werkstatt war ich, gerade eben. Ein neues Schloss ist in der Tür.«

»Aber Junge, so geht's doch nicht. Was ist mit deinem Geld? Du hast eine Familie zu ernähren.«

»Die Meisterprüfungen fanden ohne mich statt. Martin Gehlen wurde heute die Würde anerkannt. Nicht einmal eine Einladung habe ich von der Zunft erhalten, am Umtrunk teilzunehmen.«

Bergen griff nach Johanns Hand und drückte sie.

»Wir beide haben fast alles verloren, was uns lieb und teuer ist. Pass auf deine Anna und Elfriede auf. Nicht, dass diese schlechten Menschen auch noch Hand an die beiden legen.«

Johann nickte heftig. »Das werde ich.«

»Damit ist aber das Geldproblem lange nicht gelöst. Wie stellst du dir das weiter vor?«

»Ich habe zwar darüber nachgedacht, bin aber zu keinem Schluss gekommen. Anna ist nicht wütend. Sie ist zutiefst enttäuscht, was alles noch schlimmer macht. Am liebsten würde ich fortziehen aus dieser verteufelten Stadt.«

»Selbstmitleid hilft dir nicht weiter. Falls die Zunft dich aus dem Buch streicht, wirst du eine andere Arbeit annehmen müssen, und in der freien Zeit werden wir beide gemeinsam ein Duplikat des Ratspokals anfertigen.«

»Das habe ich bereits getan.«

»Aus Bronze, Junge. Das fällt einem Blinden ins Auge. Aus Silber muss es sein.«

»Warum nicht gleich aus Gold?«

»Weil das ebenfalls auffallen würde!«

Am nächsten Morgen traf eine Vorladung ins Zunfthaus ein. Johann las die knappen Zeilen.

Der Bote sagte: »Ich soll die Antwort gleich mitnehmen.«

»Sag ihnen, ich werde kommen.«

Der Bote machte eine nachlässige Verbeugung und eilte davon.

»Was war das?«, fragte Anna, die einen Wassereimer

im Hof gefüllt hatte und gerade noch den Boten verschwinden sah.

»Das wird die Rache der Zunft auf meinen Besuch bei diesem adligen Gecken sein.«

Anna sparte sich jedes weitere Wort. Sorgenfalten furchten ihre Stirn.

Johann ging zur Truhe im Schlafzimmer und zog sich dem Anlass entsprechend an. Er wollte keinen Fehler mehr begehen, und obwohl ihm nach einem großen Schluck Selbstgebrannten war, schob er sein Verlangen beiseite.

Keine Stunde später stand er vor dem Zunfthaus und pochte wie ein Besucher ans Portal. Das Haus war ruhig, kaum jemand war da. Einer der Lehrlinge öffnete. Sein Blick war verschleiert. Johann vermutete, dass er zu viel von Martins Bier gekostet hatte, das wohl fassweise ausgeschenkt worden war. Wenn es um seinen Vorteil ging, ließ Gehlen sich nicht lumpen.

Grau im Gesicht war auch Rappolt, der Johann bereits erwartete. Um ihn noch mehr zu demütigen, hatte der Zunftmeister ihn nicht in sein Arbeitszimmer bestellt, sondern in den Versammlungsraum. Auf den Bänken lümmelten einige Lehrlinge, die ihre mitgebrachten Brote dort verspeisten und sich von den Meisterfeiern erholten. Neugierig reckten sie die Hälse, als sie Johann erblickten. Rappolt schickte sie nicht fort.

»Schön, dass du es einrichten konntest, hier zu erscheinen, Sperling.«

Johann verkniff sich eine Bemerkung. Er nickte Rappolt zu.

»Ich erhielt vor einigen Tagen einen Brief von einem einflussreichen Mann, in dessen Residenz du dich wie ein toller Esel benommen hast.«

Johann schwieg und hoffte, dass niemand den Schweiß bemerkte, der sein Hemd unter den Achseln tränkte. Er presste die Arme an den Körper.

»Ich habe eine Weile überlegt, wie ich dieses Fehlverhalten bestrafen kann. Allerdings bin ich zu keinem Schluss gekommen, denn im Grunde hast du dich durch deine eigene Dummheit genug gestraft. Du siehst gewiss ein, dass ich dich unter diesen Umständen nicht zur Meisterprüfung laden konnte.«

»Aber Martin ...«

»Martin ist ein strebsamer Mann, der noch nie gegen ein Gebot der Zunft verstoßen hat.«

»Ihr wisst, dass er im Grunde die Meisterwürde nicht verdient. Er arbeitet schlampig und hat viele Wissenslücken.«

»Es geht hier nicht um Martin, und an der Art, wie du meine Entscheidungen anzweifelst, sehe ich, dass es dir an Reife fehlt. Gut, ich mache es kurz. Ich werde dich aus dem Zunftbuch austragen. Martin wird den Ratspokal für dich übernehmen. Du wirst alle Gegenstände, die sich noch in deinem Besitz befinden und der Zunft gehören, zurückgeben. Deinen Schlüssel für die Werkstatt habe ich bereits gefunden. Wenn du möchtest, kannst du ihn als Andenken behalten.«

Johann schnaubte. Die Lehrlinge kicherten hinter vorgehaltenen Händen und dachten nicht daran, ihre Pause zu beenden.

»Das wird nicht notwendig sein«, gab Johann so würdevoll wie möglich zurück.

»Per sofort bist du kein Gold- und Silberschmiedegeselle mehr. Zumindest nicht in Hanau. Es steht dir frei, in eine andere Stadt zu ziehen. Allerdings sollte es eine sehr schwer zugängliche sein, denn Herr von Angern war so frei, diverse Schreiben aufzusetzen, die jedem Meister im Umkreis von einer Beschäftigung deinerseits abraten.«

»Da muss ich wohl einen Nerv bei dem werten Herrn getroffen haben«, zischte Johann.

Er wandte sich um, ohne sich von Rappolt zu verabschieden, und verließ das Zunfthaus.

*

Gefasst ging er nach Hause und erstattete Anna Bericht. Das erste Mal, seit die Probleme begonnen hatten, verharmloste er nichts, sondern gab das Gespräch wieder, wie es tatsächlich stattgefunden hatte.

Anna sah ihn erstaunt an. »So sprechfreudig kenne ich dich gar nicht. Musst dich doch sonst immer zu allem durchringen.«

Am Sonntag nach dem Kirchgang hielt der Priester Anna und Johann zurück. »Ich muss dringend mit Euch sprechen.«

»Leider habe ich es eilig. Ich möchte zu Rufus Bergen und nach ihm sehen«, wandte Johann ein.

»Das trifft sich gut. Würdet Ihr ihn mitbringen?«

Johann wollte die Bitte des Kirchenmannes schon ausschlagen, aber der besorgte Gesichtsausdruck von Priester Michael hielt ihn davon ab.

Glücklicherweise hatte Rufus das verweste Tier von seinem Küchentisch entfernt und die Wohnung sauber gemacht. Dennoch wirkte er abwesend, sprach ab und an in die Luft und schleppte sich mehr, als dass er ging.

»Der Priester würde uns gern sehen. Warum warst du nicht in der Kirche?«

»Weil ich nicht mehr dran glaube.«

»An die Kirche?«

»An Gott.«

»Kommst du trotzdem mit?«

»Ich habe nicht gesagt, dass ich Priester Michael nicht glaube.«

Johann passte sich Rufus' Geschwindigkeit an und schlenderte neben ihm her. Stützen lassen wollte sich sein ehemaliger Meister nicht.

»Der Pokal, den du angefangen hast, wird nichts«, sagte Rufus unvermittelt.

»Wie?«

»Er ist schlecht. Du musst einen Neuen machen. Aus Silber.«

Johann seufzte.

»Das meine ich ernst. Mit dem Ding, das du da zusammengepfuscht hast, kannst du keinen Staat machen.«

»Mein Gott, es war doch nur der Entwurf.«

»Auch der muss stimmen, Johann«, sagte Rufus streng. Als er Johanns verschlossene Miene sah, wurde seine Stimme milder. »Ich helfe dir doch auch. Es ist noch kein Meister vom Himmel gefallen.«

Priester Michael stand mit Anna vor dem Pfarrhaus und spielte nervös mit dem Gebetsbuch.

»Ist euch jemand gefolgt?«

»Ich habe, ehrlich gesagt, nicht darauf geachtet. Wenn Ihr mir vorher gesagt hättet, dass Anlass zur Sorge besteht, hätte ich mich gewiss umgesehen«, sagte Johann.

Auch Rufus zuckte nur mit den Schultern.

»Wir sollten reingehen«, sagte Anna. Sie hatte die Straße im Auge behalten.

Johann und Rufus warfen sich einen langen Blick zu, als der Priester sogar seine Haushälterin fortschickte und die Gäste selbst bediente. Die Frau war so verdattert, dass ihre Ruppigkeit fassungslosem Schweigen Platz machte.

»Anna, ich hätte gerne auf eine Hiobsbotschaft verzichtet, da ich weiß, dass Euer Herz vor anderen Sorgen schon überquillt, aber ich muss es Euch sagen.«

»Achtet nicht auf mich, sprecht frei heraus«, sagte Anna tapfer.

»Euch, Johann, sieht man als Gefahr für die Stadt an. Man will Euch das Bürgerrecht entziehen. Den Anfang machte Rappolt vor einigen Tagen, indem er Euren Namen aus dem Zunftbuch gestrichen hat. Nun folgt der Rat nach.«

Anna schrie auf, Rufus schüttelte ungläubig den Kopf. Johann saß still auf seinem Stuhl und sah dem Priester ruhig in die Augen.

»Ihr habt einen mächtigen Feind, der vor nichts zurückschreckt. Es ist der Bürgermeister«, fuhr der Kirchenmann fort.

»Der ist es nicht, so wahr ich hier sitze. Der wird nur vorgeschoben«, verteidigte sich Johann.

»Was sollen wir tun? Ich möchte nicht von hier weg«, jammerte Anna. »Für einen Neuanfang sind wir zu alt, Johann Sperling.«

Rufus kratzte sich am Kinn, dann sah er Priester Michael aus schmalen Augen an. »Woher wisst Ihr denn das alles?«

Dem Priester kroch die Röte ins Gesicht. Er öffnete mehrmals den Mund, schloss ihn wieder. Dann gab er sich einen Ruck. »Nun, ich habe ein Gespräch belauscht.«

»Ist doch nicht schlimm. Jeder hat seine Ohren da,

wo sie eigentlich nicht hingehören«, sagte Rufus. »Ich dachte schon, Ihr steckt mit denen unter einer Decke. Und wen habt Ihr belauscht?«

»Der Bürgermeister traf sich mit einem Kerl, der ein vernarbtes Gesicht hatte. Sah aus wie Brandnarben, aber ich mag mich täuschen. Die beiden dachten, sie seien allein. Ich lag derweil unter einer der Bänke, weil ich nach dem Ohrgehänge der Witwe Zapfer suchte. Sie bat mich, nach ihrem Schmuck Ausschau zu halten, den sie während des Gebets verloren hatte. Das habe ich auch getan und dann kamen die beiden Männer in den Altarraum. Ich wollte mich zuerst zu erkennen geben, aber als unmittelbar nach der Begrüßung der Name Sperling fiel, kroch ich noch tiefer in den Schatten der Bänke, in der Hoffnung, der Herr möge mir mein Schleichen verzeihen.«

»Vernarbtes Gesicht?«, murmelte Johann. »Kenne ich nicht.«

»Der Kern dieser Unterhaltung war, dass der Narbenkerl dem Bürgermeister versprach, ‚sich darum zu kümmern', und dass ‚die Büttel nichts davon mitbekommen würden'. Das hört sich für mich nach einem gedungenen Mörder an.«

»Junge, wir müssen uns an die Arbeit machen«, drängte Bergen.

Johann winkte ab. »Ja, ja. Das werden wir.«

Dann wandte er sich wieder an den Priester. »Haben die beiden sonst noch etwas gesagt?«

»Nein, das müssen sie wohl auch nicht.«

Lange schwiegen die vier. Jeder war in seine Gedanken versunken. Dann sagte der Priester: »Wie dem auch sei. Ich habe nachgedacht, wie man Euch helfen kann, sollte es zum Schlimmsten kommen.«

»Wenn's zum Schlimmsten kommt, kann uns keiner

mehr helfen«, sagte Johann lakonisch und erntete von Anna einen Stoß in die Seite.

»Der Herrgott wird sich unserer Seelen annehmen«, sagte Anna.

Johann winkte erneut ab.

»Das Gesetz sagt, dass Verfolgten auf Wunsch Zuflucht in einem Gotteshaus gewährt werden muss. Die weltliche Instanz darf ihnen nichts anhaben.«

»Wunderbar«, jubelte Anna.

Der Priester hob mahnend den Zeigefinger. »Ihr dürftet die Kirche dann allerdings nicht verlassen. Und man könnte Euch in Abwesenheit verurteilen.«

Anna sah aus, als habe sie in einen lebenden Aal gebissen. »Warum dürfen die das? Was hat mein Hannes denn getan?«

Rufus lehnte sich schwer in seinem Stuhl nach hinten. Der Priester hob eine Augenbraue. »Das ist eine gute Frage, die ich beantwortet haben möchte, sollte ich Euch bei mir aufnehmen.«

Johann seufzte.

»Also, wem seid Ihr auf die Füße getreten, Johann Sperling?«

III.

Am nächsten Tag besuchte Rufus einen alten Kameraden, mit dem er seinerzeit die Lehrzeit bestritten hatte. Otto besaß keinen rechten Ehrgeiz, aber einen Schmelzofen. Ab und an fertigte er silberne Schalen. Den Verdienst verspielte er gleich anschließend in seiner Stammwirtschaft.

»Grüß dich, alter Mann«, rief Bergen. Otto war fast taub und hatte sein Hörrohr gewiss wieder irgendwo verlegt.

Otto schrie: »Ja, ist denn das die Möglichkeit? Rufus, was machst du denn hier?«

Die Nachbarn gingen kopfschüttelnd an der offenen Türe vorbei. Bergen deutete nach drinnen. »Kann ich reinkommen?«, brüllte er.

Otto nickte und ließ ihn ein.

Es dauerte lange, bis Rufus seinem Freund klargemacht hatte, dass er dessen Ofen benötigte. Als er dann noch den Kasten öffnete, der sein silbernes Familienbesteck enthielt, war Otto völlig außer sich.

»Du kannst doch das schöne Besteck nicht einschmelzen.«

»Ich muss.«

»Herrje, wie weit ist es mit uns gekommen. Glorreiche Zeiten hätten wir haben können und nun muss ich altes Brot essen und du dein Erbe einschmelzen.«

»Die Zeiten sind hart«, schrie Rufus. »Es ist Krieg!«

Nach vielen Stunden harter Arbeit in Ottos winziger Werkstatt war es vollbracht. Rufus legte die Silberbarren in die Kiste. Heiser vom vielen Schreien verabschiedete er sich von Otto.

Der Wirt Egbert besaß ein feines Gespür für Ärger und dieses meldete sich in dem Moment, als Johann zur Tür hereinkam.

»Grüß dich, Egbert. Ich hätte gerne ...«

»Du hast Hausverbot.«

Johann stellte sich unbeirrt an den Schanktisch und stützte die Arme darauf ab. Dann lehnte er sich lächelnd vor und zischte: »Weshalb? Habe ich nicht immer pünktlich meine Zeche bei dir gezahlt?«

Egbert wurde es heiß und der Kragen seines Hemdes war mit einem Mal zu eng. Er hasste Streit. Zumindest mit seinen Gästen. Bei ihm und seiner Alten lagen die Dinge anders. Aber hier war er nicht privat. Er versuchte es mit der Wahrheit. Hieß es nicht: ›Ehrlich währt am längsten‹?

»Mir wurde nahegelegt, dich nicht mehr zu bewirten.«

Egbert befürchtete einen der legendären Sperling'schen Wutausbrüche. Zu seinem Erstaunen blieb dieser jedoch aus. Das Gegenteil war der Fall.

Johanns Miene schlug in pure Güte um. Er nickte verständnisvoll und sagte: »Sie haben dir mit dem Kerker gedroht, stimmt' s?«

Egberts Blicke flogen durch den Schankraum. Der Mann saß nach wie vor am Fenster und tat so, als schenke er dem Gespräch keine Aufmerksamkeit. Egbert war sich indes sicher, dass er jede Regung im Geiste notierte. Daher nickte er Johann nur knapp zu und fuhr hektisch mit dem Wischlappen über den spiegelblanken Schanktisch.

Johann legte ihm die Hand auf die Schulter. »Leb wohl. Ich hoffe, du überstehst es unbeschadet.«

Egbert schluckte. »Und du erst recht, Johann. Alles Glück der Welt für dich.«

Die Furcht schlug in Erleichterung um, als Johann tatsächlich seine Wirtschaft verließ, ohne Scherereien zu machen. War wirklich ein feiner Kerl, der Sperling. Allein Gott wusste, was er ausgefressen hatte.

Geschmeidig erhob sich der Spitzel von seinem Platz und kam zu Egbert an den Tresen.

»So ist es brav. Hier, für Eure Mühe.« Ein großer Silbertaler rollte auf Egbert zu. Schnell schloss Egbert seine Hand darum. Hieß nicht auch eine alte Volksweisheit: ›Der Spatz in der Hand ist besser als die Taube auf dem Dach‹?

Anna hängte sich den Einkaufskorb über den Arm und ging zur Krämerin. An der anderen Hand hielt sie Elfriede. Munter hüpfte das Kind um die Pfützen herum. ›Was für ein schreckliches Wetter‹, ging es Anna durch den Kopf. ›Man darf nicht undankbar sein, wenigstens haben wir ordentlich Wasser in unserer Pumpe daheim.‹

Die Krämerin tratschte gerade mit zwei Frauen, als Anna in den Laden kam. Schlagartig verstummte das Gespräch und die beiden Frauen wandten den Blick ab. Auch der Krämerin schien es Mühe zu bereiten, Anna ins Gesicht zu schauen.

»Guten Morgen Gevatterin, ich hätte gerne den kleinen Sack Mehl dort und ein halbes Dutzend Eier.« Anna deutete auf die gewünschten Waren.

Die Krämerin schaute sie verdrießlich an und presste hervor: »Mehl is' aus, Eier auch. Müsst woanders kaufen.«

Anna hob den Mehlsack in die Höhe. »Hier habt Ihr doch noch Mehl.«

»Das is' bestellt. Gibt nichts mehr.«

»Ich habe verstanden«, sagte Anna. Mit einem

dumpfen Geräusch schlug der Mehlsack auf dem Boden auf. »Dann werde ich woanders kaufen. Ich hoffe, die Büttel haben Euch gut bezahlt.«

Wutschnaubend rannte sie aus dem Laden und zerrte Elfriede an der Hand hinter sich her.

»Mama, ich kann nicht mehr.«

»Ich auch nicht. Und jetzt komm. Wir haben einen weiten Weg vor uns. Die haben alle hier im Viertel bestochen, wir müssen auf der anderen Stadtseite einkaufen.«

»Was bedeutet bestochen?«

»Wenn jemand Geld dafür kriegt, uns nicht mehr zu mögen, obwohl wir freundlich sind.«

Seit Stunden schon saß Johann an den Plänen. Rufus war auch da und studierte die Zeichnungen, die Johann bereits vollendet hatte.

»Ich hätt' mir nicht träumen lassen, dass es so schwer wird. Da hat man die vermaledeiten Zeichnungen den ganzen Tag vor Augen und jetzt fehlt mir die Hälfte.«

»Wir sollten in die Werkstatt einbrechen und die Pläne rausholen«, schlug Rufus vor.

»Können wir aber nicht, weil Rappolt die Pläne nicht mehr dort hat. Ich habe es durchs Fenster gesehen, als ich neulich da war. Anscheinend war ihm das zu gefährlich.«

»Meinst du, er hat sie bei sich zuhause?«

»Wo auch immer. Ich finde, du gehst zu weit. Das können wir nicht machen.«

»Dann streng deinen Kopf mehr an. Irgendwo da drinnen verstecken sich die Erinnerungen.« Rufus machte eine Faust und klopfte Johann gegen den Schädel.

»Willst du nicht einen Schluck Wein mit der Anna

in der Küche trinken und mich derweil arbeiten lassen?«

Rufus grinste und verbeugte sich spöttisch.

Abermals wurde Johann gestört. Anna klopfte zaghaft mit den Knöcheln gegen den Türrahmen, obgleich die Tür offen stand. Sie lächelte ihren Mann schüchtern an und sagte: »Tut mir leid, dich zu stören, Hannes, aber das Körnchen ist da und würde gerne einen Schoppen mit dir trinken.«

»Ich komm gleich«, gab Johann knurrig zurück und legte die Feder beiseite.

»Das ist ja eine Überraschung«, strahlte er kurz darauf das Körnchen an, das mit vollen Backen kaute. Die Botentasche hatte dieser nachlässig neben den Tisch fallen lassen. Der Deckel wölbte sich vor lauter Nachrichten.

»Was treibt dich denn um?«

»Der Hunger«, nuschelte das Körnchen und spülte den Bissen mit einem Schluck Wasser herunter.

»Und was führt dich wirklich hierher? Annas Kochkünste in allen Ehren, aber eine Scheibe Brot hättest du auch überall anders haben können.«

»Soll ich wieder gehen?«

»Blödsinn.«

Johann zog sich einen Stuhl heran und setzte sich dazu. Elfriedes Lachen drang aus dem Kinderzimmer herüber. Rufus gab eine lustige Geschichte zum Besten.

»Ihr habt Besuch?«, fragte auch prompt das Körnchen.

»Er ist ein Freund und kann ruhig alles mit anhören.«

»Du hast dich doch vor einiger Zeit für die Depeschen interessiert. Es sind mittlerweile so viele, dass ich selbst Boten einstellen muss, die für mich Nachrichten befördern. Ich darf keine Einzelheiten verraten, weil mich das sonst in Schwierigkeiten brächte, aber es ist anscheinend zu einem Eklat zwischen Katharina und ihrem Ziehspross Philipp Moritz gekommen.«

»Weißt du, Körnchen ...«

»Musst du mich immer so nennen?«

»Ich kann nicht anders.«

Neben Johann gluckste Anna vor sich hin.

»Was ich sagen wollte, ist, dass Zank in den besten Familien vorkommt.«

»Nicht, wenn sich ständig ein Adliger einmischt, der eigentlich nichts zu melden hat.«

»Von Angern«, entfuhr es Johann.

»Eben jener.«

»Was hat der Kerl mit dem jungen Grafen am Hut?«

»Das weiß ich nicht. Aber ich wollte, dass du weißt, dass was im Busch ist. Es braut sich ein Unwetter zusammen und ich fürchte, es wird sich in Bälde entladen.«

»Danke für die Warnung. Magst du noch Wurst?«

»Immer doch!«

Als das Körnchen gegessen hatte, ging Johann mit ihm vor die Tür.

»Körnchen, ich tue es nicht gern, das musst du mir glauben. Aber ich muss dich um einen Gefallen bitten. Keine Sorge. Ich bezahle auch dafür. Es geht um Folgendes.«

Johann erzählte dem Körnchen, was er plante. Der Bote war zuerst bass erstaunt, erkannte dann allerdings, wie ernst es Johann mit seinem Anliegen war.

»Das kann dich den Kopf kosten, Johann.«

»Das weiß ich. Ich will trotzdem, dass du es tust.«

Das Körnchen hob missbilligend die Augenbrauen und verabredete widerstrebend mit Johann einen Zeitpunkt und einen Ort.

*

Am nächsten Tag kam Anna weinend nach Hause. Johann schaute abwesend von seinen Plänen hoch.

»Sie haben uns mit Dreck beworfen. ›Des Teufels Hure‹ haben sie mich genannt. Mich! Mich, die immer keusch zu Gott betet. Kannst du dir das vorstellen, Hannes?«

»Beruhige dich.«

Anna dachte nicht daran. »Aber das Schlimmste war, dass sie ihren Zorn an Elfriede ausgelassen haben. Sie haben das Kind in den Dreck gestoßen. Ihre Kleidung ist schmutzig und ihr Gesicht ist von den vielen Tränen ganz wund.«

Nach langem Nachbohren erfuhr Johann, dass Anna von den Nachbarn schwer zugesetzt worden war. Nun konnte er nicht länger die Augen vor der Wahrheit verschließen: Sie waren in Gefahr.

»Hilf uns, Hannes. Mach, dass sie damit aufhören. Wir sind unschuldig. Gottesfürchtige Leut' sind wir.«

»Das wird schon wieder.«

Er küsste Anna auf den Scheitel und presste sie an sich. Ihr Körper fühlte sich zerbrechlich und klein unter seinen großen Händen an.

»Du musst ja nicht auf die Straße«, sagte sie verbittert und riss sich von ihm los. Sie stapfte hinaus und warf die Tür hinter sich zu.

Johann saß untätig in seiner Werkstatt. Schließlich hielt er es nicht mehr aus und nahm seinen Umhang vom Haken. Anna saß in der Küche.

»Anna, verschließ die Tür hinter mir. Ich werde fünfmal klopfen, wenn ich wieder da bin. Es kann ein Weilchen dauern. Aber du solltest für uns die notwendigsten Dinge einpacken.«

»Wieder lässt du uns allein.«

Er ignorierte die Bemerkung und ging.

Johann ging schnurstracks zum Pfarrhaus. Die mürrische Haushälterin holte Priester Michael aus der Sakristei. Johann nahm seine Mütze ab, senkte das Haupt und sagte: »Es ist soweit, ich bitte Euch demütig, meine Familie und mich aufzunehmen und uns den Schutz der Kirche zu gewähren.«

Priester Michael nickte knapp. »Folgt mir.«

Der Gottesmann führte Johann in den weitläufigen Keller und deutete auf einen ehemals leeren Vorratsraum, der nunmehr mit drei Lagern und einer großen Truhe ausgestattet war. Zahlreiche Kerzen mit unbenutzten Dochten standen in Reih und Glied auf dem breiten Regalbrett, das ebenfalls erst vor kurzem an der Wand angebracht worden war.

»Das Zimmer ist schlicht, aber es wird seinen Dienst tun. Gerade in der Nacht sind die Büttel wachsam. Ihr solltet in keine Schänke mehr gehen und Euch nur im Ausnahmefall auf der Straße sehen lassen. Besonders auf das Kind habt ein Auge.«

»Gemütlich habt ihr's hier«, spöttelte Rufus, der von Priester Michael geholt worden war. Ächzend ließ sich der alte Mann auf Annas Schlaflager nieder und zog die Beine an, damit die Kerze Platz hatte.

Anna seufzte. »Es ist ja nicht für lang.«

»Lass den guten Mann nur spotten«, sagte Johann. »Er hätte es in seiner Wohnung gewiss auch bequemer, wenn er endlich einmal aufräumen würde.«

Rufus hieb Johann auf die Schulter und brach in meckerndes Lachen aus, das in einen Hustenanfall überging.

»Das hört sich aber nicht gesund an«, sagte Anna ernst und musterte Rufus' eingefallenes Gesicht.

»Unkraut vergeht nicht«, sagte Bergen und winkte ab.

»Wir müssen überlegen, wie es weitergeht«, meldete sich Johann zu Wort.

Rufus verstand sofort, worauf sein ehemaliger Lehrling anspielte. »Einen Ofen kriegen wir hier nicht rein, ohne dass es jemand merkt. Also werden wir einige Teile bei meinem alten Freund fertigen müssen. Das übernehme ich. Du kümmerst dich derweil um die Treibarbeiten.«

»So machen wir's. Dein Freund, können wir ihm vertrauen?«, wollte Johann wissen. Dann stutzte er. »Das Wichtigste fehlt aber noch.«

»Meinst du das hier?«, fragte Rufus und zog einen kleinen Silberbarren aus seiner Tasche.

»Wo hast du ...«

»Das spielt keine Rolle, und bevor du in deiner Manier wieder anfängst zu jammern – ich habe noch mehr. Genug, dass wir ein Abbild des Becherleins erschaffen können. Und bei Gott, wir werden einen schöneren Pokal zustande bringen als Rappolt und Martin, dieser Versager.«

Johann schossen die Tränen in die Augen. Fest drückte er die Hand des Meisters.

Rufus und Johann standen mit hochgekrempelten Hemdsärmeln im Gewölbekeller, in dem ehemals Maria gelegen hatte. Rufus zog sich eine Lampe heran. »Jetzt würde ich gerne einen Blick auf die erste Zeichnung werfen.«

Johann beugte sich zur offen stehenden Tür vor und rief: »Anna, wärst du so gut, die Pläne zu bringen?«

Nachdem die Männer einen Becher Bier getrunken hatten, war Anna immer noch nicht da. Johann stand auf. »Ich geh mal nachsehen.«

Anna hatte Johanns Ruf vernommen und machte sich sofort daran, die Truhe zu durchsuchen. Ein schrecklicher Verdacht keimte in ihr auf. Fieberhaft wühlten ihre Hände immer schneller, zerrten schließlich alle Kleidung hervor, tasteten Taschen und Bündel ab. Anna öffnete sogar den Brotbeutel, in den Elfriede ihre Puppe gepackt hatte. Nichts. Als sie Schritte hörte, die näher kamen, begann ihr Herz wild zu pochen. Johann erschien im Durchgang.

»Wie sieht's denn hier aus? Waren die Büttel da und ich hab nichts mitbekommen?«

Annas Gesicht ließ ihn verstummen. Seine Schultern sanken herab. »Nein«, sagte er nur.

»Doch«, antwortete Anna. Das schlechte Gewissen stand ihr ins Gesicht geschrieben.

»Ich hab dich noch gefragt, ob wir alles haben. Und du weißt, dass die Zeichnungen der Schlüssel zu unserer Freiheit sind.«

»Es tut mir leid, Hannes ...«

»Da hätt' ich's auch der Wand erzählen können, verdammt und eins.« Er biss sich in die geballte Faust. Dann machte er kehrt und ging zu Rufus zurück.

»Schlechte Nachrichten«, begann Johann.

Rufus schnitt ihm mit einer Geste das Wort ab. »Ich hab's gehört. Also muss ich ran. Gib mir deinen Hausschlüssel.«

»Danke, Rufus.«

Rufus ging durch die Straßen und stellte fest, dass die Büttel an diesem Abend sehr zahlreich unterwegs waren. Sie patrouillierten in Zweiergruppen. Besonders in der Metzgergasse. Rufus tat so, als müsse er verschnaufen, und ließ sich auf eine Bank fallen, die vor dem Nachbarhaus stand.

Was er sah, ließ ihn frösteln. Das Schloss der Haustür war roh heraus gebrochen worden und der Schein von Laternen tauchte mal vor diesem, mal vor jenem Fenster auf. Zwei Büttel kamen heran. Rufus zog sich die strähnigen Haare ins Gesicht und hielt den beiden die offene Handfläche entgegen.

»Eine milde Gabe«, fistelte er.

»Verschwind!«, zischte einer der Büttel.

Dessen Kamerad winkte nur ab und sagte: »Lass ihn. Wir haben Wichtigeres zu tun.« Dann formte er mit den Händen einen Trichter und bellte: »Habt ihr was gefunden?«

Eines der Fenster wurde geöffnet und ein Büttel streckte seinen Kopf heraus. »Nein«, rief er lauthals zurück. »Die Vögel sind ausgeflogen.«

»Weit können die nicht sein, die wurden heute noch gesehen. Zumindest die Frau und das Kind. Das haben die Nachbarn gesagt. Wir ziehen ab und gehen zu den Stadttoren.«

Der Büttel am Fenster salutierte. Kurz darauf bewegten sich die Laternen ins Erdgeschoss. Einer nach dem anderen erschienen die Büttel. Rufus wurde nach wie vor nicht beachtet.

Im Gleichschritt entfernte sich die sechs Mann starke Gruppe.

Rufus stieß die Luft aus, die er unwillkürlich angehalten hatte, und stand auf. Das Zittern seiner Beine musste er dieses Mal nicht spielen. Traurig nahm er einen Teil des zerstörten Schlosses in die Hand, dann drückte er die Tür auf. Ihm bot sich ein Bild der Verwüstung. Die Büttel hatten sämtliche Schubladen in der Küche herausgerissen und auf den Boden geworfen. Annas Kräuterbündel, die sie liebevoll getrocknet und in die einzelnen Laden sortiert hatte, lagen zertreten auf dem Boden. Messer, Löffel und andere Küchengerätschaften waren über die Anrichte verstreut. Die Stühle waren zerbrochen.

»Meiner Treu«, murmelte Rufus erschüttert.

Auch in den anderen Räumen sah es nicht besser aus. Wenigstens wurde Rufus in der provisorischen Werkstatt fündig. Die Pläne waren zwar durch das Zimmer geworfen worden und waren reichlich zerknittert, aber weder hatten die Büttel sie zerrissen noch im Ofen verbrannt. Dann starrte Rufus auf das einzige Stück, das die Büttel mit Respekt behandelt hatten: das erste Duplikat des Ratspokals.

»Was, wenn diese dummen Kerle ihre Schlüsse daraus gezogen haben?«, brachte Rufus am Ende seiner Erzählung hervor. Er war außer sich. »Die brauchen nur von Angern von ihrem Fund zu berichten und dann ist unser schöner Plan für die Katz'.«

»Hör mal, die wissen doch gar nicht, wie das Ding ausschaut. Rappolt hat doch ein Geheimnis darum gemacht. Es ist nichts bekannt. Außerdem hätten sie es doch wohl mitgenommen.«

»Aber wenn sie's ihm beschreiben?«

»Dann teilen sie ihm mit, einen großen Becher oder Pokal gefunden zu haben. Das könnte irgendwas sein. Die Figuren waren noch nicht drauf. Es war nur der Guss.«

»Dein Wort in Gottes Ohr«, brummte Rufus.

»Das Letzte, was wir im Augenblick gebrauchen können, ist Feigheit«, unterbrach Anna resolut das Gespräch. »Ändern können wir's eh nicht und jetzt heißt es weitermachen!«

»Dein Botenfreund, wie heißt er doch gleich ...«, begann Rufus.

»Körnchen«, sagten Anna und Johann wie aus einem Munde.

»Genau. Kann der nichts machen?«

»Nein!«, sagte Johann entschieden. »Den lassen wir da raus. Zu gefährlich.«

»Aber du hast doch ...«

»Gar nichts hab ich«, sagte Johann barsch.

Anna und Rufus warfen sich einen langen Blick zu.

Rufus Bergen verließ mit gemischten Gefühlen die Kirche. Er nahm den Hintereingang, um nicht sofort auf dem Vorplatz des Gotteshauses und somit in Sichtweite des Marktes zu stehen. Außerdem tat ihm der Spaziergang durch die kleinen Seitengassen gut.

»Meister Bergen?« Jäh riss die Stimme Rufus aus seinen Überlegungen. Er hatte die Kleine Fahrgasse bereits verlassen und schickte sich gerade an, nach rechts in die Marktgasse einzubiegen, als ihm jemand in den Weg trat. Es war Martin Gehlen.

»Hab ich mich doch nicht getäuscht. Erinnert Ihr Euch noch an mich?«

Rufus brummte Unverständliches.

»Ich bin jetzt auch Meister«, warf sich Martin in die Brust.

»Da hast du Glück gehabt, dass ich dich nicht geprüft habe.«

»Die Zeiten ändern sich.«

Rufus wollte sich an Martin vorbei drängen, doch dieser umfasste seinen Arm.

»Wo ich Euch gerade sehe, habt Ihr vielleicht etwas von Johann Sperling gehört?«

»Woher soll ich das wissen? Da musst du schon den Zunftmeister Rappolt fragen.«

»Der weiß nichts.« Martin starrte Rufus noch einen Moment prüfend ins Gesicht, dann ließ er von ihm ab.

»Ich wünsche Euch noch einen schönen Tag«, sagte Martin honigsüß.

Rufus sparte sich eine Bemerkung und ging weiter. Als er außer der Sichtweite von Gehlen war, ballte er die Hände und fluchte lauthals.

Er schloss gerade die Haustür auf, als er abermals angesprochen wurde. Dieses Mal standen zwei Büttel hinter ihm.

»Entschuldigt, werter Herr Bergen. Wir suchen einen gewissen Johann Sperling. Er soll des Öfteren Eure Wohnung aufgesucht haben. Wisst Ihr, wo wir ihn finden können?«

»Oder die Frau Sperling und das Kind?«, fügte der andere Wachmann hinzu.

»Nein.«

»Wo kommt Ihr gerade her?«

»Vom Friedhof. Ich war beim Grab meiner verstorbenen Frau.«

»Beileid«, sagte der jüngere der Büttel.

»Es macht Euch doch sicher nichts aus, wenn wir unsere Leute vor Eurer Wohnung postieren? Dieser Johann Sperling ist ein gerissener Hund und gefährlich obendrein. Aber keine Angst, wir geben auf Euch Acht«, fuhr der ältere Büttel nahtlos die Rede seines Kameraden fort.

Das Lächeln des Wachmanns war aufgesetzt, in seinen Augen las Rufus Misstrauen und einen Hauch von Verachtung. Er zuckte die Schultern und wandte sich von den Bütteln ab. In seiner Wohnung angekommen, ging er zuerst ans Fenster und sah auf die Straße. Die Büttel standen noch vor seinem Haus und machten keine Anstalten, weiterzugehen.

Rufus fühlte sich müde und steinalt. Trotzdem harrte er, ohne die Nerven zu verlieren, aus, bis die Büttel endlich gingen.

*

Der Hauptmann war ein hagerer, unnahbarer Mann. Rappolt war erstaunt, einen Angehörigen der Stadtwache in seinem Schreibzimmer im Zunfthaus vorzufinden.

»Hätte ich gewusst, dass Ihr auf mich wartet, wäre ich gleich gekommen.«

»Ich komme meist unangekündigt.«

Rappolt fielen die blutleeren Lippen des Hauptmanns auf. Überhaupt wirkte er leblos. Nur die Augen schauten wach umher.

»Kann ich Euch etwas zu trinken anbieten?«, überbrückte Rappolt das unangenehme Schweigen.

»Ich will gleich zur Sache kommen. Wie Euch vielleicht schon zugetragen wurde, suchen wir ein Zunftmitglied. Es heißt Johann Sperling und ist Geselle.«

»Der ist kein Mitglied mehr. Ich habe ihn vor einigen Tagen aus dem Zunftbuch gestrichen.«

»Aus welchem Grund?«

»Er wurde anmaßend mir gegenüber und verweigerte den Dienst. Als mir unterstellter Geselle darf er keine Anordnungen von mir missachten.«

Der Hauptmann nickte verstehend.

»Wann habt Ihr ihn denn das letzte Mal gesehen?«

»Das war an dem Tag, an dem ich ihm mitteilte, dass er der Zunft nicht länger angehört.«

»Darf ich das Buch einmal sehen?«

»Sicher, folgt mir.«

Rappolt gefiel die Art nicht, wie der Hauptmann lächelte, als er den Eintrag zu Martin Gehlens Meisterprüfung fand. Der Soldat machte sich einige Notizen, bedankte sich bei Rappolt und ging.

Rufus hatte den Gewölbekeller der Kirche in den vergangenen Tagen selten besucht, und wenn, hatte er weite Umwege in Kauf genommen. Er befand sich in seiner Wohnung und hebelte drei der Dielenbretter aus ihrer Verankerung. In dem kleinen Versteck lagerten die Bestandteile für das Duplikat.

Er nahm zwei Silberbarren aus der Kiste und wog sie nachdenklich in den Händen. Das Silber würde für den Guss des Fußes ausreichen. Er nutzte die Wachablösung der Büttel, die ein gutes Stück weiter in der Steingasse stattfand, um aus seiner Wohnung zu verschwinden. Auf einem Karren befand sich das Holz für Ottos Ofen und darunter verborgen lag die Gussform, sorgsam eingeschlagen in weiche Tücher. Johann und er hatten anders planen müssen. Der Guss musste zuerst gemacht werden, denn für die Treibarbeiten am Blech würden sie keinen Ofen brauchen. Der Töpfer hatte sich einverstanden gezeigt, die Gussform anzufertigen.

Als Rufus vor der Tür stand und wie ein Dieb nach allen Seiten spähte, fühlte er sich unwohl. Schnell brachte er die Strecke hinter sich. Sein Freund Otto freute sich, ihn zu sehen, was Rufus guttat. Gemeinsam schmolzen sie das Silber. Otto hatte sein Hörrohr wieder gefunden, was die Unterhaltung vereinfachte. Sie plauderten über frühere Zeiten und sahen zu, wie das Silber langsam zerfloss.

Es war bereits dunkel, als er – mit der einen Hand den Karren ziehend, mit der anderen sorgfältig den silbernen Fuß balancierend – in die Predigergasse, die östlich um die Hochdeutsch Reformierte Kirche verlief, einbog.

»Heda, wer seid Ihr?«, fragte ein Mann.

Lichtschein stach Rufus in die Augen. Geblendet hob er die Hand, die den Karren gezogen hatte.

»Ein Kirchgänger«, gab Rufus unwirsch zurück. »Hättet Ihr die Güte, die Laterne ein wenig zu senken?«

»Das Kirchenportal ist verschlossen. Was wollt Ihr denn dort?«

Wenigstens hielt der Büttel die Laterne ein Stück niedriger und Rufus sah, dass es sich um einen jungen Mann handelte.

»Mit meiner verstorbenen Frau sprechen.«

»Euer Gespräch muss bis morgen Früh warten. Wie lautet Euer Name?«

»Muss ich Euch das sagen?«

»Ich habe Anweisung, jeden im Protokollbuch zu vermerken, der hier entlang kommt. Ihr seid der Dritte heute Abend.«

»Rufus Arnold Bergen«, nuschelte er dem Büttel entgegen.

»Das ist ja interessant«, sagte der und kam näher.

»Ich vertrete mir die Beine«, sagte Priester Michael, stand auf, stieg die Treppe empor und ging bis zum Hinterausgang der Predigergasse. Dort stellte er mit Erschrecken fest, dass er Stunden beim Würfelspiel mit Johann, Anna und Elfriede im Keller verbracht haben musste. Die Gasse lag in Dunkelheit.

»Der Herr weiß schon, weshalb er das Glücksspiel verurteilt«, murmelte er. Dann fiel sein Blick auf einen Lichtschein, der auf der Stelle verharrte. An die Büttel, die regelmäßig ihre Runde um die Kirche liefen, hatte er sich bereits gewöhnt. Aber dass sie tatenlos herumstanden, war neu. Er ging neugierig näher an das Leuchten heran und vernahm Stimmen. Eine davon kannte er.

»Was habt Ihr da in der Hand?«, wollte der Büttel wissen. Rufus fand, dass seine Stimme nervös klang, und das wollte er sich zunutze machen.

»Und wenn ich's Euch nicht verrate?«

»Dann muss ich Euch verhaften lassen.«

»Jetzt schlägt' s aber dreizehn. Da will so ein Bub mir sagen, was ich zu tun und zu lassen hab'.«

Rufus merkte, dass er den Bogen überspannt hatte. Der Büttel straffte sich und hielt die Laterne wieder so, dass sie Rufus blendete. Ein metallisches Schleifen war zu hören und Rufus sah ein Schimmern. Der rasche Atem des Büttels mahnte ihn zur Ruhe. In diesem Moment wurde einige Schritte von den beiden entfernt ein Tor geöffnet. Die Angeln quietschten laut. Beide Männer zuckten zusammen.

»Entschuldigt, wenn ich mich in Euer Gespräch einmische«, erklang der Bass des Priesters: »Ich warte schon auf Euch, Meister Bergen. Habt Ihr meine Auftragsarbeit dabei?«

»Ja, habe ich«, stammelte Rufus.

Die Silhouette des Priesters wuchs vor den beiden in die Höhe. Der Büttel senkte das Licht und verneigte sich.

Schüchtern empfahl er sich und kurz darauf waren seine Schritte auf dem Pflaster verklungen.

»Vielen Dank. Woher wusstet Ihr, dass ich in Nöten bin?«

»Bedankt Euch beim Allmächtigen. Mein Verdienst war das gewiss nicht.«

Mit klopfendem Herzen folgte Rufus dem Priester in die Kirche. Eine Frage quälte ihn dennoch. »Warum ist der Büttel so schnell abgezogen? Nicht, dass ich etwas dagegen hätte.«

»Er hat sich seit Wochen nicht im Gottesdienst sehen lassen. Vermutlich plagt ihn das schlechte Gewissen.«

Johann freute sich, dass er endlich etwas zu tun bekam. Die selbst auferlegte Haft im Kirchenkeller machte ihn wahnsinnig. Der Geschichte seines ehemaligen Lehrmeisters lauschte er nur nebenbei. Der Großteil seiner Aufmerksamkeit galt dem silbernen Fuß. Der Guss war hervorragend gelungen. Er sah keine Einschlüsse und kaum Schmelznasen. Die wenigen konnte er in kürzester Zeit herunterfeilen. Wieder einmal bewunderte er Bergens ruhige Hand beim Gießen. Sein eigener Guss damals in Rappolts Beisein war nicht so gut geraten. Johann machte sich sofort ans Werk, bewaffnete sich mit Feile und Poliertuch und entrollte die passende Zeichnung dazu. Er beschwerte sie mit einem leeren Weinkrug, so dass die Ecken sich nicht umbogen. Bald waren alle Ärgernisse, alle Sorgen vorerst vergessen. Er merkte, wie sehr ihm die Arbeit gefehlt hatte.

*

Rufus wurde durch anhaltendes Klopfen an seiner Wohnungstür geweckt. Er griff nach der erstbesten Hose, die er neben seinem Bett fand.

»Wer ist da?«, rief er durch die geschlossene Tür.

»Der Rappolt Hanns«, lautete die Antwort.

Dass er seinen Titel nicht dazu gesagt hatte, verleitete Rufus zu der Ansicht, dass der Besuch des Zunftmeisters nicht ausschließlich beruflicher Natur war.

»Einen Moment noch«, rief Rufus und trat mit dem Fuß einige Kleidungsstücke vom Flur in die Küche. Die Tür schloss er. Er stellte fest, dass die Wohnung immer noch wüst aussah, aber wenigstens war jetzt ein Trampelpfad durch den Flur vorhanden. Er schloss auf.

Rappolt wirkte adrett wie eh und je. Rufus machte eine einladende Geste und ließ ihn eintreten. Geschickt lotste er den Besucher ins Wohnzimmer, machte einen Stuhl für ihn frei und dann für sich selbst.

»Ich will nicht lange stören«, begann Rappolt und versuchte seinen Blick von der Unordnung, die allenthalben herrschte, zu lösen. »Es geht um Johann Sperling. Ich muss ihn sprechen, es ist wichtig.«

»Wie kommt Ihr da ausgerechnet auf mich?«

»Mir ist bekannt, dass Ihr privaten Kontakt zu ihm unterhaltet.«

»Und woher ...«

»Ich weiß es eben. Also, wärt Ihr so freundlich, mich zu ihm zu führen?«

»Das werde ich nicht. Wenn die Zunft etwas von ihm möchte, dann bin ich gerne bereit, ihm einen Brief zu überbringen.«

Der Stuhl knackte, als Rappolt sich jäh nach vorne lehnte. »Versteht mich nicht falsch. Ich bitte Euch, mich zu ihm zu bringen. Die Büttel könnten Euch jedoch dazu zwingen. Sperling wird gesucht, das ist in der ganzen Stadt bekannt. Demnächst sollen sogar Steckbriefe von ihm die Mauern schmücken. Ich verspreche, den Bütteln seinen Aufenthaltsort nicht zu verraten. Überlegt es Euch, ich komme morgen Abend wieder und erwarte eine Antwort.« Rappolt erhob sich und sagte: »Ich finde allein hinaus. Bis morgen.«

Rufus blieb am Tisch sitzen. Keine Frage, er musste sich mit Johann beraten. Wenn Rappolt bereits Bescheid wusste, konnte es sein, dass es morgen die Spatzen von den Dächern pfiffen. Einen weiteren Besuch im Kerker wollte Rufus auf jeden Fall vermeiden. Ungeduldig harrte er aus, bis es dunkel war, ging in den Hof und kletterte dort unter einigen Mühen über die Mauer.

»Das ist eine Falle«, sagte Johann, als Rufus seinen Bericht beendet hatte.

»Ich denke auch, dass er gemeinsame Sache mit den Bütteln macht. Allein schon, dass er diesen unfähigen Pfuscher Martin die Meisterwürde verliehen hat, zeigt doch, dass er genauso gekauft ist wie die anderen auch.«

»So oder so stecken wir in der Klemme«, sagte Johann. »Wenn du ihn nicht zu mir bringst, dann wird er die Büttel zu dir schicken. Und was das bedeutet, wissen wir alle. Ich schlage vor, du hältst ihn ein wenig hin. Sag ihm, du hättest mich nicht gefunden, und versprich ihm, dass du ihm Bescheid gibst, sobald du mich siehst.«

»Ob mir das gelingt?«

»Es geht nicht anders. Ich brauche Zeit für das Duplikat.«

Paul, der Büttel, klopfte an das Kirchenportal. Er war schlechter Dinge, denn seine freien Tage waren gestrichen worden. Nach wie vor galt es, Sperling zu finden. Paul hoffte, dieses Kapitel bald abschließen zu können. Der Kerl, der ihm verraten hatte, dass der Priester etwas mit der Angelegenheit zu tun haben könnte, war Paul zutiefst unsympathisch gewesen. Ein verschlagener Bursche war das, dieser Martin Gehlen. Paul konnte sich des Eindrucks nicht erwehren, dass persönliche Rache eine große Rolle in dieser Posse spielte.

Schritte näherten sich, dann hörte Paul, wie der Riegel zur Seite geschoben wurde. Die Tür ging auf und er sah zu Priester Michael hoch, der ihm ein dünnes Lächeln schenkte.

»Gott zum Gruße«, sagte Paul.

Weiter kam er nicht, denn der Priester fing an zu lachen.

»Und das ausgerechnet von dir?«, gluckste er, als er sich wieder gefangen hatte. »Wie lange hast du das Wort Gottes nicht mehr vernommen?«, fragte er weiter und deutete auf die Kirchenbänke hinter sich.

»Es tut mir leid, wirklich. Aber ich hab' so viel Dienst, dass ich in meiner freien Zeit schlafe. Es ist schrecklich viel zu tun, und der Krieg ...«

»Immer nur der Krieg. Er wird allzeit schön vorgeschoben für jegliche Ausrede. Wo ist er denn, der Krieg? Nicht hier, zumindest noch nicht, so viel steht fest. Was kann ich für dich tun, mein Sohn?«

Paul hatte den Faden verloren. Daher sprudelten die nächsten Worte aus ihm heraus, seine sorgsam vorbereitete Rede mit all den Fangfragen war vergessen. »Ich suche den Johann Sperling und habe gehört, dass er bei Euch sein könnte.«

»Siehst du ihn neben mir stehen?«, fragte Michael und zog die Augenbrauen spöttisch nach oben.

»Nein, aber vielleicht ist er ja im Haus?«

»Willst du dich denn im Haus umsehen?«

»Ja, gerne.«

»Dann gib mir doch zuerst einmal das Schriftstück deines Hauptmanns, das dich dazu ermächtigt.«

»Nun, ich habe keines dabei.«

»Dann tut es mir leid, mein Sohn. Wenn du beten möchtest, lasse ich die Kirche offen.«

Vor Pauls Nase schlug das Kirchenportal zu. Er stand wie ein räudiger Köter auf den Stufen und wünschte sich an einen fernen Ort.

Paul schritt die Straße entlang, die Arme hielt er hinter dem Rücken verschränkt. Der Priester hatte Recht behalten, was Paul nicht verwunderte, immerhin unterhielt sich der Mann mit Gott. Die Erkenntnisse stellten sich fast augenblicklich ein. In der Stadt brodelte es, Paul konnte den Zorn spüren, der sich hinter den ausdruckslosen Mienen der Bürger verbarg, die abweisende Art der Menschen, die in Wirklichkeit Angst war. Die Syndici waren zu einer unberechenbaren Größe geworden, die Willkür der Bürgergarnison diente nicht mehr der Sicherheit der Bürger, sondern der eigenen Belustigung. Paul hatte es mit eigenen

Augen gesehen, wie die Verhafteten zum Teil misshandelt wurden, darunter auch Frauen und sogar Kinder. Er schämte sich, weil er es hatte geschehen lassen. Zwar hatte er niemals mitgelacht, aber er hatte auch nichts unternommen, um den Gefangenen zu helfen. Und noch eines erschreckte ihn: Alle Gräueltaten richteten sich ausschließlich gegen die Altstädter Bevölkerung.

Tagelang saß Johann schon in der provisorischen Werkstatt und nur selten kam jemand bei ihm vorbei. Dies hatte er wahrscheinlich Rufus zu verdanken, der in letzter Zeit dauernd anmerkte, dass er das fertige Duplikat gerne noch vor seinem Ableben sehen würde. Die Haushälterin stand mit verschränkten Armen im Durchgang und sah ihm zu. Immer wieder prallte der kleine Hammerkopf auf das silberne Blech. Die Zuschauerin machte ihn nicht nervös, er war gewohnt, unter kritischen Blicken sein Handwerk zu verrichten.

»Das soll ein Pokal werden?«, fragte sie.

»Ich hoffe es.«

»Übrigens, ich habe gehört, die Büttel würden sich untereinander zanken.«

Der Hammer fiel zu Boden. Johann starrte die Haushälterin an. Sie schien unter seinen Blicken zu schrumpfen und strich immer wieder ihre Schürze glatt.

»Haltet mich nicht für ein Waschweib. Da sei Gott vor. Aber es ist so, wie ich es sage.«

Johann sprang auf und küsste die Frau auf beide Wangen. Sie protestierte, aber das interessierte ihn nicht. Das musste er Anna erzählen. Die Freiheit nahte.

*

Rappolt stand am Fenster seiner Schreibstube im Zunfthaus und blickte auf die Salzgasse herab. Es herrschte ein Heidenlärm, bei dem er nicht arbeiten konnte. Er sah Büttel, die mit den Bürgern am helllichten Tag auf der Straße tranken und sangen. Die Uniformen waren nachlässig geknöpft, die Träger der Kleidung waren bester Laune. Rappolt versuchte, im Versammlungsraum jemanden ausfindig zu machen, der ihm Auskunft über den Anlass dieses Spektakels geben konnte. Das Zunfthaus war wie leergefegt. Dafür standen die Mitglieder vor dem Eingangsportal und auf dem Vorplatz und einige von ihnen hielten ebenfalls Krüge in der Hand.

»Was hat das zu bedeuten?«, polterte er los.

Einige Köpfe drehten sich in seine Richtung, aber niemand gab eine Antwort. Rappolt suchte die Menge ab und pickte sich einen jungen Büttel heraus, der noch nicht allzu betrunken zu sein schien.

»Haben euch tolle Hunde gebissen, oder steckt ein Sinn hinter dieser Veranstaltung?«, fragte er mit einem verkrampften Lächeln.

Der Büttel zuckte mit den Schultern und sagte: »Es ist Arbeitsniederlegung. Wegen dem Mörder.«

Rappolt verstand nicht, was der Mann meinte. Er ließ ihn stehen und schlug schnurstracks den Weg zur Altstadt ein. Auch hier tanzte man auf den Straßen. Rappolt erreichte das Garnisonshaus.

Mehrmals musste er an das Portal klopfen, ehe ihm geöffnet wurde. Ein Soldat mit blutunterlaufenen Augen taumelte ihm entgegen.

»Was soll das Schweinerennen in der Stadt bedeuten?«, fragte Rappolt ohne Umschweife.

»Ein Aufstand ist das, guter Mann.«

»Ich bin Hanns Rappolt, Zunftmeister der Goldschmiede. Bei diesem Höllenlärm kann ich nicht arbeiten und meine Leute stehen draußen herum und rühren ihre Finger nur, um ihre Krüge nachzufüllen. Ich möchte mich in aller Form darüber beschweren.«

Der Soldat nickte. »Dann tut dies schriftlich!«

Vor Rappolts Nase schlug die Tür zu.

Heute war Pauls großer Tag. Er hatte etwas bewegt und endlich seine wahre Bestimmung erkannt. Das Talent, Menschen zu überzeugen. Vernunft statt Willkür walten zu lassen. Gleich am ersten Abend hatten sich ihm zwanzig Freiwillige angeschlossen, die hatten wiederum Leute rekrutiert, und bald schon zog ein kleines Heer zum Kerker, um die Gefangenen zu befreien. Die Wachen leisteten keinen Widerstand und gaben die Schlüssel heraus, ohne dass auch nur ein Mann zu Schaden gekommen war. Die Mörder, Diebe und Schänder saßen immer noch ein. Aber all jene, die aus Willkür verhaftet worden waren, befanden sich jetzt zum Großteil bei ihren Familien. Paul wurde als Held gefeiert. Als einziger Büttel trug er keine Uniform mehr. Stolz hatte er sie zusammengefaltet und vor das Garnisonshaus gelegt, das er nie wieder betreten wollte. Der Rat war in Windeseile zusammen gekommen. Den Syndici wurde schwer zugesetzt, neue Männer für die Bürgergarnison zu beschaffen.

»Die Gelegenheit ist günstig«, sagte Anna. »Die sind alle so mit sich selber beschäftigt, dass es nicht auffallen würde. Seiner Familie vielleicht. Aber ich wette, dieser feige Mensch erzählt uns freiwillig alles.«

»Anna, was sind denn das für Reden? Du sprichst von einem Verbrechen«, tadelte Johann.

Anna warf den Kopf zurück. »Und wenn schon. Schließlich hat dieser Kerl uns in diese Schwierigkeiten gebracht.«

»Rache steht dir gut zu Gesicht, mein Herz«, sagte Johann und schloss sie in die Arme. »Ich habe eine Furie geheiratet«, fügte er an Elfriede gewandt hinzu, die gerade das Kellerräumchen betrat.

Martin glaubte, unter dem Sack zu ersticken. Panisch strampelte er mit den Beinen. Starke Hände hielten ihn fest. Dann wurde es völlig dunkel. Verzweifelt versuchte er, durch die Maschen des Jutesacks zu spähen. Dann spürte er, wie es abwärts ging. Eine Treppe. Er befand sich in einem Gebäude. Der dumpfe Geruch eines Kellers drang in seine Nase. Das Gewebe des Sacks kratzte ihm über die Nase, seine Wimpern verfingen sich. Martin blinzelte heftig, seine Augen begannen zu tränen.

Stunden später wurde die Tür aufgesperrt und grobe Hände zerrten Martin aus seinem Verschlag. Wild blickte er um sich. Das Erste, was er sah, war der Talar eines Priesters und ein Kind, das ihm bekannt vorkam. Martin setzte sich auf.

»Was wollt Ihr von mir?«, schrie er.

»Nur mit dir reden. Danach darfst du wieder nach Hause gehen«, sagte der Priester.

Nun erkannte ihn Martin. »Ihr seid doch derjenige, der dem Sperling Zuflucht gewährt, oder etwa nicht?«

Priester Michael trat schweigend einen Schritt auf Martin zu. Er stand nun ganz nah vor ihm, so dass Martin seinen Kopf weit in den Nacken legen musste, um das Gesicht des Gottesmannes zu sehen. Es blieb bei dem Versuch, sich aufzurappeln. Ein kurzer Tritt und Martin saß wieder auf seinem Hinterteil. Trotzig verschränkte er die Arme vor der Brust.

»Du kannst schmollen und verschimmelst hier unten, oder du redest mit mir und kannst danach gehen. Es ist deine Entscheidung.«

Martin spuckte aus.

»Gut, wie du willst.«

Martin merkte, dass der Priester ihm an Kraft überlegen war, als er sich zu befreien versuchte. Widerstandslos ließ er sich in sein winziges Gelass abführen.

Am nächsten Tag holten sie Martin aus seinem Kämmerchen und hießen ihn, sich auf einen Schemel zu setzen, den sie im Kellergang aufgestellt hatten. Dieses Mal leisteten Anna und Johann dem Priester Gesellschaft. Als Martins Augen sich an das Licht gewöhnt hatten, krächzte er: »Da ist ja die Verräterbande!«

Er bot ein erbärmliches Bild. Seine Lippen waren aufgesprungen und die Augenlider hoben sich rot geschwollen vom bleichen Gesicht ab. Priester Michael hielt Martin einen Becher mit Wasser entgegen, nach dem dieser gierig griff. Flüssigkeit schwappte über den Rand, als Michael den Becher fortzog.

»Noch nicht. Du bekommst zu trinken, wenn du uns etwas über deine Auftraggeber verraten hast.«

»Meister Rappolt ist mein Auftraggeber.«

Johann sprang nach vorne und packte Martin am Kragen. »Du räudiger Köter. Red' gefälligst.«

»Gar nichts werde ich sagen.«

Johann packte Martin an den Haaren und riss ihn mit einem Ruck vom Schemel. Ehe er sich auf ihn werfen konnte, wurde er von Priester Michael und Anna zurückgehalten.

»Schafft mir diesen Kerl vom Hals«, kreischte Martin und hielt sich den Kopf.

»Was planen diese adligen Herrschaften in Hanau?«, fragte Johann und ignorierte das Wehgeschrei.

»Den Krieg.«

Johann schnaubte abfällig. Anna spürte seine Erregung und umklammerte ihn fester. Martins Augen funkelten. Mit Mühe schob er sich den Schemel unter das Gesäß.

»So kommen wir nicht weiter. Ich denke, ich muss ein wenig deutlicher werden«, richtete Johann erneut das Wort an Martin. »Die Büttel sind im Moment mit ihren eigenen Angelegenheiten beschäftigt. Sie werden kaum ihre Trinkgelage für die Suche nach dir aufgeben. Der Hauptmann muss den hohen Herren klar machen, dass er Herr der Lage ist. Wer also sollte dich vermissen? Deine Tante in Seligenstadt vielleicht? Und eines kannst du mir glauben: Ich habe kein schlechtes Gewissen, wenn ich dich hier unten verrotten lasse.«

Martin blickte zu Boden. Er ahnte, dass Johann seine Worte ernst gemeint hatte. Gierig schaute er auf den Becher mit Wasser, den der Priester auf dem Boden abgestellt hatte. Er fühlte sich schwach und fiebrig und die Linderung war weniger als einen Schritt von ihm entfernt. Es kostete ihn nur ein paar lächerliche Sätze, um an das Wasser zu kommen.

»Also schön«, sagte er barsch, »sie wollen Hanau in einen Festungspunkt verwandeln. Der Krieg soll in diese Stadt gebracht werden. Das bedeutet viel Gold für den Adel. Heere, Ruhm und Anerkennung in der Welt.«

»Und das mit der Hilfe des Ratspokals?«, wandte Johann ein.

»Sie können nicht mit der Tür ins Haus fallen, so lange die Vormünderin des jungen Grafen das Regiment führt.« Martin ging anscheinend die Doppeldeutigkeit seiner Aussage auf. Er lachte freudlos.

»Ich verstehe es immer noch nicht«, schnitt Johann das Lachen ab.

»Nichts anderes hatte ich erwartet«, höhnte Martin.

Johann sagte mit Eiseskälte in der Stimme: »Lasst uns allein.«

Anna und der Priester tauschten einen langen Blick.

»Jetzt!«, befahl Johann.

Kurz darauf schlossen die beiden die Tür hinter sich. Als ihre Schritte verklungen waren, sprang Martin auf und warf sich auf Johann. Ein erbittertes Handgemenge begann. Johann spürte einen Schmerz an der Schläfe, als Martin ihm den Schemel gegen den Schädel schlug. Für Johann gab es kein Halten mehr. Er drückte seinen Widersacher mit all seiner Kraft auf den Boden, packte nun seinerseits den Schemel und schlug zu. Martin wurde sofort bewusstlos.

Martin erwachte und hatte einen bitteren Geschmack auf der Zunge. Sein Kopf dröhnte wie die Glocken beim Sonntagsgeläut und er wusste nicht, wo er war. Erst als Johann in sein Blickfeld lief, erinnerte er sich. Martins Blick huschte umher. Nach wie vor befand er sich im Keller. Dieses Mal waren seine Hände gefesselt. Eine war hinter dem Rücken an ein Fass gebunden, die andere war auf ein Brett geschnallt. Auch saß er nicht mehr auf einem Schemel, sondern auf blankem Steinboden.

Johann trat auf ihn zu.

»Wir waren bei der Bedeutung des Ratspokals in der Geschichte mit der Kriegstreiberei stehengeblieben«, sagte Johann.

Martin versuchte den Blick auf sein Gegenüber zu fokussieren. Er bewegte den Kopf, um die Benommenheit abzuschütteln, was Johann offensichtlich als Weigerung ansah, etwas zu erzählen. Für Martin erweckte es den Anschein, als habe Johann nur auf diese Gelegenheit gewartet. Er hatte sich vorbereitet, der Sperling, denn ohne ein Zögern schnellte ein Hammer auf Martins Hand auf dem Brett nieder. Er hatte das Gefühl, dass der Schlag seine Knochen zu Pulver zertrümmert hatte. Johann holte erneut mit dem Hammer aus. Martin schrie: »Nein, nicht!«

»Dann rede endlich!«

»Es ist doch ganz einfach. Die Belgica ist die Herrin der Stadt. Veränderungen müssen mit ihr besprochen und von ihr genehmigt werden. Eine Großkaserne zu errichten bedarf ihrer Zustimmung. Und es kostet viel Geld, einen Stützpunkt zu bauen«, sprudelte Martin schnell hervor.

Er befürchtete, zu hastig geredet zu haben, war sich nicht einmal sicher, ob er überhaupt deutsch gesprochen hatte. Jedes Wort, das Johann nicht verstand, könnte ihn noch mehr Knochen kosten.

»Und diese drei Adligen, Winterstein, von Angern und Baumer, wollen sich am Krieg bereichern?«, sagte Johann.

Martin atmete tief durch. »Richtig. Und da es noch viele Wintersteins, von Angerns und Baumers gibt, haben die Adligen Zeichen, mit denen sie sich unauffällig unterhalten und ihre Reviere abstecken. Der Ratspokal ist nur ein Symbol für die Machtübernahme.«

»Die wann stattfinden soll?«

»Geplant ist der Tag der offiziellen Fertigstellung des Bechers. Es soll ein großer Festakt werden und alle wichtigen Edelleute werden da sein.«

»Aber wenn es zu einer Übernahme käme, würde Katharina Belgica mit aller Härte durchgreifen, um ihren Posten zu sichern. Der Plan der Adligen erscheint mir reichlich sinnlos.«

»So lange sie die Vormünderin des jungen Grafen ist, ja«, gab Martin zu. »Aber wenn sie ihren Platz räumen muss und Philipp Moritz die Befehlsgewalt besitzt, sehen die Dinge anders aus.«

»Ich schließe daraus, dass Hanau stürmischen Zeiten entgegensieht«, meinte Priester Michael trocken.

Johann fuhr herum.

»Für mich passt er dennoch nicht recht zusammen, dieser ausgefeilte Plan. Für gewöhnlich nehmen sich Adlige, was sie begehren. Oder machen ihre Zwistigkeiten untereinander ab. Welche Ziele verfolgt dieser von Angern noch?«

Johann wusste nicht, wie lange Priester Michael schon in der Tür stand. Hatte er gar den Hammerschlag gesehen? Das Brett mit Martins Hand musste er auf jeden Fall sehen. Die geschundene Hand war mittlerweile blau und schwoll immer mehr an.

»Wenn du uns die letzte Frage beantwortet hast, kannst du gehen«, sagte der Priester.

Johann maß Martin mit kalten Blicken. »Meinetwegen zeige uns bei den Bütteln an oder hole deine adligen Freunde zu Hilfe. Wollen wir doch mal sehen, ob sie wirklich zu dir halten, jetzt, wo du ihre Geheimnisse preisgegeben hast.«

Martin verzog das Gesicht, als hätte er in einen unreifen Apfel gebissen. Er holte Luft und sagte an den

Geistlichen gewandt: »Von Angern ist strikter Katholik. Er hofft, den Glauben nach Hanau zurückzubringen und all die calvinistischen Flüchtlinge aus der Stadt zu werfen. Das ist sein eigenes Ziel. Den Krieg nimmt er als willkommene Gelegenheit wahr, Gold anzuhäufen.«

Martin kam beinahe um vor Schmerzen. Das Innere seiner Hand schien aus der Haut zu wollen, die sich zusehends straffte.

Der Priester nickte bedächtig, dann sagte er: »Vielen Dank für deine Hilfe, mein Sohn.«

Martin hatte das Gefühl, dass wenigstens der Priester es gut mit ihm meinte. Als hätte der Mann seine Gedanken gelesen, bückte er sich und band Martin los. Behutsam befreite er ihn auch von dem Brett. Sofort drückte Martin die malträtierte Hand an seine Brust. Ihm entging jedoch nicht der eindeutig missbilligende Blick, den der Priester Johann zuwarf.

»Du kannst gehen.«

Johann sperrte den Mund auf, als wolle er einen Einwand äußern. Der Priester wiederholte: »Du kannst gehen, mein Sohn. Gottes Segen sei mit dir.«

Martin hinterließ eine Botschaft für Winterstein im ›Weißen Schwan‹. Anschließend ging er nach Hause und wagte kaum, seine Hand zu untersuchen, zwang sich aber dazu. Den Zeigefinger konnte er nicht bewegen, alle anderen Finger nur unter Schmerzen. Weniger schlimm als gedacht. Ein gebrochener Finger und eine dicke Beule am Kopf. Es hätte böser enden können.

»Dieser Schuft, dieser elendige. Das zahl' ich ihm heim«, fluchte Martin, während er den Knoten des Verbandes an der Hand mit den Zähnen festzurrte.

Seit Martin die Nachricht im ›Weißen Schwan‹ hinterlegt hatte, war keine Stunde vergangen, da stand Winterstein bereits vor der Tür. Martin ließ ihn ein und beichtete von seiner Entführung.

Winterstein furchte die Stirn. »Gut, dass Ihr mich eingeweiht habt. Wir müssen das mit Herrn von Angern besprechen. Ich hoffe, Ihr habt nichts vor.«

Eifrig schüttelte Martin den Kopf und zuckte zusammen.

»Macht Euch bereit und mietet ein Fuhrwerk an, der Kutscher soll uns noch heute nach Bruchköbel zu von Angern fahren.«

Martin nickte und dachte an die Kosten, war insgeheim jedoch froh, so glimpflich davongekommen zu sein. ›Es ist nur Geld‹, sagte er sich. ›Ich bin Meister, ich kann mir eine Mietkutsche leisten. Bald auch eine eigene.‹

»Dir ist eines klar, oder? Wir müssen uns beeilen, als wäre der Teufel hinter uns her«, sagte Rufus und schwang den Planschhammer.

»Aber warum denn die Eile?«, meckerte Johann.

»Weil der echte Ratspokal fast fertig ist und von Angern alles daransetzen wird, dieses Festbankett vorzuziehen. Ich würde das an seiner Stelle jedenfalls tun. Du glaubst doch nicht ernsthaft, dass dieser feige Hund von Martin sein vorlautes Maul gehalten hat. Die wissen längst Bescheid.«

Jetzt griff auch Johann nach einem Werkzeug und der letzten Figur, der Justitia.

*

Die Kutsche rollte die Zufahrt entlang. Die Wache am Tor verneigte sich, als Winterstein den Vorhang zurückzog und dem Soldaten ein Zeichen gab. Sie durften passieren.

»Ihr helft mir doch, dieses Missverständnis aufzuklären?«, versicherte sich Martin seiner. Winterstein lächelte. Ein Hausdiener nahm die beiden Gäste in Empfang und führte sie direkt in den Salon, von dem aus man einen wunderschönen Ausblick in den Park hatte. Dankbar nahm Martin den Weinbrand entgegen, den der Diener einschenkte. Auch Winterstein tat sich an der bernsteinfarbenen Flüssigkeit gütlich. Martin fiel auf, dass der Edelmann plötzlich Abstand zu ihm hielt.

Von Angern betrat den Salon. Es war Martin, als kühle es schlagartig ab. Beklommen stellte er das Glas auf einem Tischchen ab und wischte sich die feuchten Hände an der Hosennaht trocken. Er verneigte sich tief. Als er sich aufrichtete, sah er, dass Wintersteins Lächeln einem missbilligenden Ausdruck gewichen war. Von Angern sah von einem zum anderen. »Was ist so wichtig, mich beim Einnehmen meiner Abendmahlzeit zu stören?«

Martins Blick flog Hilfe suchend zu Winterstein, doch dieser sah in eine andere Richtung.

»Nun?«, wandte sich von Angern unglückseligerweise an Martin, der schwitzte und gleichzeitig fror.

»Mir ist ein kleines Missgeschick passiert«, sagte Martin mit gepresster Stimme. Jetzt war es heraus.

»Und da du vor mir stehst, schätze ich, dieses Missgeschick hat mit mir zu tun. Richtig?«

»Ich wurde entführt und gefoltert. Ich konnte nicht anders. Ich habe Eure Pläne enthüllt.«

Von Angerns Gesicht verfinsterte sich von einem auf den anderen Herzschlag. Der mächtige Brustkorb des Mannes wurde noch breiter. »Und du wagst es, mir unter die Augen zu treten?«, donnerte er los.

»Ich dachte ...«

»Darin liegt das Problem«, wandte sich von Angern an Winterstein. »Der Pöbel glaubt in der letzten Zeit ständig, es sei gut, zu denken.«

Martin sank in sich zusammen.

»Aber das ist es nicht!«, schrie von Angern ihn an. Seine Augen wurden beinahe so farblos wie Glas.

»Es tut mir leid«, flehte Martin. »Wenn Ihr mir sagt, wie ich es bereinigen kann, werde ich alles daransetzen.«

Von Angern nickte Winterstein zu. Der zog seinen Degen und überwand die Distanz zu Martin mit einem schnellen Schritt. Es zischte, als die Klinge einen Bogen beschrieb. Martins Hemd bot dem geschärften Metall keinen Widerstand.

Zuerst fühlte es sich kühl an. Verwundert starrte Martin auf die Risse im Stoff seines Hemdes. Dann schoss Hitze durch seine Brust und Blut sprudelte aus den beiden Schnitten. Martin keuchte erschrocken auf. Warum wankte der Boden unter seinen Füßen plötzlich? Es war doch nur ein Zierdegen gewesen. Oder nicht?

»Ihr wisst, was zu tun ist«, sagte von Angern. Winterstein lächelte schmal und wandte sich Martin zu.

Rappolt gab nicht auf. Er hatte das Gefühl, dass etwas nicht stimmte. Gehlen war ein fauler Hund, aber der Arbeit fernzubleiben, so kurz nach der Meisterprüfung, das sah selbst einem wie ihm nicht ähnlich. Auch Gehlens Freunde in der Zunft machten lange Gesichter.

»Ich brauche dringend Hilfe bei der Fertigstellung des Pokals«, sagte er, nachdem er alle anwesenden Zunftmitglieder um sich geschart hatte. Zahlreiche Hände flogen in die Luft. Rappolt sah sich die Freiwilligen an und entschied sich für einen kräftigen Burschen mit roten Wangen. »Du, wie heißt du?«

»Anselm Blager.«

»Nimm deine Sachen und komm mit.«

Im Versammlungsraum blieben enttäuschte Gesellen zurück. Zwei von Martins Spießgesellen blieben im Raum, lange, nachdem die Pause zu Ende gegangen war.

»Ich finde es merkwürdig, dass der Martin wie eine Windhex' einfach verschwindet.«

»Der hat doch was von so einem Pfaffen erzählt. Wenn ich nur wüsst', welcher das war.«

Sein Kamerad, der den Kopf immer schief hielt, sank mit seinem linken Ohr fast auf die Schulter. »Ich mein', der wär' von der Reformierten.«

»Dann gehen wir doch hin und fragen den, ob der den Martin gesehen hat.«

Von Angern hasste es, wenn Dinge nicht so liefen, wie er sie sich im Kopf ausgemalt hatte. Dieser hässliche Goldschmied war ihm ein Ärgernis, wie überhaupt alle Goldschmiede in der letzten Zeit.

Die Gänsekeule war kalt, als er hineinbiss. Das Fett war fest und schmeckte nicht mehr, alle Knusprigkeit war dahin. Nur wegen dieses Bürschchens. Gott sei Dank war dieser so dumm gewesen, seine Schuld zu-

zugeben. Alles war noch nicht verloren, nein. Aber der Aufwand war unnötig. Jetzt musste er selbst nach Hanau und sich ein Bild machen. Ein wenig zürnte er auch mit Winterstein, der all dies zugelassen hatte, obwohl er ihm gesagt hatte, er müsse ein Auge auf den Pöbel haben. Kein Verlass war auf die schmierigen Kerle, die für ein paar Münzen ihre eigene Verwandtschaft verkauften. Baumer indes war frei von Schuld. Er war nicht in Hanau, sondern mit einer wichtigen Aufgabe betraut. Möglich, dass er schon in Genf eingetroffen war. Er hoffte, dass wenigstens dieser Teil des Plans reibungslos verlief.

Anselm Blager war eine Schande für den Gesellenstand. Insgeheim wünschte sich Rappolt Johann zurück. Wenn er es recht überlegte, hätte er ihn nie gegen Martin Gehlen oder gar diesen unfähigen Burschen eintauschen sollen. Er überlegte, ob er nicht vielleicht zu streng mit Johann umgesprungen war. Die letzten Arbeiten am Pokal erforderten viel Feingeschick, das ihm derzeit an allen Ecken und Enden fehlte. Jetzt, wo es kälter wurde, schmerzten Rappolts Knochen und er konnte die Finger nicht mehr biegen, wie er wollte. Die Gelenke waren geschwollen und äußerst druckempfindlich. Beim Mediziner war er gewesen, aber der hatte nur einen Aderlass vorgenommen und Rappolt verboten, fettiges Fleisch zu essen. Als ob er sich jemals in Völlerei ergangen hätte! Mit gerunzelter Stirn sah er zu, wie Anselm das Lötsilber überall auf dem Prunkbecher verteilte, nur nicht dort, wo es hingehörte. Er musste hier raus, sonst würde er wahnsinnig.

»Mach weiter«, befahl er Anselm und verließ die Werkstatt.

»Meister Rappolt«, rief eine Stimme hinter ihm. Er hatte nur ein paar Zeichnungen holen und die Zunft gleich danach wieder verlassen wollen, aber der Geselle hatte ihm regelrecht aufgelauert. Wie lange der schlaksige Kerl bereits vor seiner Türe ausgeharrt hatte, wusste er nicht. Die Zunft war verlassen, nur der Hausdiener räumte noch unten auf.

»Was gibt es?«, fragte er unwirsch.

»Ich bin ein Kamerad vom Gehlen. Ich und ein Freund suchen ihn doch. Gefunden haben wir aber stattdessen den Sperling.«

»Der Esel nennt sich immer zuerst«, sagte Rappolt streng. »Wie kommt es, dass ausgerechnet ihr einen Mann findet, der von einem Dutzend Büttel gesucht wird?«

»Die suchen ihn doch nimmer. Seit dem Aufstand kann doch jeder machen, was er will. Auch der Sperling, aber der stellt's klug an. Der verkriecht sich in einer Kirche.«

»Kirche? Hier in Hanau? Das ist unmöglich! Der Hauptmann sagte, gerade auf die Gotteshäuser haben die Büttel ein wachsames Auge.«

»Aber ich hab' ihn gesehen, ganz sicher. Ich dacht', ich erzähl's erst Euch, bevor ich zur Garnison gehe.«

»Was auch sehr klug war. Geh in die Wirtschaft und trinke auf meine Kosten ein Bier. Und das mit den Bütteln erledige ich selbst, nachdem ich mit dem Sperling gesprochen habe.«

Er drückte dem Gesellen einen Viertelgulden in die Hand, der für weitaus mehr als nur ein Bier reichte, und klopfte ihm wohlwollend auf die Schulter.

Kurze Zeit später stand Rappolt Johann Auge in Auge gegenüber. Er hatte sich nicht damit aufgehalten, sich von der mürrischen Haushälterin abweisen zu lassen, sondern sich durch den Hintereingang hineingeschlichen. Das Glück war ihm hold, die Kellertür stand offen.

Er sah trotz des schlechten Lichtes, wie Sperling ob der Überraschung heftig errötete und kein Wort herausbekam.

»Wenn der Hund nicht zum Knochen geht, muss der Knochen eben den Hund besuchen. Hast du das nötig, dich im Keller einer Kirche wie niederes Gewürm zu verkriechen?«

Johann schwieg.

»Einerlei. Ich bin hier, weil ich dich zu einem Fest einladen möchte.«

»Danke, aber das letzte Fest hat mir gereicht. Ich wurde zusammengeschlagen.«

»Es wird am ersten Samstag im Dezember zu Ehren der Fertigstellung des Ratspokals stattfinden. Und zwar im großen Festsaal im Rathaus. Deine Anwesenheit ist leider eine Notwendigkeit.«

»Wer hat mich denn eingeladen?«

»Die Auftraggeber selbst waren so frei. Ich soll dir vom Hauptmann der Stadtgarde ausrichten, dass du freies Geleit hast, wenn du keine Scherereien machst.«

»Nur, damit mich vor der Tür jemand gefangen nimmt«, sagte Johann grimmig.

»Freies Geleit heißt, du kannst die Stadt nach dem Fest verlassen – für immer.«

»Und wenn ich nicht erscheine?«

»Ich denke, die Auftraggeber werden das nicht auf sich beruhen lassen und deine Abwesenheit persönlich nehmen. Es sind dir augenblicklich schon viele Suchende auf den Fersen, aber es könnten noch mehr werden.«

»Ist das alles?«

»Außerdem schlage ich dir ein Geschäft vor«, fuhr Rappolt fort. »Du wirst ab sofort nicht mehr von den Bütteln behelligt, bis der Pokal fertig ist.«

»Ich dachte, ich sollte nur zur Feier kommen«, sagte Johann und das erste Mal senkte er den Blick nicht. Tapfer schaute er Rappolt ins Angesicht.

»Martin Gehlen ist verschwunden und – ich gebe es nur ungern zu, aber es ist die Wahrheit - niemand sonst kann mir helfen. Stell dir doch vor, wie schrecklich das für die Zunft aussieht, wenn dieser Auftrag nicht fertiggestellt wird. Wir haben fast fünf Dutzend Goldschmiede und keiner soll in der Lage sein, dieses Stück zu machen?«

»Was geht mich die Zunft an?«

»Ich werde dich wieder ins Buch eintragen, zumindest für die Dauer deiner Anwesenheit in meiner Werkstatt.«

»Ich will, dass meine Familie und ich wieder daheim einziehen können, ohne geächtet zu werden. Mein Ruf soll wieder makellos sein. Dafür muss gesorgt sein, sonst mache ich's nicht.«

»Wenn du mir versprichst, keine Scherereien zu machen und gut mitzuarbeiten.«

»Hand drauf!«, sagte Johann.

Rappolt schlug ein.

Rufus dachte, in einen Alptraum geraten zu sein, als Johann von den neuesten Entwicklungen berichtete. Zum Glück war bei Rappolts Besuch die Werkstatttür geschlossen gewesen und Rufus nicht anwesend.

»Wie kannst du nur?«, herrschte er Johann an. »Rappolt ist eine Schlange, er wird dich totbeißen, nachdem er dich ausgesaugt hat.«

»Sag mir, Rufus, was habe ich denn noch zu verlieren? Jeder scheint zu wissen, dass ich mich in der Kirche verstecke. Es ist nur eine Frage der Zeit, bis die Büttel mich herauszerren. Oder schlimmer noch, Elfriede oder Anna etwas antun. Lieber gehe ich in den Arrest, als dass meine Familie darunter zu leiden hat.«

»Verstehst du es nicht, oder willst du es nicht verstehen! Sie werden euch alle in den Kerker werfen. Von Angern ist vollkommen unberechenbar. Er scheut vor nichts zurück. Aber bitte, das musst du wissen.«

»Rufus, sieh dir doch meine Pläne an. Die Zeichnungen taugen nur zum Abwischen. Ich will die Originale sehen und abzeichnen. Rappolt hat mir heute selbst die Tür geöffnet. Mach dir keine Sorgen, ich passe schon auf. Elfriede soll endlich wieder raus können. Wenn Rappolt sein Wort nicht hält, sind wir eben wieder hier zu finden. Immerhin stehen wir unter Priester Michaels Kirchenschutz. Da kann selbst ein von Angern nichts ausrichten.«

Rufus schüttelte angesichts soviel Unverstandes den Kopf. Beleidigt warf er sich seinen Mantel über, griff nach dem Stock und ging. Sollte Johann doch blind in sein Unglück laufen.

Der Umzug von der Kirche nach Hause nahm nicht viel Zeit in Anspruch. Anna schloss Priester Michael dankbar in die Arme und versprach, sich täglich zu melden und bei Gefahr sofort zu ihm zu kommen. Sie fühlte sich unwohl, als sie draußen auf dem Kirchplatz stand und auf Johann wartete. Anna tröstete sich mit dem Gedanken, dass es Josef und Maria einst genauso gegangen sein musste. Nur, dass Maria hochschwanger gewesen war. Dennoch, Anfeindung blieb Anfeindung. Sie war eine Fremde, und das in ihrer eigenen Stadt.

*

Der ehemalige Wachmann Paul war am Boden zerstört. Was so gut begonnen hatte, war mit einem Schlag dahin. Ein Adliger namens von Angern war in die Stadt gekommen. Es hatte eine weitere Sondersitzung des Rates gegeben, in welcher der Adlige den Vorsitz geführt hatte, und anschließend war ein neuer Hauptmann eingesetzt worden. Es herrschte wieder Ordnung in der Garnison. Die Zweifler waren die Ersten gewesen, die sich wieder zum Dienst gemeldet hatten und sogar die Dienste für ihre abtrünnigen Kameraden übernahmen. Nach und nach waren alle wieder erschienen, als hätten sie niemals ihre Kameraden aus dem Kerker befreit und nie mit den Leuten auf der Straße getrunken. Die Plätze vor Paul waren verwaist. Er saß auf einem grob gezimmerten Podium, von dem aus er noch vor wenigen Tagen aufrührerische Reden geschwungen hatte und vom Publikum bejubelt worden war. Zum heutigen Treffen war niemand gekommen. Nicht einmal die alten Männer, die schon seit Urzeiten auf ihrem Altenteil saßen. Keiner. Paul war allein. Verstoßen von seiner Familie, ohne Heim und Arbeit und ohne Hoffnung.

Rappolt sah von seinen Zeichnungen auf, als das Türglöckchen klingelte. Vor ihm stand nicht wie erwartet Johann, sondern ein Büttel.

»Seid gegrüßt. Was kann ich für Euch tun?«

»Der Sperling ist wohl noch nicht angeflogen gekommen?«

Rappolt zog müde die Augenbrauen hoch. Der Mann vor ihm hielt sich offensichtlich für einen Scherzbold.

»Ich werde ihm gerne etwas ausrichten.«

»Das ist nicht nötig. Ich warte hier auf ihn. Verpflegung habe ich dabei.« Der Wachmann hielt seinen prallen Brotzeitbeutel hoch.

»Ich glaube kaum, dass Ihr so lange ausharren müsst«, merkte Rappolt an.

»Doch, weil der Hauptmann gesagt hat, dass der Sperling von jetzt ab bewacht werden muss.«

Anna war froh, dass Johann wieder außer Haus arbeitete. Sie dachte an früher, als sie gar nicht hatte abwarten können, bis ihr Liebster endlich daheim war. Jetzt war sie dankbar, wenn sie Johanns Schritte erst spät am Tag hören musste.

Wieder einmal war er schlechter Dinge. Er berichtete von seinem ungewollten Geleitschutz und einem Büttel in der Werkstatt, der ständig nur am Reden war.

»Lass dir am besten nichts anmerken und mach deine Arbeit«, riet sie ihm, und damit war das Thema für sie erledigt. Sie hatte seine ständigen Tiraden satt.

»Aber das mit den Zeichnungen wird schwer werden. Zumal ich keinen eigenen Schlüssel mehr habe, sondern nur rein kann, wenn Rappolt in der Werkstatt ist.«

»Auch dafür wird sich eine Lösung finden wie für alles andere auch.«

»Ich werde Rufus um Rat fragen.«

»Wieder einmal spannst du andere vor deinen Karren. Bring doch ein Mal wieder etwas allein zuwege.«

Am folgenden Tag kam Rufus mit empörtem Gesicht in die Werkstatt. Er hielt ein zerfleddertes Buch in der Hand, aus dem einige lose Seiten segelten. Der

Büttel hatte sich auf seinem Schemel halb aufgerichtet und verfolgte neugierig das Geschehen.

»Eine Unverschämtheit ist das. Es hat mich zwei Gulden gekostet und ich möchte wissen, welcher dieser Nichtsnutze das verbrochen hat.«

»Beruhigt Euch doch, Meister Bergen. Um was geht es denn?«, fragte Rappolt.

»Hier, seht selbst. Ach nein, hier ist das Licht zu schlecht. Kommt ans Fenster, ich werde es Euch zeigen.« Dann deutete Rufus' Finger auf den Büttel. »Und Ihr solltet auch einen Blick darauf werfen. Denn ich gedenke denjenigen zur Rechenschaft zu ziehen und da kommt mir ein Zeuge der Stadtwache gerade recht.«

Der Büttel stand auf und ging zu den beiden Männern ans Fenster. Zu dritt beugten sie sich über das Buch. Rufus schlug einige Seiten auf und empörte sich.

Johann ging zum Schreibtisch und zog den wichtigsten der Pläne aus der Lederröhre. Es raschelte. Johann erstarrte. In diesem Moment schnappte Rufus lautstark nach Luft. Der Büttel und Rappolt stützten den alten Mann, klopften ihm auf den Rücken und redeten begütigend auf ihn ein. Johann rollte den Plan zusammen und schob ihn in den Ärmel seines Mantels, den er morgens schon unten mit einem Schal verschlossen hatte, so dass die Zeichnung nicht versehentlich aus dem Ärmel rutschen konnte. Dann lief er zu den Männern. Rufus' Gesicht war gerötet, in den Augen schwammen Tränen.

»Soll ich Euch ein Glas Wasser bringen, Meister Bergen?«, sagte Johann.

»Nein, es geht schon wieder. Aber das ist wirklich die Höhe. Da leiht man der Zunft ein Kleinod aus und bekommt es so zurück.« Wieder schwang er das Buch.

»Ja, in der Tat. Das ist unschön. Die Zunft wird selbstverständlich dafür aufkommen. Ich werde Euch ein neues Exemplar beschaffen. Ich entschuldige mich in aller Form für die grobe Behandlung und insbesondere für die unflätigen Randnotizen«, sagte Rappolt.

Sichtlich zufrieden nickte Bergen und verabschiedete sich. Der Büttel kehrte auf seinen Schemel zurück und Johann ging wieder an die Arbeit. Er wandte beiden Männern den Rücken zu und grinste breit.

Dass es ausgerechnet die brave Anna gewesen war, die mit den deftigsten Schimpfwörtern aufwarten konnte, war für Rufus eine Überraschung gewesen. Sie war es auch gewesen, die die schrecklichen Randbemerkungen in Bergens Buch gekritzelt hatte. Nur beim Seitenausreißen musste ihr Rufus unter die Arme greifen. Das brachte sie nicht übers Herz.

Müde fiel Johann am Abend ins Bett. Er beglückwünschte sich zu seiner Flucht vor den Bütteln. Sie mussten gedacht haben, er läge bei Anna. Sie hatte eine Kerze in der Schlafstube entzündet und sich ab und an im Nachtgewand am Fenster gezeigt.

Lange war er noch in der Kirchenwerkstatt gewesen und hatte Korrekturen am Duplikat vorgenommen. Er fand die Kopie wesentlich hübscher als den ursprünglichen Auftrag.

»Das kommt davon, weil zu viele Hände den offiziellen Becher mittlerweile begrabscht haben«, sagte Rufus, der kurz vorbei schaute und wissen wollte, ob es an irgendetwas fehlte. »Eine solche Arbeit ist etwas sehr Privates. Und einen Teil deiner Persönlichkeit schmiedest du immer mit rein. So ist das. Und da Martin und dieser Anselm Hohlköpfe sind, ist es kein

Wunder, dass das Becherlein nicht mehr so gut aussieht.«

»Es geht dem Ende entgegen«, sagte Johann. Ausnahmsweise wirkte er gefasst, als er das sagte.

Anna ließ fast das bauchige Tongefäß mit dem Apfelmus fallen.

Er fuhr fort: »Anna, du musst raus aus der Stadt. Die Hand des adligen Mistkerls reicht weiter als gedacht.«

»Wo soll ich denn hin?«

»Nach Heidelberg zu deiner Base.«

Anna stellte das Gefäß ab und riss den Deckel herunter, der fast zerbrach, als sie ihn auf die Tischplatte fallen ließ. »Du hast dir wohl hübsch alles im Kopf zurechtgelegt und stellst mich vor vollendete Tatsachen?«

»Das ist meine Aufgabe als Ehemann und Vater.«

»Das sagst du so einfach. Hanau ist meine Heimat.«

»Es ist nur für kurz, mein Herz. Aber ich würde mir ewige Vorwürfe machen, wenn euch etwas geschähe. Stell dir einfach vor, du machst eine schöne Reise, schaust dir mit Elfriede die Stadt an und ehe du dich versiehst, bin ich schon bei euch.«

Er wollte sie auf die Stirn küssen. Anna drehte sich weg. Der Kuss landete in der Luft. Verärgert trat Johann einen Schritt zurück.

Anna wollte sich dieses Mal nicht von ihm lenken lassen, zu viel stand auf dem Spiel. War sie wirklich so schwach, dass er alles vor ihr geheimhielt?

»Ich kenne dich, Johann Sperling. Was verbirgst du vor mir?«

›Was für ein Tag‹, dachte der Bote. Hätte er vor dem Aufstehen gewusst, was ihn erwartete, wäre er liegen geblieben. Seine Nachrichten in der Tasche mussten noch warten. Da war die Werkstatt, dort sollte er hin. Mündliche Botschaften wurden nicht nur ausnehmend gut bezahlt, sondern er liebte sie auch aus dem Grund, weil er das Mienenspiel derjenigen beobachten konnte, denen er die Nachricht überbrachte. Meist handelte es sich um Schicksalsschläge. Dieses Mal betraf es ihn direkt, und er fragte sich, ob sich seine Miene auch so grauslich verzogen hatte.

Er hielt sich nicht mit Anklopfen auf, wofür auch? Er war ein Bote, er musste nicht hereingebeten werden. Der Raum wirkte innen größer, als das Haus vermuten ließ. Linker Hand saß ein Mann kerzengerade an einem Schreibpult. An der Werkbank arbeitete ein Mann gleichen Alters, der den Schmiedehammer selbstbewusst schwang, ohne sich um den Schreibenden zu kümmern. Eine steile Falte zerteilte die Stirn und Schweißtröpfchen hingen an dem krausen Haar. Zwei Meister in einer Werkstatt traf man nur selten an. Zur Überraschung des Boten saß auf einem Schemel, den Rücken behaglich gegen eine Tür gelehnt, ein Wachmann, der einen Apfel verspeiste.

»Ich überbringe mündliche Kunde für Meister Rappolt«, wandte sich der Bote an den hämmernden Goldschmied.

»Ich bin Hanns Rappolt«, sagte der Mann am Pult und stand auf.

Der Bote schloss für einen Moment die Lider und dachte nach, wie er das, was er am Morgen mit eigenen Augen gesehen hatte, in deutliche Worte fassen sollte. Schon kochte es wieder in seinem Magen und die Übelkeit drängte zum Mund. Das ganze Blut und die herausquellenden Innereien des Opfers waren eindeutig zu viel für die Augen eines rechtschaffenen Mannes. Er entschied sich für eine knappe Zusammenfassung, ehe er Gefahr lief, seinen Magen auf den sauberen Boden zu entleeren.

»Es wurde ein Toter gefunden. Aufgeschlitzt ist er vom Gemächt bis zum Halse. Ich soll Euch vom Hauptmann der Hanauer Garnison ausrichten, dass der Mann Martin Gehlen heißt.«

»Wo hat man ihn gefunden?«, fragte Rappolt.

Der Bote stellte erstaunt fest, dass das Gesicht des Mannes vor ihm gefühllos blieb.

»Ich fand ihn heute am frühen Morgen an einen Wegweiser gebunden. Ein Arm deutete auf das Schild mit der Inschrift ›Bruchköbel‹, der andere auf ›Hanau‹. Der Schilderbaum befindet sich genau in der Mitte zwischen beiden Orten.«

»Danke«, sagte Rappolt und setzte sich wieder.

Er holte eine tönerne Flasche aus dem Pult, öffnete sie und trank einen gewaltigen Schluck. Dann verstaute er die Flasche wieder. Der Bote hätte gerne seine verdorrte Kehle benetzt. Angesichts der schrecklichen Nachricht verzieh er dem Goldschmied die mangelnde Gastfreundschaft und beschloss, in einer Schänke einzukehren.

*

Johann verspürte das Bedürfnis nach Ruhe. Er setzte sich in die Wohnstube, die behaglich wie ein voll belegter Schweinestall war. Holzsplitter der Möbel, die von den Bütteln zerschlagen worden waren, knirschten unter den Fußsohlen. Das Wissen, dass Fremde in das Haus eingedrungen waren, widerte Johann an. Seine Anna versuchte wie stets das Beste daraus zu machen. Sie hatte aussortiert. Hoffnungslos zerstörte Dinge, Gegenstände mit leichten Beschädigungen und Unversehrtes waren auf drei unterschiedliche Haufen gewandert. Johann hätte am liebsten alles aus dem Hause geschafft.

Johanns Stuhl kippte zur Seite, als er vorsichtig Platz nahm. Kurzerhand setzte er sich auf den Boden, stellte einen Krug Wasser daneben und dachte nach. Warum hatte von Angern ihn verschont und Gehlen das Leben genommen? Johann war sicher, dass der Adlige seinen Tod wollte. Er war weit davon entfernt, Martin einen Freund zu nennen, allerdings ärgerte ihn die Willkür, mit der ein Leben so mir nichts dir nichts ausgelöscht worden war. Würde von Angern Johanns Dasein ein ebensolch demütigendes Ende setzen?

Rufus nahm den Stichel und kratzte ein Stück Metall von der Unterseite des silbernen Fußes des Duplikats. Johanns Herz schlug bis zum Halse. Ihm war, als sei dies tatsächlich seine Meisterprüfung. Rufus war ebenfalls mit Ernst bei der Sache und überprüfte den Gehalt des Silbers mit seinem Messinstrument. Er zog die Stirn kraus. Johann konnte nicht mehr still stehen, er lief in der Werkstatt umher. Reinigte die Werkzeuge, was ihm zu einem vertrauten Ritual geworden war, schlug diese in weiche Tücher ein und legte sie in Rufus' Kiste. Er wagte kaum aufzusehen, als sein ehemaliger Meister sich räusperte.

»Junge, Junge. Was hast du da nur gemacht?«

»Sag schon, ich kann die Wahrheit vertragen«, sagte Johann mit belegter Stimme.

»Ein so wunderbares Meisterstück ist mir noch nie untergekommen. Wenn ich dürfte, mein Junge, hättest du jetzt deinen Brief bekommen.«

Johann war überwältigt. Er umarmte Rufus, lachte und weinte gleichzeitig.

»Ich weiß, wie du dich fühlst. Es ist, wie wenn eine Frau ein Kindlein bekommt und es gleich wieder hergeben muss. Ein Graus ist es, den Pokal diesen elendigen Drecksäcken zu überlassen.«

Die beiden saßen noch den ganzen Abend vor dem Prunkbecher, ergötzten sich an seinem Glanz und tranken das gute Tröpfchen, das Priester Michael zur Feier des Tages spendiert hatte.

Rappolt gestand es sich ungern ein, aber Johann arbeitete so gekonnt am Pokal, dass es fast den Anschein erweckte, er mache dies nicht zum ersten Mal. Es tat ihm leid, ihn aus der Zunft ausgeschlossen zu haben, denn auch er sehnte sich nach einem Nachfolger, jetzt, wo das mit seinen Händen immer schlimmer wurde. Seit Wochen konnte er nicht mehr schmieden und es war, als hätte ihm seine Krankheit die Seele genommen. Er zeigte sich versöhnlich, wenn Johann in Gedanken versunken dastand und wohl an seine kranke Frau dachte. Man hatte sie schon länger nicht mehr in den Geschäften gesehen und die Nachbarn zerrissen sich bereits die Mäuler über ihr Schicksal. Das Einzige, was diesem Sperling fehlte, war Disziplin im Umgang mit wichtigen Leuten. Man musste sie doch nicht mögen, um einen guten Auftrag zu erhalten. Zurückhaltung war schon genug. Aber selbst das war diesem Sperling mit seinen Prinzipien zu viel. Und Martin, der war ein ganz besonderer Fall. Rappolt hieß nicht gut, was von Angern oder seine Schergen ihm angetan hatten. Man hätte doch reden können und versuchen, die Unklarheiten mit einem Gespräch auszumerzen. Jemanden deshalb umzubringen – und dann auch noch ein Zunftmitglied –, gab nur Ärger. Den er nun ausbaden musste. Wenn er an die Beerdigung zurückdachte, graute ihm. Und das war noch nicht alles. Den Angehörigen stand ein Sterbegeld zu, das er noch nicht einmal von Angern in Rechnung setzen konnte, obwohl er ahnte, dass dieser die Schuld an Gehlens Tod trug.

›Jeder muss selber wissen, was er tut‹, dachte Rappolt und griff unter Schmerzen nach der Schreibfeder.

*

Anna weinte bitterlich. Sie hasste Abschiede und diesen ganz besonders. Sie hatte es ihrem Mann nicht unnötig schwer machen wollen, hatte sich vorgenommen tapfer zu sein, aber als Johann Elfriede auf die Wangen küsste und sie fest an sich drückte, schwammen ihre Augen in Tränen.

»Jeden Tag werde ich mich sorgen. Hannes, komm nach, sobald du kannst. Lass uns wenigstens dieses Mal nicht im Stich!«

»Alles wird gutgehen, mein Herz.«

»Schreib du zuerst, dann weiß ich, dass ich antworten kann, ohne dich in Gefahr zu bringen.«

»Ja doch. Und jetzt geh, bevor wir noch trauriger werden.«

Die beiden küssten sich so wie damals, als sie gespürt hatten, wie stark das zarte Band ihrer Liebe bereits war. Dann nahm Anna Elfriede an die Hand und nahm die Flucht aus der Stadt in Angriff.

Johann litt in seiner Einsamkeit wie ein Hund. Es war traurig im Haus, ohne die gewohnte Geräuschkulisse. Appetitlos aß er die Hälfte seines Breis, der zum Fürchten schmeckte, und ließ die Schale auf dem Tisch stehen. Morgen war der große Tag. Der Ratspokal würde fertig, falls keine Änderungen notwendig waren, und, was viel wichtiger war, das Treffen mit dem Körnchen stand bevor. Johann hob die lose Bodendiele an und sah es darunter weiß schimmern. Der Brief war noch da.

Noch wortkarger als sonst arbeitete er dem Mann zu, den er aus tiefster Seele verabscheute. Johann hatte sich in den vergangenen Monaten oft gefragt, wer seines Erachtens schlimmer war: Von Angern, der Despot, oder Rappolt, der ewig Neutrale. Die inneren Waagschalen hatten sich mal zur einen, mal zur anderen Seite geneigt. Heute aber hasste er Rappolt ganz besonders. Selbst das Lob des Zunftmeisters nahm er entgegen, ohne eine Miene zu verziehen.

Rappolt ärgerte sich. Da spornte er diesen Kerl an und der glotzte wie der Esel auf dem Markt und tat so, als hätte er nichts gehört. Die Leviten konnte er ihm nicht lesen, denn er brauchte diesen Sperling noch. Das Bankett musste reibungslos über die Bühne gehen. Alles hing von diesem Abend ab. Aufträge, das Schicksal der Zunft, sein eigener Ruf und nicht zuletzt sogar seine Existenz. Wie schnell man sich der Zunftmeister in Hanau zu entledigen pflegte, verdeutlichte das Beispiel von Bergen, der zu einer bemitleidenswerten Kreatur geworden war. Rappolt wischte seine Ängste beiseite. Er hatte gut daran getan, niemals Fragen zu stellen und sich nicht in die politischen Intrigen verstricken zu lassen.

»Wir machen früher Schluss. Morgen ist der große Tag, da müssen wir ausgeruht sein.«

Johann schwieg.

»Mir ist egal, was du verbrochen hast. Für mich zählt einzig, dass du Talent hast. Ich will, dass du das weißt.«

»Danke, Meister«, erwiderte Johann sarkastisch.

Der allgegenwärtige Büttel erhob sich, streckte sich ausgiebig und nickte Rappolt zum Abschied zu, dann hielt er für Johann die Tür auf.

Der ›Weiße Schwan‹ war festlich geschmückt. Blumengirlanden umrahmten die Eingangstür, der Innenraum war mehrmals gewienert worden und die Krüge blitzten sauber vom Regal herunter. Rappolt begrüßte die Gäste, die eigens zum morgigen Bankett im Rathaus angereist waren. Zum einen eine Delegation aus Verona, die in Verbindung mit von Angern stand, zum anderen reiche Kaufleute und Adlige aus der Umgebung. Es wurde gemutmaßt, wie der Prunkbecher wohl aussehen würde. Die Gäste versuchten spielerisch, Rappolt Einzelheiten zu entlocken. Er blieb hart und verwies auf den nächsten Tag, an dem sich das Geheimnis ohnehin lüften würde. Anscheinend merkten die Gäste, dass sie es mit einem denkbar ungeselligen Menschen zu tun hatten, und verabschiedeten sich früh mit der Begründung, eine lange Reise hinter sich zu haben, auf ihre Zimmer.

Johann schlief wider Erwarten gut. Das Bankett und die Adligen jagten ihm keine Angst mehr ein. Lediglich das Treffen mit dem Körnchen verursachte ihm ein wenig Magengrimmen. Resolut aß er zwei Scheiben Brot, die er zur Feier des Tages dick mit Wurst belegt hatte, und machte sich für die Werkstatt fertig. Viel war am Pokal nicht mehr zu tun. Er musste ein letztes

Mal poliert werden und Rappolt nahm den Stich vor. Dieses Mal war es Johann egal, was dabei heraus kam. Er dachte an sein wahres Meisterstück, das in einer Decke vor sich hinschlummerte und darauf wartete, enthüllt zu werden.

Rappolt hatte vor Aufregung rosige Wangen. Kaum vermochte er den Stichel zu halten. Beim Kratzen rammte er sich die scharfe Kante des Werkzeugs in den Daumen. Johann unterdrückte seine Schadenfreude. Der Büttel reichte dem Meister hilfsbereit ein sauberes Tuch zum Verbinden. Rappolt legte es sich um und setzte den Stichel erneut an.

›Die Qualität des Silbers ist schlechter als beim Duplikat‹, dachte Johann, als der Meister das Ergebnis der Probe kundtat.

»Die beiden Gravuren müssen ausgebessert werden«, sagte Rappolt. »Dann ist es vollbracht.«

Johann machte sich klaglos an die Arbeit.

Mehr als eine Stunde vor dem Mittag war der Pokal fertig. Der letzte Akt bestand darin, dass Rappolt dem Prunkbecher seinen Meisterstempel einstanzte.

»Jetzt tut's dir doch ein bisschen weh, oder?«, sagte Rappolt.

»Im Gegenteil«, gab Johann zurück.

»Wir treffen uns eine Stunde vor Beginn des Banketts im Foyer des Rathauses«, befahl Rappolt.

Johann teilte dem Büttel mit, dass er angesichts der Aufregung wegen des Banketts beten wolle.

»Da komme ich doch gleich mit. Beten kann nichts schaden in unseren Zeiten«, sagte der Wachmann und betrat hinter Johann das Kirchenschiff.

Johann setzte sich auf eine der Bänke. Ihm fiel auf,

dass er während seines Exils im Pfarrerskeller nicht ein Mal im Gottesdienst gewesen war.

Priester Michael stand neben dem Altar und begutachtete das Blumengebinde aus Duftschneeball und Winterjasmin. Der Geruch war süß und erfrischend. Mit einem Mal freute sich der Priester auf den Frühling. Gemessenen Schrittes näherte er sich Johann und dem Büttel.

»Verzeiht die Störung«, sprach er Johann an. »Ich habe noch einige Kleidungsstücke, die Euch gehören. Ihr habt sie vergessen, als Ihr wieder nach Hause gegangen seid.«

Johann nickte. »Ich nehme sie gleich mit.«

Auch dieses Mal beharrte der Büttel darauf, Johann zu begleiten. Es ging in den Keller. Johann sah bewusst nicht zur Tür, die in das Gewölbe zur zweiten Werkstatt führte. Der Priester überreichte ihm ein dickes Bündel, das er fest mit Seil umwickelt hatte. »Das müsste alles sein.«

»Habt Dank. Für alles, was Ihr für mich und meine Familie getan habt.«

Daheim angekommen wickelte Johann zuerst das Duplikat aus der Decke, fühlte die Rundungen der Treibarbeiten, strich über die sanften Schwünge der Gravuren und ergötzte sich an der Schwere des Prunkbechers. Seufzend rollte er ihn in die Decke und diese wiederum in ein gegerbtes Kuhfell, das sich weich um das Bündel schmiegte. Die feine Kleidung für den Abend packte er mit hinein. Das würde zumindest einer groben Inspektion durch seine immerwährenden Begleiter standhalten, die auch jetzt wieder vor seinem Haus postiert waren.

Johann hob die Bodendiele an und holte den Brief

aus dem Versteck. Er stopfte ihn sich unter das Hemd und schaute zur Hintertür in den Hof hinaus. Niemand war zu sehen. Er schlich an der Häuserwand entlang und gelangte über die Mauer auf das Gässchen, das parallel zur Metzgergasse verlief. Eine große Samtmütze verdeckte den größten Teil seines Gesichts. Er lief gesenkten Hauptes bis fast zur Spitalpforte, die glücklicherweise unbewacht war, und lehnte sich dort gegen die Stadtmauer. Diesen Platz hatte er bewusst ausgesucht, weil sich niemand in diesem Teil der Altstadt um den anderen scherte. Hier gab es Freudenhäuser und Spelunken.

Johann vernahm trunkenes Gelächter. Leicht bekleidete Damen mit wogenden Dekolletees sprachen zwei Binnenschiffer an, die sich nur allzu bereitwillig auf diese flüchtige Liebelei einließen. Johann sah, dass sie in einer der Schänken verschwanden. Modriger Geruch der Kinzig lag in der Luft.

›Der Kanal wäscht sich selbst und speit allen Unrat ans Ufer, und was tun die Leute? Sie kehren ihn wieder ins Wasser. Irgendwann fällt aller Dreck auf einen zurück‹, sinnierte Johann.

Das Körnchen nahte und grinste über beide Wangen, als es Johann mit seiner lächerlichen Mütze sah.

»Fesch siehst du aus.«

Johann grummelte. Er wandte sich dem Körnchen zu und gab ihm heimlich den Brief, wobei er darauf achtete, die Übergabe mit seinem Körper abzuschirmen.

»Und du kommst ganz sicher an sie heran?«

»Keine Sorge, mein Freund. Ich bin meine Depeschen für sie heute noch nicht los geworden. Deinen Brief mische ich darunter. Es wird keinem auffallen. Außerdem kennen die mich im Schloss.«

Johann legte seine Hand auf den Arm des Körnchens.

»Ich danke dir für deine Hilfe. Es kann sein, dass ich nichts davon habe als nur Ärger. Aber es ist eine Sache des Prinzips.«

»Und Prinzip kommt von principe und das bedeutet so viel wie herrschen. Mach dir nicht so viele Sorgen. Und grüße deine Frau und dein Kind von mir. Ich komme demnächst mal wieder bei euch auf einen Schoppen vorbei.«

»Ja, tu das«, murmelte Johann dem davoneilenden Körnchen hinterher.

Rufus lief unruhig im Pfarrhaus hin und her. Er war in die Kirche gegangen und hatte seine Verfolger hinter sich gelassen. Die Haushälterin hatte ihn mit ins Haus genommen und schnitt nun Gemüse.

»Was, wenn es schief geht?«, sagte er wohl zum hundertsten Mal.

»Dann könnt Ihr es auch nicht ändern. Wie wäre es, wenn Ihr Euch ablenkt, indem Ihr mir helft? Die Rüben müssen geschabt und klein geschnitten werden.« Sie klatschte Rufus den Bund Karotten gegen die Brust. Er ließ sich seufzend auf einem Küchenstuhl nieder und begann zu schaben. Was blieb ihm auch anderes übrig, er musste erst in drei Stunden in der Marktgasse an der Seitentür des Rathauses sein.

Anna und Elfriede erreichten die Stadtgrenze zu Obertshausen. Erschöpft hielt Anna Ausschau nach einer Unterkunft. Sie trug ihr Trauergewand.

Elfriede sah schließlich das Schild, das lose an einem Nagel über der Tür eines heruntergekommenen Hauses baumelte.

»Da willst du rein?«, fragte Anna.

Elfriede nickte. »Da ist ein Pferd auf dem Schild. Ich mag Pferde.«

Anna hatte keine Lust, noch weiter zu suchen, und betrat das Gebäude. Der Wirt schaute misstrauisch auf, als hinter Anna und Elfriede niemand mehr das Gasthaus betrat. Erst als Anna ihren Mantel ablegte und der Mann hinter dem Tresen das Trauergewand sah, wurde sein Blick weicher.

»Was kann ich für Euch tun?«

»Wir brauchen ein Zimmer für die Nacht.«

»Herzliches Beileid. Euer Mann?«

Anna nickte und biss sich auf die Lippe.

»Dieser verdammte Krieg. Entschuldigt bitte. Aber bei uns trifft's jeden Dritten. Ständig kommen die Boten mit schlechten Neuigkeiten. Wo seid Ihr her?«, fragte er und schulterte das Gepäck der beiden.

»Gelnhausen.«

»Da habt Ihr ja ein gutes Stück hinter Euch gebracht.«

Wieder nickte Anna nur und nahm den Schlüssel entgegen. Der Gasthof war schlicht und vieles war im Begriff, auseinander zu brechen, wie zum Beispiel der Deckel der Truhe. Es störte sie nicht, dass der Spiegel in ihrem Zimmer einen Sprung hatte. Irgendwie fand sie es bezeichnend.

*

Johann hetzte zum Hof zurück, überkletterte die Mauer und riss die Hintertür auf. Dann schnappte er sich das Bündel und hoffte, sich nicht allzu sehr verspätet zu haben. Der Büttel lief bereits vor seiner Tür auf und ab.

»Entschuldigt, ich bin eingeschlafen. Können wir?«

»Ist ja nur der Weg bis zum Rathaus, danach hab' ich frei. Ab morgen hab' ich wieder woanders Dienst. Ist ein großer Tag für Euch, gell?«

»Sehr groß.«

Das Rathaus war reich mit Blumen geschmückt. Einladendes Licht strömte aus den Fenstern. Rappolt blieb die Luft weg, als Johann in seiner Arbeitskleidung und zudem reichlich verschwitzt das Foyer des Rathauses betrat.

»Das geht nicht!«, rief er ihm entgegen.

»Ich habe meine feinen Sachen dabei, wollte sie nicht eindrecken.« Johann hob das Bündel hoch. Die Muskeln seiner Oberarme protestierten mit einem scharfen Schmerz. Er hoffte, dass Rappolt die Grimasse entgangen war.

Der Zunftmeister zog misstrauisch die Augenbrauen zusammen. »Na dann komm.« Rappolt nahm die Treppe linker Hand, die ins Obergeschoss führte.

Der Boden des Ratssaales glänzte so sehr, dass sich die edlen Wandbehänge darin spiegelten. Johann wusste nicht zu sagen, ob die goldenen Fäden in den Boden oder im Brokat des Wandschmucks eingearbeitet waren. An der festlichen Tafel wurde soeben letzte Hand angelegt. Prunkgeschirr aus feinstem Silber und Schalen voll duftender Gewürze wetteiferten um die Gunst der Gäste. Das Auge des Betrachters wurde allerdings unweigerlich zum vergoldeten Pokal gelenkt. Zahlreiche Lampen bestrahlten die makellose Oberfläche. Johann überlegte, wie er es anstellen sollte. Der Zufall spielte ihm in die Hände. Rappolt wurde vom Koch des ›Weißen Schwans‹ herbei gebeten, weil etwas mit dem Hauptgang nicht in Ordnung war. Zwar war der Weg kurz, die Speisen mussten nur über den Marktplatz getragen werden. Aber selbst ein kurzer Weg reichte manchmal für ein Malheur aus. Johann blieb allein mit zwei Dienern im Saal zurück. Er wartete, bis die beiden sich wieder in ihre Arbeit vertieft hatten, Servietten zu falten, legte sein Bündel vor dem Ratspokal auf den Boden und öffnete es. Schnell nahm er den Prunkbecher vom Sockel, steckte ihn in das Bündel und stellte das Duplikat auf. In diesem Moment erschien Rappolt.

»Nicht! Du kannst doch den Pokal nicht anfassen!«

»Ich wollte ihn mir nur noch einmal ansehen.«

»Jetzt sind Fingerabdrücke drauf. Gleich kannst du ihn noch mal polieren. Und bevor es dich wieder überkommt, verhüllst du ihn bitte damit.« Er warf Johann ein dunkelblaues samtenes Tuch zu. Johann hob mit der Fußspitze die Decke über den echten Pokal. Dann raffte er das Bündel zusammen und stakste zu einem Diener.

Seine Knie wollten nicht, wie er wollte. Rappolt kam ihm hinterher.

»Hast du getrunken?«

»Nur einen winzigen Schnaps. Einer ist keiner.«

»Das darf doch nicht wahr sein! Zieh dich um und lass dir vom Wirt einen großen Krug Wasser geben. Den leerst du bis auf den letzten Tropfen. Ich glaube es ja nicht. Besäuft der sich einfach.«

Johann tat, was Rappolt verlangt hatte. Er bat den Wirt um Wasser und fragte den Diener nach einem Platz, wo er sich in Ruhe umziehen konnte.

»Was, wenn es nicht klappt?«, jammerte Rufus.

»Regt Euch doch nicht so auf. Habt doch ein wenig Vertrauen in unseren Herrgott.«

Rufus schnaufte verächtlich.

»Wenn du willst, dass etwas getan werden muss, so tue es selbst«, schleuderte er dem Priester entgegen.

»Genau. Dafür hat der Allmächtige uns den Verstand gegeben«, versuchte Michael ihn zu beruhigen.

»Ich muss los.«

»Noch nicht. Wie lange wollt Ihr denn neben dem Rathaus herumlungern und die Aufmerksamkeit der Büttel auf Euch ziehen? Ich sage Bescheid, wenn Ihr gehen sollt.«

»Was, wenn es schief geht?«

»Dann muss Johann zusehen, wie er seinen Hals aus der Schlinge zieht.«

»So kaltherzig habe ich Euch noch nie daherreden hören.«

Der Priester nickte. »Da habt Ihr wohl recht. Anna und ihre Tochter sind in Sicherheit. Das war alles, was für mich gezählt hat. Allein ihnen galt meine Hilfe.«

»Was hat Johann denn verbrochen, dass Ihr so schlecht über ihn denkt? Ich finde ja auch, dass er sich verändert hat. Aber wessen Schuld war das denn?«

»Manche Menschen ändern sich, die meisten nie.«

»Das müsst Ihr mir erklären. Aber bitte ohne Predigt.«

»Keine Angst, diese Geschichte spricht für sich selbst. Ihr wisst doch von dem lahmen Bein vom Johann.«

»Sein Knie ist steif. Schon als Lehrling hat er Probleme damit gehabt«, sagte Rufus.

»Und wisst Ihr auch, wie es dazu kam?«

»Ein Unfall, nehme ich an. Er erzählte etwas von einer Kutsche, die er übersehen hatte. Schien ihm nicht viel auszumachen, die ganze Angelegenheit. Jedenfalls hat er nie viele Worte darüber verloren.«

»Weil es kein Unfall war«, sagte der Priester. »Anna hat mir die wahre Geschichte erzählt. Johann ahnt nicht, dass er sie ihr vor Jahren erzählte, als er trunken am Boden lag. Er denkt noch immer, Anna wüsste von nichts. Es begann als harmlose Rauferei. Johann war damals zwölf Jahre alt. Er war mit einem Freund am Main fischen. Beide gerieten in Streit, der sich verschärfte, und Johann ersäufte den anderen. Der trat mit letzter Kraft aus. Johann verlor das Gleichgewicht und fiel mit dem Knie direkt auf einen spitzen Felsbrocken. Johanns Knie war hinüber und sein Freund war tot.«

Rufus schnappte nach Luft. »Der Junge ist ein Mörder?«

»Von Reue habe ich beim Sperling keine Spur gefunden. Außerdem hat er die Anna geschlagen.«

Rufus wurde still. Traurig sah er in seinen Becher.

»Hier.« Michael stellte ihm einen Schnaps vor die Nase.

Rufus trank ihn, ohne etwas zu schmecken.

Von Angern wendete sich vor dem Spiegel hin und her. Seine Finger betasteten die schweren Goldknöpfe seines Wamses. Der Diener bürstete den Prunkmantel ab und legte ihn von Angern über die Schultern. Das Kleidungsstück war so geschnitten, dass die goldene Brosche mit den schwarzen Perlen zur Geltung kam, die die Halskrause zusammenhielt. Der Diener hielt ihm die Schmuckschatulle geöffnet hin. Von Angern überlegte kurz, dann entschied er sich für einen Ring mit einem großen Saphir und einem verzierten Goldring ohne Edelsteine. An den rechten Zeigefinger steckte er seinen Siegelring. Die Kappe aus weichem Samt war mit einer neuen Feder geschmückt, die farblich mit der restlichen Kleidung harmonierte. Endlich war er mit seinem Erscheinungsbild zufrieden. Ganz so, wie es sich für den neuen Herren Hanaus geziemte.

Rappolt verzichtete dieses Mal darauf, Johann mit allen bekannt zu machen. Ab und an deutete er zu ihm herüber. Johann war es egal. Er dachte an Anna. Was sie wohl gerade machte? Hoffentlich war ihr nichts zugestoßen. Bis zur Ankunft in Heidelberg stünden ihr noch mindestens acht weitere Tage bevor. Wenn es nach ihm gegangen wäre, hätte eine Kutsche sie zu ihrer Base gebracht. Er verfluchte sich dafür, kein Geld zu haben. Alles, was er noch an Münzen besessen hatte, stand dort auf dem Sockel und blinkte mit dem Schmuck der Anwesenden um die Wette. Johann wartete einen günstigen Moment ab, stand auf und betrat das Abstellkämmerchen, in dem er sein Bündel gelassen hatte. Er nahm es und ging zur Seitentür.

»Na endlich, Junge. Ich dachte, du kommst nie mehr.« Aus dem Schatten schälte sich eine Gestalt. Es war Rufus und er blickte ernst drein. Johann drückte ihm das Bündel in die Arme.

»Nimm und hau ab. Wir treffen uns heute Nacht in der Kirche«, raunte Johann.

Er ging wieder zum Saal zurück. Das aufdringliche Parfum der Damen verursachte ihm Übelkeit. Das Klirren der Gläser mischte sich mit dem aufgesetzten Gelächter. Johann bedauerte auf einmal diese Menschen, die nichts hatten außer sich selbst und den ganzen Schmuck, mit dem sie sich behängten. Vor der Arbeit am Ratspokal hatte er anders darüber gedacht. Der Schmuck anderer hatte seinen Lebensunterhalt gesichert. Wie weit er damit gekommen war, sah er jetzt. Er war mittellos, seine Frau im Exil, seine Tochter tot.

Ein Raunen ging durch die Menge, als Katharina Belgica, flankiert von ihrer Leibgarde, den Raum betrat. Viele Gäste wirkten verunsichert. Johanns Herz machte einen Satz. Der Blick der Dame schweifte über die Adelsgesellschaft und heftete sich schließlich auf Johann. Fast unmerklich nickte sie und wandte ihre Aufmerksamkeit Rappolt zu, der sofort auf sie zugestürmt war. Es schien Johann, als wolle sich der Zunftmeister überhaupt nicht mehr aus seiner Verbeugung lösen. So tief das Haupt, so krumm der Buckel.

Im Gegensatz zu den Anwesenden war sie schlicht gekleidet. Dezente Perlen baumelten an ihren Ohrläppchen und der Siegelring war der einzige Schmuck, den sie an den Fingern trug. Auch ihr Kleid war vergleichsweise schlicht. Ein Kragen aus französischer Spitze und ein gestickter Besatz waren ihr genug.

Rappolt reichte ihr ein Glas mit rotem Wein. Sie nickte huldvoll und setzte es an die Lippen. Die Gäste nahmen ihre Gespräche wieder auf. Johann sah, dass viele der Anwesenden zur Gräfin schielten und mehr oder weniger offensichtlich um ihre Aufmerksamkeit buhlten. Die Versuche prallten an der Regentin ab. Sie ließ das Gefolge links liegen und schlenderte zum Ratspokal, der unter dem blauen Samt nur zu erahnen war.

Dann betrat Ferdinand von Angern den Saal. Katharina Belgica drehte sich betont langsam um und erwiderte den Blick des Adligen gelassen. Rappolt war hin und her gerissen. Auch von Angern bot er einen Willkommensschluck an, sah jedoch immer wieder zur Gräfin.

»War sie denn eingeladen?«, sagte eine Adlige mit Silberblick laut. Der Augenblick ihres Kommentars war unglücklich gewählt, denn sie äußerte ihn, als viele

Gespräche gerade ins Stocken kamen. Die Gräfin schritt zu ihr, baute sich vor der Frau auf und sagte: »Ich muss nicht eingeladen werden, nicht in dieser Stadt. Und was Euch betrifft, geht. Ich lade Euch hiermit aus.«

Das Schweigen peinlich zu nennen, wäre Johann wie eine Untertreibung vorgekommen. Es war geradezu schmerzhaft. Die Adlige errötete heftig, knickste nachlässig vor Katharina Belgica und eilte aus dem Saal. Ein junger Mann lief ihr nach.

»Möchte noch jemand an der Legitimation meiner Anwesenheit zweifeln?«

Das Schweigen hielt an.

Winterstein war froh, dass endlich die Speisen aufgetragen wurden. Er hoffte, dass das vorzügliche Essen die Anwesenden versöhnlicher stimmen würde. Er fragte sich, wer von seinen Verbündeten geplaudert hatte. Wer, verdammt noch mal, hatte dieses Weib unterrichtet? Er vermutete, dass der Bürgermeister dahintersteckte, obwohl er ihm in Anwesenheit des Rates das Versprechen abgetrotzt hatte, Stillschweigen zu bewahren. Winterstein fürchtete den nächsten Tag, wenn er sich von Angern stellen und eine Erklärung aus dem Ärmel schütteln musste, warum zum wiederholten Male alles schiefgelaufen war.

Er winkte einen der Diener heran und ließ sich sein Glas voll schenken.

Johanns Magen war vor Aufregung wie zugeschnürt. Rappolt saß ihm gegenüber und las nervös in mehreren Blättern. Vermutlich handelte es sich um seine Rede. Der Abend zog sich quälend in die Länge. Johann vermochte kaum, sich auf die Tischgespräche zu konzentrieren. Immer wieder schweiften seine Gedanken ab und er verspürte den größer werdenden Wunsch, die Feier möge bald zu Ende sein.

Rappolt passte es überhaupt nicht, dass Winterstein die Gräfin nicht eingeladen hatte und der Affront nun auf ihn zurückfallen würde. Sein Blick schweifte in die Runde. Fast alle waren mit ihrem Nachtisch fertig. Er räusperte sich und stand auf. Kaum jemand nahm es zur Kenntnis. Rappolt nahm einen Löffel und schlug damit gegen sein Glas.

Katharina Belgica erhob sich und mit ihr alle Tischgäste. »Bevor Ihr vorlest, was Ihr aufgeschrieben habt, möchte ich demjenigen danken, der mich freundlicherweise über die Vorkommnisse in dieser Stadt, die ich gut zu kennen meinte, unterrichtet hat. Es handelt sich um einen Mann, der sich mutig für die Belange Hanaus einsetzt, obgleich sie ihn nur indirekt betreffen: Johann Sperling.«

Das Schweigen breitete sich wie eine Überschwemmung aus. Die Gräfin zeigte sich unbeeindruckt und fuhr fort: »Ich bitte den hier anwesenden Zunftmeister der Gold- und Silberschmiede, Hanns Rappolt, diesen tapferen Mann wieder in die Zunft aufzunehmen. Und nun würde ich gerne das Kleinod in Augenschein nehmen.«

Die Gräfin setzte sich wieder hin und mit ihr die Tischgäste.

Rappolt war nicht nur um seine Rede gebracht, er befand sich in massivem Zugzwang. Die Bitte der Gräfin war keine gewesen. Hilfe suchend sah er zu von Angern, der mit hochrotem Kopf auf seinem Stuhl saß und seine Serviette knetete. Steifbeinig trat Rappolt auf den verhüllten Pokal zu, langsam krallten sich seine

Finger in das Tuch und entfernten es. Die Gäste klatschten Beifall. Einer nach dem anderen stand auf, um den Prunkbecher in Augenschein zu nehmen. Rappolt wusste, dass er eigentlich etwas dazu sagen musste, erklären, dass der Pokal den »Willkomm« beinhalten würde und ab sofort zum festen Inventar Hanaus gehörte. Wie lange Johann und er an diesem Stück gearbeitet hatten. Aber ihm fehlten schlichtweg die Worte. Aus dem einfachen Grund, weil dies nicht der Ratspokal war.

*

Von Angern stand mit offenem Mund da und bahnte sich mit Hilfe seiner Ellenbogen einen Weg durch die bewundernde Menge. Er griff mit beiden Händen um den Pokal, ignorierte empörte Ausrufe und drehte das Gefäß. Seine Augen suchten sein Zeichen bei den Tieren. Keine Vögel und die Justitia grinste. Ja, sie lachte ihn aus. Vulgär sah sie aus, weil sie keinen Zahn im Munde hatte. Von Angern schnaufte. Er riss Rappolt am Kragen zu sich herum und fauchte: »So haben wir das nicht bestellt. Was bei allen Ausgeburten der Hölle soll das sein?« Rappolt wehrte die groben Hände ab.

»Ich weiß es nicht, aber vielleicht sollten wir den Sperling fragen.«

Johann verschanzte sich hinter der Leibgarde der Gräfin. Er hatte sich in den letzten Monaten oft ausgemalt, wie der Triumph schmecken würde. Süß wie ein frischgebackener Hefezopf oder salzig wie ein guter Schinken? Nichts von alledem war der Fall. Bitterkeit sammelte sich auf seiner Zunge und von einem auf den anderen Moment wurde seine Kehle trocken. Den Gardisten war sein Gedrängel sichtlich unangenehm. Sie hielten ihn mit ihren Ellenbogen auf Abstand und sorgten dafür, die Sicht auf die Gräfin nicht zu verlieren. Von Angern und Rappolt starrten wutentbrannt zu Johann herüber. Ihm war, als stünde er neben sich, wäre nur ein Zuschauer der Ereignisse.

Die Festgesellschaft wollte nicht mehr feiern. Nach und nach verabschiedeten sich alle Gäste. Auch von Angern war unter ihnen. Missmutig machte er gute Miene zum bösen Spiel und verabschiedete sich entschuldigend von seinen Gästen. Er versprach, das Fest nachzuholen. Wann, könne er noch nicht sagen. Ohne die Gräfin oder deren Garde anzusehen, trat er zur Tür hinaus und wurde gleich darauf freundlich aber bestimmt gebeten, in eine Kutsche zu steigen, die bereits auf ihn gewartet hatte. Sie gehörte Katharina Belgica.

Die Gräfin war sichtlich zufrieden. Sie drehte sich zu Johann um und reichte ihm die Hand, die er küsste.

»Eine Belohnung ist Euch gewiss.«

Zu den Soldaten sagte sie: »Wir gehen. Hier ist alles geklärt.«

Johann sah entsetzt, dass die Gräfin den Festsaal verließ. Sollte er sie bitten, ihm Geleitschutz mitzugeben? Nein, das wäre allzu vermessen, vermutlich würde sie auch keinen Mann ihrer Garde entbehren wollen – nicht, nachdem sie knapp dem Sturz entgangen war. Sie rechnete mit einem Attentat. Sogar Rappolt wäre Johann jetzt als Begleiter recht gewesen. Winterstein schlich wie ein hungriger Wolf auf ihn zu. Johann wich zurück und hetzte zum Hinterausgang. Winterstein blieb ihm dicht auf den Fersen. Johann riss die Tür auf, sah einen Schatten auf sich zufliegen, spürte einen Schlag auf den Kopf und dann nichts mehr.

Fackelschein war das Erste, was Johann nach seiner Bewusstlosigkeit sah. Zaghaft versuchte er seine Glieder zu bewegen. Bei den Füßen hatte er Erfolg, die Hände waren hinter seinem Rücken zusammengebunden. Da er auf ihnen gelegen hatte, waren sie taub. Oder die Fesseln waren zu eng. Beide Möglichkeiten erschreckten ihn gleichermaßen.

Ein junger Mann trat neben ihn und beugte sich zu ihm herab.

»Er ist wach«, rief er jemandem zu, der sich außerhalb von Johanns Gesichtsfeld bewegte.

»Dann bring ihn her«, sagte eine bekannte Stimme. Johann schüttelte die Benommenheit ab und versuchte, Ruhe zu bewahren. Der junge Mann half ihm auf die Beine.

»Geht es?«, erkundigte er sich.

Johann nickte. »Wo bin ich und warum bin ich gefesselt?«

Der Mann schenkte ihm keine Aufmerksamkeit, sah ihm nicht einmal ins Gesicht.

»Wie ist dein Name?«, versuchte Johann abermals, ins Gespräch zu kommen.

»Paul.«

»Kennen wir uns nicht?«

Der Mann schüttelte heftig den Kopf, dann sagte er: »Genau das ist ja das Problem gewesen.«

Johann sah sich um. Die Fackeln, die in mehreren Schritten Abstand in den Boden gerammt waren, beleuchteten ein Waldstück. Er sah keine Häuser, nicht einmal einen Hochsitz. Die Sterne waren wolkenverhangen, so dass er nicht wusste, wie lange er bewusstlos gelegen hatte. Es war Nacht. Eine feuchtkalte Nacht, die ihm in die Knochen fuhr.

»Hier, trinkt das.«

»Gift?«

»Heißer Gewürzwein.«

Dankbar nippte Johann an dem Gebräu, das der Mann ihm an die Lippen hielt. Der Geruch nach Zimt und Nelken erinnerte Johann an die kalten Tage, die er mit Anna im Bett verbracht hatte, den Krug mit heißem Wein auf dem Nachttisch. Damals waren die Kinder noch nicht geboren gewesen und sie beide waren sich selbst genug.

Sie erreichten eine Lichtung. Hier gab es mehr Fackeln. Einen Tisch hatte man aufgestellt, an dem drei Männer saßen. Winterstein und Baumer kannte Johann, der Dritte war ein Schreiber, der sich das Talglicht so dicht an seine Papiere gezogen hatte, dass seine Locken zu verbrennen drohten. Er rieb seine dürren Finger aneinander und hielt die Handflächen danach über das Flämmchen. Paul schob Johann vor den Tisch und blieb neben ihm stehen, die Hand am Knauf seiner Waffe. Winterstein erhob sich.

»Ihr habt Euch gewiss schon gefragt, wo Ihr Euch befindet«, ergriff er das Wort. »In diesem Wald wurden Hexen gerichtet und werden es wohl auch künftig. Wir stehen keine fünfzig Schritte vom Galgen entfernt, der sich hinter Euch befindet.«

»Steinheim?«, fragte Johann, nachdem er sich umgeschaut hatte. Winterstein nickte.

»Was habt Ihr mit den Hexen gemein?« Ohne eine Antwort abzuwarten, fuhr Winterstein fort: »Ich will es Euch sagen. Es gibt keine. Ihr seid um ein Vielfaches infamer, als die gesamte Hexenbrut der ganzen Welt zusammengenommen.«

»Und Ihr seid Heilige?«, fragte Johann ironisch.

»Schweigt!« Wintersteins Stimme ging in ein Falsett über.

»Habt Ihr es wirklich nötig, mich zu binden und an diesen Ort zu bringen, wo wir stattdessen wie vernunftbegabte Wesen reden könnten?«

Baumer sah zu Winterstein, dem es die Sprache verschlagen hatte, und sprang für ihn in die Bresche. »Jetzt hör mal zu, du Wicht. Du hast folgende Vergehen begangen: Diebstahl, Fälschung, Missbrauch der Zunftgeheimnisse, Betrug, Lügnerei und Flucht vor der Gerichtsbarkeit. Das könnte uns alles egal sein, aber der Fehler war, dass du von Angern beschissen hast, der jetzt bei der Gräfin im Kerker sitzt. Und dafür wirst du bezahlen. Und wenn wir mit dir fertig sind, gehen wir zu dir nach Hause und holen deine Familie, die sich deinen Kadaver ansehen darf. Ob wir sie leben oder den entstandenen Schaden abarbeiten lassen, überlegen wir uns dann. Hängt ganz davon ab, ob uns dein Weib gefällt. Noch Fragen?«

Johann spuckte aus.

Alles erschien ihm unwirklich, das überlaute Kratzen der Feder auf dem dicken Papier. Das Knistern der Fackeln, die Rufe der Käuzchen und diese Farce einer Gerichtsverhandlung. Johann lächelte, als Paul ihn am Arm packte und zum Galgen führte. Eine Kiste stand unter der dicken Schlinge. Mehr war er ihnen nicht wert gewesen als eine schlecht gezimmerte Gemüsekiste. Kurz erwog Johann zu fliehen. Aber wohin sollte er gehen? Wie lange wollte er sich dieses Mal in der Kirche verkriechen, nie wieder herauskommen können, ohne die Angst im Nacken, einen stechenden Schmerz zu spüren, weil sie ihn hinterrücks erdolchten. Er traf seine Wahl, stieg als freier Mann auf die Kiste, spürte das raue Seil am Hals und den Ruck unter seinen Füßen, als Paul die Kiste wegtrat. Sein letzter Gedanke galt nicht der Luft, nach der seine Brust schrie, sondern Anna und Elfriede.

Anna fuhr mit einem Schrei aus dem Schlaf hoch. Ihr Herz galoppierte, sie glaubte, ersticken zu müssen. »Hannes«, rief sie. Neben ihr regte sich Elfriede und murmelte leise. Anna legte den Arm um ihr Kind, spürte die Wärme des kleinen Leibes, ließ sich von der Wärme einhüllen, fand Trost.

*

»Mama, da ist ein großes Paket für dich abgegeben worden. Du hast aber noch geschlafen. Es steht auf dem Küchentisch«, sprudelte Elfriede hervor und war schon wieder zur Tür hinaus, ehe Anna etwas erwidern konnte. Sie schlüpfte lächelnd aus dem Bett und legte sich eine Decke um die Schultern. Kühle Morgenluft drang zum Fenster herein. Auf den Straßen war es noch still. In Heidelberg ging man die Dinge geruhsamer an, trotz des Krieges. Umso verwunderlicher, dass bereits ein Bote dagewesen war. Ihre Base schien noch zu schlafen, leise Schnarchgeräusche drangen aus deren Schlafstube. Anna setzte ihre Füße behutsam auf die knarrenden Dielen, denn sie wollte ihre Verwandte nicht wecken. Wie Elfriede gesagt hatte, stand eine große Kiste auf dem Tisch. Sie war mit zahlreichen Schnüren umwickelt, der Deckel zusätzlich mit Nägeln befestigt. Sie griff nach einem Gemüsemesser und zerschnitt neugierig die Umschnürung. Mit der Messerklinge hebelte sie den Deckel auf. Zum Vorschein kamen jede Menge Rosshaar und ein Brief. Diesen wollte sie zuerst lesen, ehe sie weiter auspackte.

Werte Anna,
es tut mir unendlich leid, keine guten Nachrichten aus der alten Heimat überbringen zu können. Der Krieg hat Einzug gehalten. Tillys Schergen haben gewütet. Aber davon habt Ihr gewiss gehört. Nennt mich meinetwegen Hiob oder gebt mir andere Namen. Jeder wäre verdient. Denn ich konnte nicht verhindern, dass Eurem Manne etwas zugestoßen sein muss. Er versprach, sich nach dem Bankett am 3. Dezember binnen dreier Tage zu melden. Doch erhielten weder ich noch unser gemeinsamer Freund Rufus Bergen ein Lebenszeichen von ihm. Wir haben geforscht und jeden Bekannten befragt. Niemand weiß um Johanns Verbleib. So bleibt mir nur, seine Bitte zu erfüllen, Euch dieses Erbe anzuvertrauen. Er schien geahnt zu haben, dass er in diesem Ränkespiel verlieren würde. Haltet sein Andenken in Ehren.

In tiefster Verbundenheit grüßt Euch
Euer alter Freund Michael.
Hanau, den 19. Januar 1623

Anna presste den Brief an ihre Brust und weinte still. Dann legte sie ihn behutsam auf den Tisch und wühlte im Rosshaar. Sie bekam etwas Schweres zu fassen und zerrte und zog, bis sie schließlich ein silbernes Gefäß in den Händen hielt, das ihr nur allzu vertraut war. Anna stellte den Pokal behutsam auf den Tisch und strich mit den Fingern über die feine Verzierung im Sockel, die drei pickende Vögel darstellte.

Matthias Fischer bei vmn

Die Farben des Zorns

Drei Ärzte sind einem Serienkiller in Frankfurt am Main, Gießen und Hanau bereits zum Opfer gefallen, als ein weiterer Mord im Hexenturm in Gelnhausen entdeckt wird. LKA-Hauptkommissar Dr. Christoph Caspari ermittelt.
340 Seiten, Taschenbuch, 9,90 Euro,
ISBN 978-3-940168-46-7

Tödliche Verwandlung

Casparis zweiter Fall

Mitten in Frankfurt wird ein erfolgreicher Musikproduzent ermordet, seine Leiche inszeniert wie eine Kreuzigung. Wenig später schlägt er wieder zu. Sein Opfer: der Manager der Rapperin Tiziana. Für Caspari und seine Kollegen beginnt ein Wettlauf mit der Zeit.
416 Seiten, Taschenbuch, 9,95 Euro,
ISBN 978-3-940168-07-8

Schlafender Drache

Casparis dritter Fall

Kaum hat Dr. Christoph Caspari seine neue Arbeitsstelle im Bundeskriminalamt Wiesbaden angetreten, wird in Bad Orb der Geschäftsführer eines Weltkonzerns ermordet. Und zu allem Überfluss findet die Spurensicherung Fußabdrücke von Casparis Freundin Clara am Tatort ...
288 Seiten, gebunden, 19,90 Euro,
ISBN 978-3-940168-38-2

NORBERT MÜLLER

Schwedenfeind

Eine Liebesgeschichte aus dem Dreißigjährigen Krieg

vmn
Verlag M. Naumann
Brucknerstraße 1a 63452 Hanau
Telefon 06181 3007986 Telefax 06181 9068335
E-Mail: info@vmn-naumann.de
Im Internet finden Sie uns unter: www.vmn-naumann.de